番外研究こぼれ話

—余談、閑談—

吉野 勝美 著

コロナ社

JN234445

はじめに

大学の教官の本務は教育と研究であり、これを通じて、豊かで、幸せ、安全な地域社会、日本、世界の実現、発展に寄与するということになる。特に、工学部であれば、科学技術の発展、産業の振興を通じて、持続的で豊かな人類の未来を実現することに貢献することであり、そのため日夜研究教育に励んでいる。本来の勤務時間は午前八時半から午後五時十五分迄であるが、要領の悪い私なんかには、こんな時間内に与えられた任務をこなせ、果たせるわけがない。

教育対象は、入学したての大学一年生から四年生までの学部学生、大学院の博士前期課程、いわゆる修士課程学生、博士後期課程、いわゆる博士課程学生、さらには、短期、長期の外国からの留学生、研究生などであるが、再教育のための、あるいは生涯教育としての一般社会人教育、時には啓蒙のための小学生、中学生、高校生などに対する青少年教育も入り、対象は極めて広い。

しかも、一口に教育と云っても単に授業をするだけでなく、通常の期末試験もあれば、学部、大学院の入学試験、さらには編入学試験があり、大学四年生、大学院学生に対する研究指導、その上、教育の多様性が叫ばれるようになってますます業務が増えていく一方である。この他、様々なマネージメントのための仕事、入学卒業に関する業務、就職の世話、学生、卒業生からのいろいろな相談など、随分幅の広い仕事をこなす必要がある。

一方、高度な最先端の研究、それも独創的な研究によって、日本発の世界に貢献できるような画期的な研究成果が求められている。すなわち、研究はますます重要な使命と見なされ、教官個人および大学の評価対象としても重視されるようになってきている。研究と教育の両輪の充実が求められているのである。従って、研究の計画、資金確保、装置、試料の作製、設置、研究の実施、解析、論文発表、学会、国際会議などでの発表、国内外の研究者、研究室、研究所との共同研究などの計画と実行、産業界との共同研究、大、小様々な企業の方々からの相談などに対する適切な、区別のない対応、関連して、学会、国際会議などのお世話など研究に関連する種々雑多な用件が入ってくる。

たとえば、この五、六年間ほどを見ても、議長として主催した国際会議が三つ、国際諮問委員として関連した国際会議が八つ、その他組織委員、実行委員、委員長などとして仕事をした学会、国際会議などが約十、学会会長が一回、副会長が二回、理事などとして学会の業務に参加したのが十回以上などと、まあ、外からの見かけとは違って、猛烈な、無茶苦茶な重複業務である。結果として、どうしても家のことは手抜きとなって皆んなに迷惑を掛けてしまう。いろんな頼まれごとを上手に断れず、つい無責任に引き受けてしまい、しかも、極めて要領の悪い小生の性格、能力の足らないところが、このような猛烈な忙しさをもたらした一番の原因であることはもちろんであるが、それにしても用事が多いのである。

このような、教育と研究関係の業務を実行する単位としては学科、専攻があって、そこにいくつかの講座があるが、実際の単位は研究室と呼ばれている。私の場合は吉野研究室ということになっており、構成員としては教授一名、助教授一名、助手一名が教官であり、さらに秘書一名、学生は年によって異なるが、平成十四年度では大学院博士課程が八名、修士課程が十二名、学部の四年生で卒業研究の学生が六名おり、その他、外国からの客員研究員、他大学からの研究者、産業界からの研究員などを含めて総勢三十五名程度である。これが私のグループであり、電子工学専攻にはこのような研究室が六、さらに、関連する協力関係にある大学内の研究所、研究センターなどに教授が四名いる。

即ち、一人の教授が、研究をリードしていく単位はこの程度であるので、かなり大変な仕事量であることがわかると思う。もちろん、普段の学部、大学院での講義を通じて教育する学生がおり、その人数は、数百名に上るのである。

一昔前、ある会社で活躍されていた方から、面白いことを聞いたことがある。日本の会社では、平社員であれば毎日家に帰って夕食が食べれるが、課長というのは一週間のうち家で食べれるのは三~四日、部長というのは家で食べれるのが一~二日、というような話だった。これがどうやら大学にも当てはまりそうなのである。しかも大学の場合は、教官全員が、課長、部長並みのようである。

要するに、大学の教授は会社で云えば社長の仕事もやるが、部長、課長、係長、更には一般社員としての仕事もみなこなす必要があるのである。それも、たとえば、総務担当、経理担当、営業担当、製造担当、渉外担当、労務担当、広報担当など全てをこなす、中小企業と云うより零細企業の親父さん的な立場なのである。それに、人事部長としての仕事も重要である。

ここまで話をすれば、大学教授の仕事が本来の勤務時間の午後五時過ぎで終わるわけがないことは容易に理解して貰えるだろう。従って、夜の十時、十一時はざらである。さらに、研究室の中にいるだけでなく、大阪市、大阪府内はもちろん、東京を初め日本国中に、さらには外国にまで出かける必要が結構頻繁にある。しかも、自宅からの通勤時間が片道二時間以上ということもあって、電車、新幹線、飛行機など移動のために乗り物に乗っている時間も通算すると大変な長さである。

また、こんな日常であるから、大学の教官、学生以外、いろんな分野の、いろんな年齢層の方と出会う機会に恵まれている。いろんな人との思いもかけない出会いがあるのである。また、そんな時、頭を切り替えるために、本能的にかも知れないが、気が付いてみると知らぬ間に全く場違いなことを考えていることがしばしばある。だから、こんな正規の勤務時間以外の時間が私にとって特に苦痛であるというわけでも無く、逆に、結構楽しんでいるむき、ふしもある。即ち、本来の研究の他、時間外、番外の出来事、出会いをいろいろ楽しんでもいるというのが正直なところである。

いつの頃からか、確か、昭和から平成に変わった頃からと思うが、時々、思い出したように、通勤途上や出張途中の車内でメモを付けたりすることがある。日記のようなものと云ったらいいかも知れないが、今日あったこと、昨日あったことを今日書くのでないので日記とは云えない。むしろ突然思い出した何ヶ月も、何年も前にあったことを、また、すぐに忘れ去ってしまう可能性があるからと備忘録的に簡単にメモしておいたものである。これを集めて印刷したのが本書であり、以前に印刷された出版物と似た流れのものであるので、本来の研究からはずれた戯言集として、番外研究こぼれ話とすることになった次第である。

そんなわけで、実際にことがあった時からかなりの年月が経過した時点でのメモであるため、中には少し思い違い、覚え違いしていること、すでに少し変わってしまっていること、ピントはずれのことなどもあるかも知れない。しかも、正直に云うと多くは以前の本に収容し切れず残していたものである。従って、当然、面白いものから先に入れ、掲載したのだから、残り物、残りかすと云っていいのかも知れない。それでも、豆腐を作った残りかすの〝おから〟もなかなか捨てたものでなく、栄養価では負けないくらいとも云うから、ここで、これまで披露し残していたメモをこの際人目に曝すのも意味がないこともなかろう、と自己弁護している単純な私である。それに、もうすでに掲載済みのものも少し混じっている可能性があることをお断りしておかねばなるまい。チェックの暇がないのである。

ともかく、〝次はいつ出ますか〟、というお世辞か、義理とも思える催促に従って、古いものを並べたものが今回のものであるが、前回の本では、〝次はポチのことを書いてください〟と云われた話で終わっているので、本書では少し古い犬の記述を最初に持ってくることにした次第である。

平成十五年一月一日

目　次

一　ポ　チ

　おぼろげな記憶が正しければ、私が小学校二、三年の頃から我が家には柴犬系の雑種で茶色な犬がいた。名前はポチである。何も出雲地方だけのことではなかろうが、その頃の田舎では犬は大抵放し飼いであった。それでもごく小さい時には下駄や草履を噛んだり、くわえてどっかへ運んで行ったりしたが、それ以外、そう大きな悪いことをしたことがないように思う。とにかく賢い犬だった。もっとも、見慣れない人や郵便配達さんなど独特の制服や色の服を着た人が来ると〝ワン、ワン〟とよく鳴いていた。

　このポチが亡くなって、可愛がっていた父が家の横の川の堤防の下に深い穴を掘って埋葬して、暫くすると、また、どっかから似たような犬が貰われてきたか、拾われてきた。付けられた名前はやっぱりポチ。何代目かのポチは二～三キロほど離れた窯場に自転車で通っていた父に、毎日ついて行き帰りしていた。しかし、やがて年老いて、ハアハア息を切らして歩くような速さで追って来るのがやっととなった犬に合わせて、父は休み休み自転車に乗っていたが、このポチも寿命を全うして同じ河原に手厚く葬られると、その後、大分、年もいっていた父と母はもう犬を飼わなくなってしまった。放し飼いのできなくなった時代に、毎日散歩に散れて行くのが無理な年になってしまったからである。

　丁度その頃、大阪の私の家の近所に犬の子がたくさん産まれ、そのうちの一匹を貰ってくると、何の迷いもなく、あたり前のようにポチと名付けてしまった。これも柴犬系の雑種で、かわいらしい顔をした、そこそこ頭のいい犬であったが、八歳くらいでフェラリアにかかって急死してしまった。蚊が伝染の媒介をする病気である。家族みんなが泣いたのは云うまでもない。

　その後しばらくして、捨てられていた生まれて間もないポチそっくりの子犬が我が家に来て、またポチと名付けられた。ポチと名付けたのはもちろん私である。

実は、それから一年も経たないある日、今度は捨てられたらしい子犬が我が家にもぐり込んできて帰ろうとしない。何度外に連れ出しても、もぐり込んでくるのである。これもついに我が家の犬になったが、この子犬にチビと名付けたのは子供達である。少し成長してみると、このチビはなかなか立派な犬で、テリヤの仲間のようである。庭に繋いで飼うのが似つかわしくないような、フサフサした白い長い毛の賢い犬である。賢いからだろうが、甘えたり、拗ねたりするのはポチ以上である。

チビは雌である。ある時、チビという名は雄犬のイメージではないのかなという思いがしたことがあるが、雄、雌両用で良いのだろうと結論した。雄ならチビ太、雌ならチビ子とでも名付けられるかも知れないからである。

代々続いたポチは全て雄犬である。不思議なことに、どうもこのポチと名付けられた犬はみんな同じような鳴き方、同じような仕草や振る舞いをしていたような気がしてならない。もちろん、ずいぶん賢いポチもいたが、余り賢くないポチもいた。大抵、茶色の柴犬の系統の雑種のようだったが、中には白いのもいた。それでも、どうも皆んな性格が似通っているようなのである。偶然に同じような犬をいつも我が家が飼っていたとは考えにくい。ポチという名前そのものが犬の性格に影響を及ぼしているかも知れない。こんなことを云うと、〝名前じゃなくて、飼い主が同じだから同じような性格になるんだ〟と云われそうであるが、どうもそれだけではないような気がする。

こちらが勝手にポチと名付けて、小さい頃から毎日、毎日、ポチ、ポチと呼んで、誉めたり、餌をやったりしていると、最初のうちは何を意味するのかは分からないだろうが、やがて自分を呼んでいるということを理解するようになる筈である。この間にポチという音の響き、ポチという語調などいろんなものが犬の性格付けに影響を及ぼすのかも知れない。もっとも、ポチという名を付けたくなる飼い主の性格や好みは互いに似ているため、同じような育て方をするのかも知れない。

飼い主に似てくるだけであるのなら、よその家で飼われている同じポチという名前の犬を見てみればいい。それでも、恐らく似た性格であるような気がしてならない。しかし、この平成に入ってポチという名の犬を探すのは案外至難のことかも知れない。

人間も同じかも知れない。人間の性格も名前に影響を受けているかも知れない。人間の場合、名前だけでなく名字も影響を及ぼしている可能性がある。とすると、普通、日本では結婚すると女性が男性側の姓に変更することが多いが、これによって性格などが多少の影響を受けるものなのだろうか。それとも成人してからの姓名の変更は殆ど影響がないのだろうか。中国のように夫婦別姓が良いという人も増えて、実践している人もあるようであるが、これも性格形成という点で、何か意味があるのだろうかと、次々と疑問がわくというか、興味がかき立てられてくる。

私のような実験重視のタイプの研究者は、ここまでくるとつい妙な思い付きをしてしまう。

子犬を飼い始める時から、たとえば、夫と妻が、あるいは子供が別々の名前で犬を呼び、それに応じて誉めたり、餌をやったりしながら育てるとどんな犬になるのだろう。自分が何種類かの名前を持っていて、相手によって使い分けをされていることを理解するのだろうか。それとも、誰が呼んでも複数の名前に応答するのだろうか。混乱して妙な性格になるのだろうか。興味深いが、とても可哀想で、犬権を無視しているようで、そんな実験は私にはできそうにない。

私の知る最初のポチは、裏の畑で〝ここ掘れワンワン〟と鳴いた〝花咲爺さん〟の犬であるが、大昔から日本では犬をポチと呼ぶのがポピュラーだったのだろうか。なんだか普通の日本語の響きとしてはポチでは一寸おかしな気がしなくもない。大昔から外国と接触があって外国語の影響を受けたのだろうか、もともと少し違った名前だったものが、語り継がれる間にだんだん変わって、今のポチが定着したのだろうかと、妙なところにまで気をまわしてしまう私である。いずれにしても、是非、一度ポチの語源を調べたいものである。そういえばポチ袋というのもあったが何か関連があるのだろうか。

我が家のポチも時に、と云うより時を選ばず必死に前足で土をかきながら鼻をひっつけるようにかまえて、ワンワン鳴くことがあるが、大抵、小さい虫がいたり、蟬の幼虫が這い出したりしていることが多い。一度、激しい鳴き声に飛び出してみると、穴から出てきたらしいとぐろを巻いた蛇に吠えついていた。半分逃げ腰でパッ、パッと飛びかかっていたが、そのうち噛みついては振り回し、噛みついては振り回してついに頭を噛みちぎってしまった。とても宝物なんか探し出しそうもない俗犬であるが、可愛いものはやっぱり可愛い。

　ところで、チビはポチの大騒ぎを部外者のように眺めている。眺めているというより無関心といっても良いかも知れない。こんなチビでも時折妙なものに吠える。激しく吠える。毎年、春から夏にかけての一晩必ずあることであるが、この年も庭に紛れ込んだノソノソ動き回る大きな石亀に吠えついて、夜中に目を覚まされてしまった。この時、ポチは知らん顔。どうも興味の対象が全く異なるようであるが、やっぱり、〝ここ掘れワンワン〟のスタイルはポチのようである。

　こんな話を続けると〝あんたの家はなんたる家や。蛇や亀が出てきて〟と云われそうであるが、家の周りが土地改良区に指定されたらしいから、やがて平成も十年を過ぎる頃になったら、周りには家がいっぱい建って周囲の様子はすっかり変わってしまい、間もなく懐かしい昔話になってしまうのかも知れない。裏の畑からは鴬や雉（キジ）の鳴き声までもが毎日聞こえてきていた、ということを誰も信じなくなるのだろう。

二　ポチとネズミ

　私の家には私の記憶のある間ずっと犬がいる。しかも、名前はみんなポチ。たまに二匹になると、一匹は別の名前を貰う。今、家にいるのはポチとチビ。そんなわけで私には犬無しの生活は一寸考えにくいくらいである。

　そもそも、人間がペットを飼うようになったのはそれなりの理由がもともとあったに違いない。

　まず、ペットの言葉通り、可愛い人間の子供を可愛がるのと同じ本能的な刺激から、愛らしいと感じて飼い始めた可能性がある。また、集団生活する犬の習性からすると、犬の方から同じ集団帰属意識で人間に接近して来た可能性もある。手頃な大きさであることも大事で、巨大な動物、蛇やトカゲなど気持ち悪かったり、怖かったりするような動物は、一部の人を除きペットにはしないだろう。それに、ペットは生活にゆとりがでて初めて飼う可能性が高くなるだろうから、大昔の生活に余裕が殆どなかった時代には、動物を飼うのはそれなりの別の理由もあったに違いない。場合によっては肉や乳を食料として、皮、毛などを衣服として利用するなどの目的もあった可能性がある。犬だって飢饉の時は食べられた可能性があろう。しかし、多くは猟の助けとして、力仕事を手伝わせるため、さらには警護のために身近においたのだろう。犬であれば番犬である。

やっぱり昔から人気のあるもう一つのペット、猫は恐らく鼠（ネズミ）を捕るためだろう。ネズミは米や芋など人間の食料を横取りする大変な害獣であり、またペストなど人間に危険な病気を媒介する恐ろしい動物であっただろうから、これを退治したり、近寄らせない猫は人間にとって有り難かったに違いない。

ということで、犬と猫の役割、効能はかなり違っていたと考えられる。ところが、犬にも猫の役割をするものもあることが余り知られていない。知られていないと云うより、もしかしたら私の家の犬だけのことだったかも知れないが、いつもの直感で云うと、恐らくそんな習性を持った犬もいる筈である。代々いた出雲の田舎のポチの中で、一匹だけ非常にネズミ取りの好きな犬がいたのである。好きなだけでなく、能力と、もの凄い情熱を示すのである。

私が中学生の頃、私の家の物置とお風呂、トイレは別棟であった。この物置には多少食料があったためもあろうが、時々ネズミが入り込んでいた。ある時、偶然にこの物置にポチが入ってきた時、チョロチョロとネズミが走った。これを目にしたポチはパッと飛びついて噛みついて、走って持って出てしまった。それこそ目にもとまらぬ早業である。このできごとは全く意外で、驚きであった。犬がネズミを捕るなんて予想だにしていなかったのである。このポチが凄い能力を持っているかも知れないと気が付いたのはその時である。

その能力を試す絶好の機会が数週間後に来た。

ある日、この建物に入った時、どっか物置の隅の方の物陰でゴソ、ゴソという音がしたのである。もしかしたらネズミかも知れない。すぐに戸を閉めて犬を探しに出た。犬は当時放し飼いであったのである。早速ポチを呼ぶ。

「ポチ、ポチ」

放し飼いといっても家から遠くに行くわけでもないので、すぐに飛んできた。

物置にポチを引き入れて、ドアを閉めると、早速ポチが身構える。さっきゴソゴソと音のしたあたりに長い棒を差し込み、ドンドンと音をたて脅かし、追い立てる。一分くらいこれをやり続けていると、物陰からサッとネズミが飛び出してきた。その瞬間ポチがパッと飛びついて一瞬にして全てが決着である。この前と同じようにネズミ退治は大成功である。ポチは興奮気味に噛みついたまま首を振り続けていたが、とても満足げで、誇らしげでもあった。このポチは本能的にネズミ取りの高い能力を備えていることが完全にはっきりとしてきたのである。

恐らく、ポチ以外にも、このようなネズミを本能的に捕らえる習性の犬の種類があるに違いない。

さらに、ネズミだけでなく、特定の動物に対して、或いは特別の物やこと、現象に対して特別の凄い能力を備えた犬がいろいろいるに違いない。知りたいものである。

三　犬と鯉

我が家のポチとチビは茶色の和犬、白い洋犬であるから、見かけも、性質もかなり異なっている。ポチは単純で、腕白小僧みたいに活動的で、ストレートであるが、チビはおとなしいが少しずるいのではと思うくらい賢く、要領がいい。見かけも全く違って、ポチの目はぱっちり開いているが、チビは毛が長く、目を覆ってしまっているようで、〝こんなんで前が見えるのか〟と心配してやるほどである。これを見ると、もしかしたらチビは目を余り重要な感覚器官として他の動物ほど使っていない可能性があるかも知れない。臭いや音でいろんなことをかぎ分けている可能性があるかも知れないという気さえするのである。要するに、犬は目が鼻や耳ほど高い性能を有していない可能性があるように思えてくる時さえある。もちろん、人間に比べてである。

もしかして、案外、近視で遠くは見えにくいかも知れない。もしそうであればチビのように目の前に毛がかかって覆っていれば毛の隙間から見ることになるので、丁度、近眼でも目を細めると遠くがはっきり見えるように、遠方まで見るのにはむしろ都合がいいのかも知れない。

それに犬は色盲で色が判別できないと聞いたことがある。考えてみるとそれも納得である。というのは犬は、大抵、白か黒、たかだか茶色で、美しい色をしている犬は殆どというか全くいないように思う。ということは異性を識別したり、誘惑したり、個体を識別したりするのに色を余り有効な手段として用いていないということである。同じように考えると、白、黒、灰色、茶色などのようにモノカラーである動物はもともと色盲であって、色が見える必要がないということになるかも知れない。

逆に云うと、カラフルな色をした動物、例えば鯉や孔雀などのような鳥は色が見分けられるから色が付いているのかも知れない。即ち、これらの魚や鳥の目の機能は色が識別できるほどに素晴らしい、ということになる。従って、もし人間の目の色識別などの研究をしたいなら、動物実験として美しいカラフルな色の動物の研究をすればよい、ということになる。錦鯉や金魚、熱帯魚、雉（キジ）、孔雀などである。

ふと気が付いたことであるが、人間は決してカラフルではない。ということは人間は色が識別できるわけであるが、意外に鯉や孔雀などより色識別能力が低いということかも知れない。いや、充分に識別能力があるからこそ皮膚の色では不満足で、カラフルな衣服を着ているのかも知れない。

余り派手な色の服を着ている人は、なんだか少し変わった変な人と思っていたこともあったが、そんな視点から考えてみると、云い方が変だが、動物としての人間としてはむしろカラフルなのが自然であるかも知れない。黒っぽいスーツの方が何となく、ださくて、むしろ可笑しいのかも知れない、と思ったりもしている。真剣に研究してみていい課題のように思う。

それにカメレオンは一体どうなってるんだ。なぜ、何のため、どうして色が変わるのか、自分で自分の色が分かるのか、ぜひ、調べてみたいテーマである。

四　ぎっくり腰

薄明かりで時計を見るとまだ五時過ぎである。日曜日だというのにいつもの通り目が開いてしまう。なんぼなんでも、これでは睡眠不足が続いてしまう。もう一眠りしなければ、と思うと余計に目がさえるが、それでも日頃の疲れがたまっているためか、また眠ってしまったようである。次に時計を見ると八時である。

もう、布団の中にじっとしているのが耐えられなくなって起き出して窓を開けると、窓の下ではポチとチビがジッとこちらの目を覗き込むようにしながら尻尾を激しく横に振っている。このポチとチビの判断力には凄いものがあるといつも感心させられる。はしゃぎようが普段の朝と全く違うのである。何で判断するのか知らないが、今日は大学へ行かないこと、家に一日中いることをちゃんと知っている。時間が経つと共にますます激しく騒ぎ出し、窓に飛びつき、ワンワン鳴き出す始末である。しつけの悪いこともあろうが、要するに散歩の催促である。大体、毎日曜日にはポチとチビを連れて近くの田圃（たんぼ）道へ散歩に出かける習慣なのである。紐を握って庭に出ると、喜んで大はしゃぎし飛びつく。紐を首輪に繋ぐと凄い力で引っ張り出す。

散歩から帰ると庭のゴミを少し片づける。余り家庭サービスをしない私の、ほんの少しの朝の仕事である。ゴミの中にはポチとチビの糞がある。門の鍵を閉め、夜は庭で放し飼いしているから、敷地内の家の周りで糞をする。小さなうちは前庭でもしたが、これは時々叱ることもあったので、大分減って、そのうち家の横の小さな庭というか、一寸した木や草の生えている所でするようになった。これも、もちろん、片付けねばならない。少しであればスコップですくい、奥に生えている木の根本に土と一緒に放り込む。

殆ど片付けを終わろうとしたその時、橙の木の陰、少し遠い所に小さなのが残っていることに気が付いた。ここでずぼらをしてしまったのである。木の下に潜りこんで近づくのでなく、手だけ伸ばしてスコップだけをぐっと差し出して土中に押し込み、そのままの姿勢で奥の木の根本に糞と土を放り出そうと、サッとスコップを振った瞬間、ギクッと腰に痛みが走った。

〝しまった、ぎっくり腰だ〟と即座に思ったが、もう手遅れである。手をずいぶん伸ばして無理な姿勢で体を捻ろうとしたのである。手の先にはスコップとその上に土がある。大きな捻り（ひねり）のモーメントが体にかかって当たり前である。

こんな一寸した一瞬の動作でぎっくり腰になった人はずいぶん多い筈である。朝、顔を洗おうと腰をかがめた途端になった人、歯ブラシを取ろうと手を伸ばした途端になった人、布団から起きようと上半身を起こしかけた瞬間になった人など、いろいろある筈である。ぎっくり腰になった人でなければ分からないが、その痛さは猛烈で、動くに動けないこともある。

この日の痛さも一瞬凄かったが、少し間をおいて体を動かそうとすると、痛いけれどもなんとか動けるようになった。もちろん、腰をピントは伸ばせないから、お爺さんのようにへっぴり腰でやっと家に入る。こんな時は横になっても痛く、深い椅子に座っても痛い。比較的高くて浅い椅子に一寸だけお尻をのせておくのがまあましである。

病院が余り好きでない私のこと、何とか痛みの少ない動き方を見つけて、一、二週間辛抱して痛みの減るのを待つ。本当はこんなことはせずに、すぐに病院に行くべきであろうが、面倒くさがりの性格と病院嫌いから、〝悪いかも知れない〟と思いながら、〝後一週間痛みが続いたら行こう〟、〝もう一週間痛みが残ったら行こう〟と先延ばしにしてしまう。この時も、約二、三週間で何とか痛みが減って、そのままになってしまった。

ともかく、五十歳前後になると、ぎっくり腰を起こしやすいから、体に気を付けねばならない。どうしたらぎっくり腰を避けられるのかを考えておかねばならない。ということは、どうしたらぎっくり腰になるのかを知っておかねばならない。

素人の推論をしてみよう。

人間の体の形、姿勢は基本的には背骨によって保たれていることは間違いない。背骨は頭から骨盤の所まで繋がっており、一番上の頭はずいぶん重そうである。もちろん、自分で重さを量ったことはないが、ずいぶん重いと聞く、中身の詰まり具合とは関係なく。一度、体重計を何か高めの台の上に置いて、その上に力を抜いて頭をのせかけて重さを量ってみよう。ともかく、この重い頭の他、肉、筋肉、様々な内臓がぶら下がり、更に両腕とその手に持った荷物の加重など、結局これら全てが背骨にかかる。しかも、この背骨は一本の硬い骨ではなく、小さな短い円筒状の骨が積み上げられたようになっている。体を自由に動かせるように、こんな骨の構造になっている筈である。

丸い小さな筒をたくさん重ねて高く積み上げようとすると、大変難しい。小さな骨が十数個もうまく積み上がって、人間の背骨の形が保たれているのは本当に不思議である。結局、筋か筋肉で支えるしかない。体の前後の、あるいは左右の筋肉である。恐らく、中でも腹筋と背筋が重要な筈である。

中年以上になって、腹筋や背筋が衰えてくれば、背骨を支えることが難しくなって当たり前である。ということは、体に大きなモーメントをかけない方がよい。従って、頭をあんまり前方へ突き出したりせず、荷物は体に密着させて持つのがよい、ということになる。ずぼらして、手だけ伸ばして何か重い物をとったり、動かしたりすることは厳禁ということになる。また、瞬時に力を加えない方がよいだろう。強い衝撃を与えないのが良い筈である。逆に云うと、年がいっても腹筋と背筋を弱らぬようにしておけばいい。腹筋や背筋の運動を日頃からやって鍛えておく必要があることになる。

こんな考察をいつもぎっくり腰の後にやって、痛みがとれたら腹筋と背筋の運動をやろうと思いながら、結局、痛みがなくなると決心が緩んで、忘れて何もやらないだめな私である。きっと、また同じ失敗をやらかすに決まっている。〝過ちて改めざる、これを過ちという〟とか、〝喉元過ぎれば熱さ忘れる〟の諺通りのやっぱり自分も平凡な人間なんだ、これで良いんだ、これがいいんだと自分で云って弁解をしている駄目な凡人である。
ところで、筋肉を鍛え過ぎると、自分の筋肉の力で自分の骨を折ることがあるそうである。こんなのは異常であり、そこまでやる必要はないが、こんな人は案外、力がべらぼうに強いというのでなく、骨が弱っていたためなのかも知れない。

ここまでメモして気が付いた。ぎっくり腰を避けるためには骨そのものも丈夫にしておかねばならない。小さな骨と骨との繋ぎの部分の、恐らく軟骨か、液状、グリース状のものも良い状態にしておかねばならないだろう。やっぱり、食養生も大事に違いない。精神的ストレスも避けるのが良かろう。精神状態と骨の丈夫さの関係の屁理屈もいくらでも付けられるが、これは別の機会に述べるとしよう。ともかく、人間高齢になれば老化は当たり前である。大事なことは全身、頭脳も含めてバランスの良い老化である、と変な結論に持ってくる、懲りない馬鹿な男である。

五　進　化　1　自然の意志

医学がどんどん進歩することは素晴らしいことである。中でもバイオ技術の進歩が著しく、遺伝子操作が可能となって、人間に、より有用な物質、生物を作り出すことができるようになったのは大変有り難いことである。しかし、人間のやってもよいことに少し歯止めをかけておかなければなるまい、という気持ちが少しづつ強くなってきているのは何も私だけではないようである。特に、人間の生誕に関連するあたりは、余り人間が作り出した高度の技術で干渉し過ぎないようにしておいた方がよいだろう。個人、個人としてはそれぞれ切実な問題があって遺伝子技術などを生かしたいことが多々あるのは間違いないだろうが、人類そのものの未来を考えると要注意で、慎重に対応すべきことのような気がする。

我々が子供の頃、小学校、中学校、高等学校で生物の発生、進化などを学んだ時、〝ついに一番高等な人類が出てきた〟と教えられた。本当だろうか。そうではなかろう。地球が誕生し、最初の生命体が現れてからたとえ数十億年経ったとしても、究極的なものが今の時点にあらわれていると考えるのは余りに自己本意である。進化があるという考え方にたっても、これからも数億年、数十億年あるいはそれ以上の長い時間が経過するとすれば、さらに、まだまだ進化していっておかしくない。むしろそう考えるのが自然だろう。人間だってこれからどんどん変わっていって、今の人間とはおよそ似ても似つかない形に変わっていてもおかしくないだろう。要するに、長い長い歴史の中のほんの一断面、一瞬に現在の我々が存在しているだけなのである。

人間が変わっていくのは主に世代交代、即ち、生まれる時であり、原理的には代を重ねる度にほんの少しづつでも変わっていっておかしくない。だから、現在の人間が理想的と考えて、人間が生まれる過程を人為的にコントロールすることが必ずしもすべて良いとは思われないのである。

ところで、子供の頃習ったダーウィンの進化論の自然淘汰あるいは適者生存によって生物は進化していくという考え方が、私には子供の時からであったが、今もってどうも完全には納得し難い。偶然のなせる技で進化する、即ち、世代交代の時いろんな確率で異った個体が生まれ、その中で環境に最も適する者が生きのびて、結局、適する形態のものに変わっていくという考え方が、単純には納得できないのである。

むしろ、与えられた環境で生存し続けるのに、より適した形に積極的にかなり速やかに自ら変化しているような気がしてならない。自ら変化しようとする意志というのは、我々人間自身が持っている自分でもわかっている意志、自分自身で目的を持って作っているような意志とは大幅に異なっているもので、自然の意志と呼んでもよさそうなもの、我々人間自体では認識し難いものであろう。私は持論〝大抵のことは慣性の法則を拡大解釈して理解できる〟で全てのことを理解することにしているが、これは見方を変えると〝無機、有機の別なく全ての事物、現象がその状態を維持しようとしている〟という、まるで自然の意志のようなものが存在しているということになる。こんなことを云っていると科学者としての素養を疑われそうだが、こんなことを勝手に仮定して話を面白く進めて楽しんでいるのである。

だから、拡大解釈すると、気力で病がなおるあるいは回復するというのももっともで、極めて弱いながらも人間の意志が〝存在を続けようという自然の意志〟と合致するための効果もあるかも知れない。逆に、外的手段としての薬を使ってバクテリア、ウィルスなどを攻撃した時、一旦は消滅しかけたかのように見えても、バクテリアやウィルス自体の〝存続し続けようとする慣性の意志〟から、薬に耐えられるように自らを変化させていくのかも知れない。これが薬に耐性のある新しいバクテリアやウィルスが現れるという話しに繋がるのかも知れない。案外、強い薬で完全に殺そうとするより、共存をはかるのが無難な時もあるかも知れない。即ち、数がある程度増えないようにする、従って、ある程度増えたらバクテリアやウィルスの存在が困難になるような環境に体の状態を変えていくのが良いかも知れないと、専門外だから勝手にこんな妄想をめぐらして楽しんだりもしている。

人間は体の外だけでなく体の内部のいろんなものと共存している。人間の体のみ遺伝子操作で変えて、共存関係がくずれることも問題かも知れない。ともかく何百万、何千万、何億、何十億年という長い時間経過の中で、この現在の姿、状態を最後の最高のものと人間が勝手に考えて、余り無茶な操作をやらない方がいいように思えてならない。人間が生物のトップに位置するなどとは全くの思い上がりに過ぎない筈である。

環境も然り。人間に住みやすい環境に周囲を変えていくというのは、人間の思い上がりに基づく身勝手な行いに過ぎず、人間と本来共存関係にある殆ど全ての生命体にとっては、とんでもない話しのように思えてならない。

自然に身を委ねて、お日様の出入りのリズムに合わせて、のんびり、ゆったりとして全てを甘受するのが一番、そういう精神状態になるのが一番と自分では気が付いていながら、どうも自然のリズムから完全に外れて猛烈な日々を送っている。まず自分のリズムを修正する必要があるが、ここに至っても、まあ、当分そうは思っても無理、十数年後定年になったらそうしようと全てを先延ばしする、いい加減な性格の私である。多分、定年後も分けもなくかけずり回っているような気がしてならないが、自分の体はともかく、自然にだけは余り悪いことはしまいと、小さく結論づける小物である。

六　高度恐怖症

ＪＲ天王寺駅に着く直前、電車がまた停車した。朝の通勤時間帯では毎度のことであり、満員ですし詰めの乗客も不満をあらわにするでもなく平然としているように見える。専用の線路上を走っていながら、過密ダイヤの朝夕は徐行運転、信号待ち停車が当然のこととして受け止められている節がある。この日のように座席に座れた日はそうでもないが、吊革にぶら下がって立っている時など、人間のできていない私など、そのつど腹が立って血圧が上がってきそうである。

ふと振り返って窓の外を眺めた途端、〝ゾッ〟と冷たいものが背筋を走った。私はもともと気が付いてはいたが、どうも軽い高度恐怖症のようである。〝こんな高い所に止まって、何かのはずみでバランスを失って狭い線路から脱輪したら、列車ごと高架上から十メートル以上も下に真逆さまじゃないか〟という思いがよぎったのである。転落すれば恐らく二、三割以上の人が命を落とすに違いない。まして線路がカーブしている所だったから、相当路床に傾斜があり、列車も少し傾いているのである。

当然、列車の重心の位置、バランスは充分に考慮されていて、線路のカーブの曲線も路床の傾も設計されている筈だから、相当に異常な事態が起こらない限り脱線転落の心配など無用の筈であるが、それでもこんな所で身が固くすくむのは高度恐怖症だからであろう。しかし、素人からみると曲線も傾も電車がある速度で走っているとして設計されているように思えて、〝止まったら大丈夫かいな〟という気もするが、恐らくそんな心配は百も承知で充分安全係数をとって作ってあるのであろう。

同じような気持ちには高速道路を走っている時にもなる。とりわけ車高の高い車に乗せてもらって高速走行している時にそう思う。一寸、運転ミスしたり接触したりして側壁に激突でもしたら、あんなひ弱な側壁なんか一発でぶち破って真逆さまに転落するように思えて恐ろしくなってくる。ところが、その横をずいぶん高い車高の大型トラックが制限速度を数十キロ以上もオーバーして猛烈な速度で追い抜いて行く。

　こんな高度恐怖症にいつ頃なったのだろう。確か小さい子供の頃はそうでもなかった。家の屋根の上で寝ころんだり、庭の松の木のてっぺんに登ったり、小学校の校庭の隅にあった大きな銀杏（いちょう）の木に登ったりして遊んだ記憶がずいぶん残っているのである。今でも年老いた母、政子が私の妻や娘に時々面白そうに話している。

「勝美は叱られたり、喧嘩すると、家を飛び出してすぐ木に登ったけんね。一度、薄暗くなってから飛び出してなんぼしても帰ってこんけん心配して、〝勝美、勝美〟って呼びながら探し歩いたけど、どこにも見つからなくて帰ってきて、庭の入り口の所へ来たら上から松かさが落ちてきたけんね。庭の松の木のてっぺんに登っちょったわね」

その話しの続きを母だったか兄、富夫だったか、どちらかが続けた。

「誰もよう見付けてごさんで、降りようにも降りるわけにいかんだけん、上から松かさ落としただらね」

　本人は自然に松かさが落ちたのか、自分で落としたのか全く憶えていない。とにかく、そこが好きだったので、しょっ中この松に登っていたから、この話しがいつの時のことなのかはっきり思い出せない。

　ともかく、残念なことに、このいろいろの思い出のあった庭の松の木も、一、二ヶ月前の風速五十メートルを越える台風（台風十九号、平成三年）で大分傾いてしまったようである。今は、鉄道や道路の高架や木の上はもちろん、ビルの屋上から下を覗いた時、手すりのいい加減なビルの上の方の階段を登っている時など、たまらなく恐くなってお尻の方がこそばしくなってくる。

　何歳頃から高度恐怖症になったのか定でないが、恐らく高校か大学へ入った頃からではなかろうかと思う。そもそも特別に訓練を受けた鳶職さんのように高い所での作業に慣れた人以外、高い所へ上がって恐怖を感ずるのはあたり前と思える。高度恐怖症の人は気が小さいというのではなく、むしろ想像力が豊かであると思うことにしている。不安定な高い所へ立って、次に何が起きるのか、先の結果がどうなるかが一瞬にして思い浮かぶから恐怖を感じているのであり、まさに想像力の豊かな頭の働きの良い人ということになる。

人間は両眼で物を見る。両眼から見る角度の違い、即ち、両眼からの視線のなす角、視角などから物体までの距離を判断しており、遠いものは小さく見えるようであるが、そんな認識をしている頭の中のカラクリはそう単純でもなかろう。小さい物体なら両眼から見る角度は小さいが、それを必ずしも遠いと判断するわけでないし、逆に、物体が遠いと視覚は小さいが、それで小さい物体と頭が判断するわけではない。片一方の目の視力を失った人も、多少難しいかも知れないが距離を充分に判断できるらしいことからすると、頭の左右、前後の僅かな動きによる見え方の変化も距離を判断するのに重要なのかも知れない。即ち、一寸、動いたときの変化で距離を判断している可能性があると思われる。それに経験とか学習とかいろんなものも利用されて判断されているのだろう。目に入ってきた光から何をどう判断するかの頭の中のカラクリは、必ずしも我々の持っている常識からは予想し難いものかも知れない。

普通、高いビルの上から下を見ると、走っている車や歩いている人が小さく見える。自分の立っている建物の下の方がずっと細くなっているように見えるため、もの凄く不安定な感じがして、今にも倒れそうな気がするのも恐怖感を引き起こす理由であろう。ところが、本当かどうか知らないが、高い所での仕事に慣れたいわゆる鳶職さんの目には、建物の下の方が細く見えはしなく、上から下まで同じ大きさで見えているということを聞いたことがある。もともとそんな風に見えるわけもなかろうから、もしこれが本当なら、高所で作業経験を積むにしたがって、安定と感じられように次第に学習効果が進んだ結果だろう。即ち、決して下の方が細いわけではないという事実が無意識のうちに組み込まれて、頭の中での認識、判断が変わっていくのかも知れない。

この高度恐怖症の私も、飛行機に乗って余りにも高い所へ上がってしまうと、また恐さが薄らいでくる。どうせ落ちれば死ぬ、じたばたしてもどうにもならない、という諦めのような気持ちも恐怖感を減らす原因の一つになっているのかも知れない。もしかして、ここから落ちれば万が一には助かるかも知れないが、死ぬかもしれない、というような気持ちに感じられる高さの所が一番恐怖感をもたらすのかも知れない。しかし、どんな屁理屈を並べてみても始まらない。恐いものはやっぱり恐いのである。

若い頃、高い木の枝の先からスーッと転落して落ちていく夢を何度か見たが、これも高度恐怖症気味であるからだと思う。もっとも、ここにも学習効果があるらしく、おかしなもので二度目以降は落ちる途中で〝アッこれは夢だ〟と気が付き、〝落ちてもかまわない〟と軽くなった体で思うことが多い。その上、そんな気持ちで落ちながら〝これは本当に夢だろうな〟と夢の中で思ったりもする。

本当に夢とは魔訶不思議なものである。時々、この人生そのものが、それどころか宇宙が誕生して、地球が生まれ、生物が発生し、人間が生まれ、私自身が存在すること自体が夢の中のことなのかも知れない、という変な錯覚に落ちそうになったこともあった。

余り夢のことを書くと、夢判断、夢占いをやる人や心理学者から何を云われるかわかったものでないので、もうこれくらいでやめにした方がよさそうであるが、〝大抵のことは慣性の法則を拡大解釈すれば説明できる〟という持論からすると、夢も必要があって見るのであり、役に立つということになる。楽しい夢、希望や思いの叶う嬉しい夢を見たいものと、長い通勤電車の中でも期待して寝ているわけでもないが、帰宅の時はしょっちゅう、下車予定の下松駅を乗りすぎでしまうのである。

七　手足の冷え

昭和から平成に入った頃から、冬場になると手足の先がずいぶん冷たくなる、と感じ始めた。電気系の教職員全員が一堂に会して新年の挨拶を交わす新年交礼会の行われたこの平成四年の正月五日も、平成二年、三年の時ほどではなかったがかなりの手足の冷えを感じた。自分自身で冷たいと感ずるだけでなく、念のため握手をした研究室の殆ど

のメンバーの手が私より温い。決ってしてメンバー全員が私より若いからでなく、私より少し年長の荒木　久さんでさえ、

「先生の手は冷たいですね」

というほどである。もちろん、私の研究室のメンバーは殆ど男性であるので女性はどうか知らないが、恐らく私より温かであろう。もしかすると、女性に冷え症が多いとしばしば耳にするから、女性の手は、案外、もっと冷たいのかも知れない。

ともかく、手足が余りにも冷えるので単に冷たくてかなわん、眠りにくくてかなわんというだけでなく、何か体に多少不調のところがあるからかも知れないという気もして、気を付けなければいけないと思っている。ところで、なぜ手足が冷たくなるかを少し素人として考えてみよう。

人間の体温が適当に保たれているのは、口から吸い込まれ肺に送られた酸素が血液中に取り込まれ、全身にまわって様々な生体反応を引き起こし、その一部が熱に変わるからであろう。体温はこの反応による発熱と外部への熱の放射、放熱とのバランスで決まるだろう。もちろん、生体内での反応の効率は非常に高いであろう。しかし、百パーセントではないだろうから、効率が低い分だけ最終的には熱のエネルギーに変わる筈で、中には積極的に熱を発生させる反応も組み込まれているかも知れない。

体の中心部で発生した熱で少し温められた血液が体の末端まで流れていき、その部分の温度を上げる効果、即ち、一種の集中暖房システムのように機能している可能性がある。集中暖房ではスチーム（蒸気）や温められた水を循環させているが、同じように水の代わりに血液が利用されて全身を温める効果もあろう。しかし、体の末端でも運ばれた酸素を使って反応が生じ熱が発生している可能性がある。もちろん、燃料に相当する栄養分が運ばれない場合は末端での熱の発生は減少する筈である。

このように考えれば、結局、手足が冷たくなるということは、体の末端までうまく充分な血液が運ばれていないと

いうことに原因していると思える。たとえ血液が流れても酸素や栄養分が運ばれなければ、やはり結果的には冷えることになる。だから充分に食事がとれない時や血液中の酸素を運ぶ役目をするヘモグロビンを含む赤血球が減った時、或いはヘモグロビン分子の真中にある鉄が不足していればやはり酸素が運べないので、冷えることになる。要するに、貧血による冷えである。

ともかく、これらは血液の組成、成分そのものに問題がある場合ということになるが、それよりも血液の流れそのものに問題がある場合も多かろう。血流が悪くなる原因もいろいろあるだろう。たとえば、(1)血液を通す血管そのものが細くなり流れなくなる、(2)血液の粘度が高くなる。即ち、粘ばっこくなって流れにくくなる、(3)血流を生じさせるポンプの役割りをする心臓そのものが弱くなる、などが思い浮かぶ。

(3)は当然であるが、ここでは心臓の話しは一応除いておこう。心臓が止って死亡すると急激に体温が下がっていくのはよく知られている。(2)は血液の粘りけであるから食べ物などの影響が大である。たとえば、糖や油脂分が血液の中にたくさん入ってくれば血液の粘りけが上がるであろうから、いわゆる糖尿病の人の血液の粘度は大きくなっている可能性がある。また、何らかの理由で体のいろいろな組織から粘りけを増す成分が血液の中に出ることもあるかも知れない。

(1)は何らかの理由で血管が細くなることである。よく云われるように血管の内面にコレステロールや中性脂肪などが多量にたまれば、当然、目詰まりを起こして流れが悪くなる。また、何らかの理由で血管が縮み上がればやはり血液の流れは悪くなる筈である。この縮み上がる理由にもいろいろあろうが精神的な影響もあるかも知れない。

心臓から動脈を通って送り出された血液は、やがて静脈を通って再び心臓に戻る。このことは小、中学校でも習うから誰でも知っているが、単純に動脈と静脈が一本の血管で繋がっているわけではなかろう。単に繋がっているのであれば体の組織に酸素や栄養分が運ばれるわけがない。太い動脈が突然プツンと切れて、その先から血液がどんどん組織に流出している筈もない。もしそうであればその組織へ集中的に大出血を起こしていることとなる。

結局、心臓から送り出される血液の流れる太い動脈はやがて枝分かれして細い多数の血管となり、さらにその先がもっと細い血管に枝分かれして、どんどん枝分かれが進んで、最終的には極めて細い薄い血管となり、そこからほんの僅かづついろんなものが漏れ出るようになっているかも知れない。これがいわゆる毛細血管に違いない。一方、静脈の方の先端もどんどん枝分かれが進み最終的に毛細血管となっているだろう。従って、動脈の毛細血管から漏れ出た血液によって供給された栄養分や酸素が各組織で使われ、この利用され少し汚れもした血液は張り巡らされた静脈に繋がる毛細血管で集められて、最後に太い静脈を通って心臓に戻るであろう。

こう考えて見ると、普通は心臓は血液を送り出すポンプの役目をしていると常識的には思っているが、もしかすると静脈の方を通して吸い取るという働きもしているかも知れない。単に動脈の先端の毛細血液から組織に漏れ出た後、動脈の方からの押す圧力の効果だけで再び静脈の毛細血管の中に単純に押し込まれるとはどうも考えられない。丁度、吸い取り紙のように末端の組織から静脈の毛細血管に吸い込まれるのではないかと思える。これは、結局、太い静脈の血液が心臓の方に吸い込まれるからではないのだろうか。従って、動脈に繋がる心臓の左心室というのは押し出すポンプ、即ち、正圧の圧力ポンプ、逆に静脈に繋がる右心房というのは引き込むポンプ、即ち、負圧のポンプとして働いている可能性はないのだろうかという気がする。ほんの僅かの負圧になれば充分であろうし、左心室と右心房の動きの適当なタイミングのずれでこのような働きをさせることも可能かも知れない。

人工心臓がどんな風にして作られているのか知らないが、もし単に押し出すポンプとしてのみ設計されているのなら、一度、ほんの僅かでも引き込むポンプ作用も組み合わせて考えて見たら面白いかも知れない。

まあ、しかし、小学生程度の体に関する知識しか持っていない私が、余り大胆な、いい加減なことを云うと、大間違いの結論になってくる可能性があるから、このくらいで話しを少し戻すことにしよう。

さて、血管の目詰まりで流れが悪くなるというのは、何も太い血管のみならず細い毛細血管においても同じ筈である。むしろ、毛細血管の目詰まりの方が重大である可能性がある。血液中の赤血球や血小板と呼ばれるものの大きさと先端の方の毛細血管の太さは同じ程度になっている可能性があるから、ほんの僅かの目詰まりでも致命的になり、流れが殆ど止められてしまう可能性がある。

ところで、人間の体の中の血管を流れる血液は数ヶ所で集中的に処理されるという。たとえば肝臓で血液が浄化、解毒され、腎臓で濾過作用が行われ、血液中の不用物が尿などとして取り出されるらしい。すると、この肝臓、腎臓でも血管は特殊な形で毛細血管のようになっている可能性がある。従って、この肝臓、腎臓でも目詰まりを起こす可能性があるということになる。焼き肉屋さんで食べる牛の肝臓、レバーを見ても血がしたたるような赤い色をしているが、人間の肝臓も似ているだろうから、肝臓ではまるで全体が血液に浸っているような状態にあるように思える。だから、ここでの目詰まりは起き易く、また影響も大きい可能性があるような気がする。

世の中には腎臓結石で悩む人が結構たくさんいるようである。私自身も数年前の人間ドッグで腎臓結石の疑いありと指摘されて以来、毎回検査にひっかかっているが、その度に少しづつ大きく立派になっているようである。ただし、痛みが全くないので放置しておいても良かろうとのことである。従って、一度精密検査は受けたものの、そのまま体の中に石がしまってある。

この結石は尿の通る道にできるものだろう。尿は水の中にいろいろな不用物がたくさん集められた状態になっているのだら、何かの核をもとにいろんな沈殿や結晶のようなものができておかしくない。その一つが結石となっている可能性があろう。しかし、結石は単に尿路だけでなく、血液と尿を分ける所、即ち、濾過するフィルターの所でも出来る可能性もあるだろう。そうとすれば腎臓で尿の流れだけでなく血液の流れも悪くなる可能性もある。これが様々な腎臓の障害となって現れるように思われる。即ち、腎臓は下手をすると集中的に血液の流れを悪化させる要因となりうる場所と考えられるような気がする。

頭の中に張り巡らされている毛細血管での流れが悪くなり、目詰まりでも起こせば、単に冷えるどころか重大な結果を引き起こし、生命にも危険が及ぶ。

　ところで、恐らく起源は中国だろうが、しばしば五臓六腑という言葉を使う。五臓は心臓、肺臓、肝臓、腎臓、脾臓の五つの筈である。心臓、肝臓、脾臓が血液と深く係わっていることはここまでの話しでも自明であるが、肺臓は血液の中に空気から酸素を取り込む所、脾臓は白血球か何かが作られているところと聞いたことがある。

　ここまで書いて気が付いたことは、どうも臓と名のつくのは人体の中で特に血液とその流れに関連する役を司る器官、装置であると思われるということである。

　大昔、現在の西洋医学的な目からの人体に関する知識があったとは単純には思われない中国で、血液に関連する人体の構成要素をちゃんと識別して臓と名付けていたとすれば、大変な驚きである。いわゆる漢方医学というのは、極めて高い人体の理解にまで到達していたのかも知れない。これが長い年月の知識、経験の積み重ねの結果であるのか、誰か極めて直感力に優れた天才的な人が一挙に進めたのか興味深いところである。ところで、中国の人は漢方医と云わず中医と云っているようである。

　少し前の所で、血液の通路が狭くなる理由として、なにかが血管の内壁に溜って目詰まりを起こす可能性と、血管が縮み上がる、即ち、収縮する可能性の二つがあることを述べた。これまで主に目詰まりの方を触れてきたが、次に、二番目の縮み上がる方について暴論を展開しよう。

　人間は突然何かに出くわした時、恐怖にかられた時などに顔面が蒼白になり、体がガタガタ震えることがある。多分、これは血液の流れが悪くなったためであると思われる。当然のことだと思うが、これは精神的なショックが原因になって血管が縮み上がったためと考えられる。ということは、人間の体には精神的な刺激によって血管が縮み上がるような機能が備わっているということになる。血管の筋肉を収縮させる刺激は、当然、神経を伝わって血管の所まで届いているだろうが、頭の中で別に縮み上がらせようと思っているわけではないだろうから、これは我々の意志で制御されないと云われている自律神経、交感神経の作用によるのかも知れない
　それではなぜショックで血管が収縮するような命令が交感神経によって出るのか、ということであるが、これによ

って人間の生命を保とうとする働きの現れの筈である。私は〝大抵のことは慣性の法則を拡大解釈したら理解できる〟という妙な説を持っているが、これによれば、生まれた生命はそれを維持し続けようとする本性があるので、それらを満たす行為の一つとして縮み上がっているのだろうと解釈される。

古代、人間が猛獣に出会って咬み付かれ、大出血が起こって死んでしまうことがしばしばあったと考えられる。従って、万一咬まれても出血が少しでも少なくなるように、猛獣に出会った時のように恐怖にかられた時、ショックを受けた時には、血管があらかじめ縮み上がるようになっていると考えることができる。要するに、血流を抑えておこうというのである。太い血管だけでなく、細い血管まで縮み上がれば流れは大幅に抑制されることになるのである。同時に、もしかすると交感神経は血液の粘度、粘りけを上げるような働きをするかも知れない。即ち、血液中に粘り気を上げる効果を発揮する物質を出す作用を、どこかの器官か血管そのものに、ショックやストレスがやらせるかも知れない。これが本当であれば強いショックに出会うと血管は縮み上がったり、粘っこくなって血流が悪くなるということになる。このショックは単に肉体的なものだけでなく、精神的なショックでも同じことの筈で、それにより顔面蒼白ともなることになる。

ところで、血管が目詰まりしたり、収縮したり、血液の粘度が上がったりして血液の流れが悪くなると、やがて酸素や栄養分の補給が止まり組織が死んでしまうことになる。これでは人間にとって大変であり、何とか血流を上げようとするだろう。その一つの現れが血圧の上昇だろう。パイプの先端が止められればパイプ内の圧力が高くなるのは当然だが、それだけでなく心臓のポンプ作用も強められて意識的に圧力が上げられている可能性がある。こう考えるとストレスが長時間続くと高血圧となり、心臓にも負担がかかるということが頷かれる。即ち、ストレスは成人には極めて大きな悪影響を及ぼすことがわかる。高血圧を避けるのに最も効果的なのは、従って、ストレスの低減の筈である。

私自身、少し血圧が高くなった時、毎朝二種類の薬を一錠づつ飲み始めた。この二種類の薬がどんな役割りをしているのかお医者さんに聞いていないが、これまでに述べた考え方が正しいとすると、どんな働きをしているのか類推できる。

まず、薬の効果として全身の血管を拡げさせる働きをしている可能性がある。また、似たようなことであるが、腎臓か何かの器官に作用して腎臓などの血流をスムーズにする或いは血管を縮ませたり粘度を上げるきっかけになる信号の発生源の機能を落すような働きをする薬もあるかも知れない。また、心臓の働きそのものの制御を行うような刺激を与える薬もあるかも知れない。

高血圧症となって、一番最初に病院で貰った赤い薬（赤いケースに入った白い薬だったかも知れない）を飲んだ時の情況は、このような考え方と矛盾しないように思える。飲んでしばらくすると手や顔が真赤になったきて、脈拍がかなり上昇するということを自覚した。これは恐らく血管を拡げる効果を持つ薬だったためと思える。そのために手や顔への血流が急激に増え、赤くなると共に急に血流が良くなり、それに対応するようにポンプ作用する心臓の動きが激しくなって脈拍が上った可能性がある。この即効性のある薬の名はアダラートと云ったようである。

この症状をお医者さんに伝えたところ、同種の少し少量の薬に変更していただけた。しかし、その後、少しだけ不整脈も出たこともあって、白い薬に変った。水色のプラスチックのケースに入った白い錠剤である。この赤と白の薬は全く違う働きかけをしている可能性があるような気がする。その後、この白い薬が私には合うのか、かなり良い範囲に血圧はおさまっている。私の感じでは、血管じゃなくて何かの器官に作用し、何かの分泌をコントロールしてるような気がしてならない。この薬はレニベースと云うようである。

どうも、血圧に関しては漢方薬や健康食品的なものも効果を発揮するようで、微妙な症状の違いや他の病気もあるかどうかで、使い分けられるということである。ダルマ薬局の古田ふじ子さんの話しによると、柴胡加竜骨牡蠣湯（さいこかりゅうこつぼれいとう）や霊芝類などいろいろな有効なものがあるということである。

古代中国から発達してきている漢方薬は不思議な効能を発揮することがあるようである。同じ中国に起源を持つ大極拳や気功法なども、気、精神状態をうまく制御し活かすということで健康を回復したり、維持することができるらしく、現代科学では理解し切れない様々な神秘的な効果もあるようである。

気持ちが健康に影響を与えることは、先に述べたストレスと病気の関係からも頷けるが、大昔から病は気と強く関係するということで病気と名付けられたというのは凄いことだと思える。

またまた〝風が吹けば桶屋が儲かる〟式の暴論を展開してしまったが、要するに〝ストレスは万病の元〟である。自分にストレスをかけずに、思うように生きるのが一番良いということで、理屈でもなんでも自分に好きなように解釈したほうが良いかも知れないということである。

しかし、悪いことも、その理屈もわかっていながら、過大なストレスを負いこんでしまう私はやっぱり小人のようである。

八　父　昔話

平成四年一月二十七日、父秀男が永眠した。享年八十四歳である。もう一月足らずで八十五歳であるから年齢には不足はないといえるのであるが、やはり親というのはどんなになってもいつまでもいて欲しい存在である。平成三年の暮れから一進一退という状態であったので、ある程度覚悟はしていたが、やはり現実となるとショックがなかったと云えば嘘になる。

子供の頃、父からいつも、〝親死ね子死ね孫死ね〟だ、と云われてきた。この順序が一番であり、これが逆転すれば大変な不幸であるというのである。まさにこの通りことが進行し、その点父は幸せな一生を送ったと云えよう。

この言葉に限らず、ずいぶんいろいろなことを聞き、教えて貰ったものである。何も教訓だけと云うのではなく、様々な事柄、経験、私の子供の頃の時代ではもはや想像もつかないような驚くような体験を語ってくれたものである。

大分いろんな話を聞き、その一部は既に〝自然、人間、方言備忘録〟の中にも少し記したが、それはまだまだほんの少しだけ。聞いた話などからすると、猛烈な話の、昔話の宝庫のような人だった。何もそれを全て人に伝える必要もなかろうが、いろんなものを持ったままこの世から去った父にもう少し聞いておきたかったことがいろいろあったが、それもかなわぬものとなってしまった。何も父に限らず、ある程度の年齢となれば、各人それぞれ貴重な体験を持っている筈である。それらが全てその人が亡くなると共に消えていくのは非常に残念でもったいなくもあるように思える。同じように、すごい知識、経験、智恵が、その人の定年と共に失われていくのは余りの損失である。

既に、平成二年北野病院に入院した当時のメモを中心にした拙著〝自然、人間、方言備忘録〟、〝雑学、雑談、独り言〟の中にもそんな昔話のいくつかを記したが、まだ未記載のメモが残っている。紛失してしまわぬうちに、その中から面白そうなものを順不同でピックアップして記録しておくこととしたのが、最初にも述べたが、本書ができた理由の一つである。私に面白いというだけで、他人に面白いかどうかは全く知らないし、責任は持てないが、後の方で〝棹は三年櫓は三日〟〝土こね三年ロクロは三日〟など父の話した話も少しでてくる。

いずれにしても、皆んな、知っていることは誰かに話しておきましょう、記録しておきましょう、と云いたいということである。もっとも、まず、皆んなが話を聞きたがるような立場と能力になっておきたいものであるが、ともかく誰もがそれぞれ貴重なかけがえのない経験をしているものである。

九　散る桜残る桜も散る桜

父の死後、わかりきっていることであるが、あらためて心に念を押したかのように感じられたことがいくつかある。一つは当然のことであるが、死ねば無となるということである。名誉や富みがある人もない人もみな同じ平等である。何を持っていても、どう評価されていても関係ないのである。

人の一番幸せなことは何であろうか。やるべきことはすべてやったという充実感もあろうが、何といっても皆から感謝されること、喜ばれることではないのだろうか。勲章なんかも人から真に喜ばれながら貰うのなら良かろうが、妬ましく思われながら貰ってもどうにもならない。そこにいること自体でまわりから喜ばれる存在になれたらどんなに幸せだろう。そんなふうになれる人は殆どいないだろうが。

欲張ってもきりがない。勲章を貰ってうれしく思った人も、もっと上の勲章を貰っている人があると知ると、不満の心がわくにちがいない。それが上昇、努力に結びつくこともあろうが、上には上があるから際限がないだろう。もしかして最上の勲章をもらった時に、勲章っていったい何だろう、と気づくかも知れない。勲章どころか、名誉も地位にもとらわれずに生きて行けるのが一番気楽であろう。もっとも名誉や地位や勲章が周りの人に喜びをもたらすのなら幸せの筈であるが、喜びで受け入れてもらえるような人間になるのは至難のことだろう。

いつだったか、古事記の編纂者とも云われる大野安麻呂の墓銘碑が出て来て大騒ぎになったことがある。大野安麻呂の墓銘碑は大事に扱われるだろうが、大野安麻呂の骨が朽ちて土の一部となっているのに、まわりの土は皆に踏んづけられて何んとも考えられていない可能性がある。名前だけに意味があって、人間そのものの重要さは余り大きく見なされていないのが現実だろう。何となく寂しい気もする。

人間、皆んな生まれてやがてこの世から消えて行く。父の死後、自分の前にあった父という大きな防護の壁が突然パッとなくなったような気がした。次は順当にいって自分の番である。全く同じことを同じ阪大歯学部の和田健教授も感じたと云っていたから、ほとんどの人が感ずることかも知れない。人の後にいて、人の背中を見ている間は安心なものである。

よく〝散る桜残る桜も散る桜〟という言葉を聞く。桜の花は数日咲いてパラパラ散っていくが、中には少しだけ永く木の枝に残っている桜の花もある。先に散った桜の花を可哀想と思う間もなく、残っていた桜も散ってしまうということなのであるが、同じようなことをいつも次のように思っていた。

人の一生は先の無い道を歩いているようなものである。最初のうちはしっかりした丈夫な道であるが、所々に少し穴があいていてごくたまに中に落ち込む人もある。しかしどんどん歩いて行くうちに、先の方の道は悪くなって割れ目だらけ。やがては丁度金網の様に、細い道筋が何筋も細長く延びている形となり、バラバラ、どんどん人が落ちるようになる。やがてその細長く延びた道もついに途切れる。途切れる迄の長さが筋毎に少しづつ違うが、ともかくやがて前後はあっても全部が途切れ、その先には道はない。

即ち、早く穴に落ちた人は若くして死に、中年の頃は比較的命を保って生きて行くが、やがて割れ目が多くなり落ちて死ぬ人が増える。筋のような細い道になるとその上を歩いている僅かな人のみが生き続けるか、ついには道が途絶えたところで道から落ちて皆んな死んでいく。結局、前後はあるが皆んな落ちて死んでしまって、遙か遠方に行ける人は全くいない。自分の前に誰かが歩いていて、その人の背中を見て歩いている間は自分が落ち込むことは気が付かないが、自分の前の人が落ち込んでしまうと、やがて自分も落ち込むということが眼前の事実となって現れてくることに気付く。どんなにもがいても、どんなにいい薬を手に入れても、どんな名医を呼んできてもやがては死んでいく。せめて生きているうちに幸せな心を持ちたいものであり、そのためには何といっても人に喜んで貰えるというのが一番幸せなことに違いない、と思うこの頃である。しかし、思うことは簡単であるが、どう実行して良いかなかなか分からないのが現実である。

全く同じようなことであるが、この春ある民間組織から研究費の援助を受けることになり、その授与式に出席した時感じたことがある。この援助によって研究が円滑に進められるのでとっても有り難く、若い人の活躍の機会も広がるので大いに感謝したが、同時にふと思った。

〝こうやって選ばれて研究援助を受けることはうれしいことであるが、逆に援助を差し出す側になって、皆から喜んで貰ったらもっと幸せに違いない。難しいかも知れないがやがてそうありたい。〟

しかし、こんな夢みたいなことを考えているよりも、ずぼらを決め込んで果たしていない義務を果たす方がまず先決で、果たさねば喜んでもらえないどころか、困る人も出る筈である。中途半端にしたまま、期限がはるかに過ぎた原稿の仕上げをすることが、まず私の果たすべき義務の一つだろう。そう思った途端、電話のベルの音でまたビクビク。

十 忘れ物

不幸が続くことも時にはあるのである。父の死からおよそ三ヶ月後にあった葬儀の前の晩、即ち、お通夜に集まった人からいろいろな話しが出た。故人を偲ぶ話ももちろんあるが、おかしな話をする人もいる。誰が云い出したか忘れたが忘れ物の話しになった。

「この間の＊＊＊さんの葬式のあと斎場（火葬場）へ行く時よ。和尚さんを連れて行くの忘れてよ、大騒ぎになったんよ。他所から来た和尚さんだったんで様子が分からなかった、ってこともあるけど、えらい手落ちよ」

「和尚さん忘れてたら火葬できんよの」

「明日は忘れんようにせなあかんな」

と誰かが笑いながら云ったんで、余りこんな場面で口出しする性分でない私であるが、ボソッと一言云ってしまった。

「私を忘れてもいけませんよ」

皆が振り向いた。

「何しろ、私が火葬許可証を持っていますから」

また笑いを誘ってしまった。

前日、遺体を病院から家まで運んだあと、私が楠本さんの車に乗せてもらって病院へもう一度死亡診断書をもらいに行き、その足で一緒に市役所へ死亡届を出して、また別の役所へ火葬許可書を貰いに行ったので、私の胸の内ポケットにはこれが大事にしまい込まれていたのである。

楠本さんはかって市役所に勤められていたこともあったらしく、内部のことを熟知されていたし、信頼の厚い人のようでいろんな人に優しく対応して貰えたので、土曜閉庁の日であったが、ずいぶんスムーズにことが運んで助かったのである。この時の業務は、守衛さん、日直の方など少人数の方が、まさにてんてこ舞いでやられていて気の毒なくらいであった。事故や死亡などは日時を選ぶわけがないので、関連する仕事量は平日と同じであるからである。

最近、私の田舎の出雲地方の一都市、出雲市の岩国哲人市長がユニークな発想で次々と新しい機軸をたてられているそうであるが、その中の一つに市民サービスは日曜日もやる、しかも、それを人が一番集まりやすい市内の真ん中のデパートでやる、というのがあるそうである。もっともな発案であると改めて思ったのである。

さて、いよいよ葬式の当日であるが、短い時間内でありとあらゆることが執り行われるので、ゆっくり考えたり手配している時間もなくことが運ぶ。しかも、お通夜で殆ど寝ていないから、精神的には張りつめているが、頭の働きはにぶっている可能性がある。

あっと云う間に告別式が終わり出棺となった。バス停の近くに来ている霊柩車に棺を運ぶと、目の前に斎場行きの大型バスが来ており、すぐに乗ってくれとのことである。一旦、それに乗り込んだが、特に身近な人は乗用車であるとのことで下車し乗り移る。

「皆、乗りましたか」

と一声、二声あって霊柩車に続いてさっとバスは出発し、続いて乗用車が出発し、十～二十分くらいで無事に斎場に到着した。

そこでハッと気が付いた。

「あれ、和尚さんは」

なんと、霊柩車とバスがあわてふためくように発車したため、誰がどこに乗っているのかを確認するのを誰もが怠っていたのである。

さあ、えらいことである。私は到着したからすぐに係の人に火葬許可書を渡したが、和尚さんが来られなければどうにもならない。昨日の話が現実になってしまったようである。

ところが、幸いなことに、最後の楠本さんの乗用車で恵子さんが和尚さんに同行して来ていたのである。従って、結果的には斎場の到着時間も殆どずれがなく、ほゞ予定通りことは進行し、一同ほっとした次第である。

突然の葬儀では皆が動転しているのだから、こういう出来事はまゝあるに違いない。

田舎で父の葬儀の時、兄が十枚くらいの紙にそれぞれ一台づつの車に乗車する人の名前を記入して配っていた。その時、〝何でこんな細かなことまで気配りしなけりゃいけないのか〞と思ったものだが、実際はそれが良かったようである。しかし、こんな緊急の時はある程度落ち度があって当たり前で、落ち度があるくらいが、むしろ不幸な出来事に慣れてないということで良いのかも知れない。

人の死は親族、身近な者にとって大変悲しいことなので、超多忙であるということは、悲しみを一時的にでも忘れさせることに役立っているかも知れない。しかし、長らく患って亡くなる人もあるから、死に至る迄、人によっては数週間から数カ月以上も不眠不休の看病で心身共に相当に衰弱していることもあるに違いない。だから、さらに死後数日間の休む間もない行事は相当ダメージを与える可能性がある。その場は緊張感からもっているが、行事が一通り終わった時点で、どっと疲れが出て、重大な影響が体に現れてくることもあろう。

最近、お産はたいてい病院で行われる。だから、人間生まれる時は産み落とす母親本人はともかく、その他はかなり専門技術を備えた方が的確にことに当たられていることになる。誰もが迎える死の過程でも専門家のお世話になるわけであるが、死後のこともいわゆる技術的なことは専門家がとりしきり、親族に過度の負担がかからない形に次第に葬儀の姿、やり方も変わっていくに違いない。

ともかく、葬儀の後、火葬許可書或いは埋葬許可書と共に和尚さんのことを片時も忘れないようにしなければならない、というのが教訓である。

私の田舎ではつい十年くらい前までは土葬だったのである。だから私も心情的には、死後に土葬してもらう方が有り難いような気もするが、いずれにしても無である。

十一　文明の利器

1　ファックス

私が教授になって数年後のある日、共同研究者のアメリカの教授にファックスを送った。普通、アメリカの人は結構はっきり自分の主張をされることが多く、また、それが当然でもある。ところが、そんなアメリカの人のイメージに比べると、遙かに口数も少なく、声も大きくなく、真面目で、温厚なマサチューセッツの大学の共同研究を行っていた教授から、至急データが欲しいと連絡があり、手元にあった資料をファクスで送ったのである。速達で送るには、もうこの日の速達郵便の取り扱い締め切り時間に間に合いそうにもなかったので、少し大部であったがファックスで送ったのである。確か、その前の週も同じような処理をした筈である。

ファックスを送ってしばらくたって、電話のベルが鳴った。ファックスを送ったアメリカの教授からである。

「有り難う。今、ファックスを受け取りました」

「それで役立ちますか。何か必要があればいつでも云ってください」

「有り難いけど、勘弁してください」

「どうしました」

「枕元の電話が鳴って、その後どんどんファックスが流れてくるの眠れなくて大変です。今、深夜なんです」

枕元の電話がファックスと兼用だったのである。全く申し訳ないことをしてしまった。アメリカと日本の時差を考えると、日本が夕方の時、アメリカでは深夜だったのである。それにファックスがオフィスでなく枕元にあったのである。大いに反省させられたのである。便利な文明の利器も、よく判断して使わなければならないと云うことである。

しかし、ともかく、便利である。ファックスが出現してしばらくたって、最近ではもっとも簡便で高速、内容豊かな情報伝達手段として定着しているが、ヨーロッパや米国の友人と瞬時にして充分な打ち合わせができるなど、あらためて感心させられる。恐らくそう遠くない段階で、もっと別の電子媒体による情報伝達が広く使われるようになるのは目に見えているが、当面すこぶる便利な手段である。

もっとも、現在のファックスでまだ問題が残っていないわけではない。特に個人個人が机の上に専用のファックスを置くようになっている場合はよいが、たくさんの人間、たとえば一つの課、一つの部で一つのファックス、そうでなくとも複数の人間で共用のファックスがある場合などに機密保持が難しいことが課題である。

たとえば、大学にいるものにとって必要な事項であるが、試験問題の打ち合わせ、試験結果の連絡、また企業の方にとっては時として内密の見積もり、若い人ではデートの約束など人に知られたら困る内容のファックスがためらわれることもあろう。実際、我々は人事や試験関係のことでは一切ファックスは使わない。また、時折、私に全く関係のない業者間の見積もりや、発注のファックスが届くことがある。

何とか、特定の個人にのみファックスが届けられるように機密性が守られるようになれば、もっともっと便利になる筈である。今のところ、こんな機密保持機能を持ったファックスはなさそうである。どうしたらそんなことができるか考えてみたい。

ファックスはまず発信側で文字や絵に書かれた用紙を端末機に通すと、それを半導体素子などで読みとり、その内容が0、1のデジタル信号に変えられ、電気信号、あるいは光のオン、オフの繰り返しとして送られ、それが受け手側で再び文字、絵の形に変換され、記録され打ち出されるのだから、このどこかの段階で機密化ができればいいわけである。

一つの可能性はファックスは受信と同時にどんどん印字されて出てくるが、見えない潜像の形で記録しておき、必要に応じて各自が自分のところまで持ち帰って、それを顕像化する、即ち、見える形に変えればよい。要するに出てきたファックス用紙は白紙あるいは特定の色のままであり、何も読みとれないが、これに熱を加えたり、光を照射したり、圧力をかけたり、薬品処理したりすると文字や絵が現れてくるようなファックス用紙を作ればよい。完全に真っ白であれば、誰宛のファックスか分からないので、上端の一部のみに宛先だけ印字されるようにしておけばよい。見えない形で記録し、それを後処理で見えるようにするやり方、原理、材料は色々あり得るので、案外簡単に実現しそうな気もする。しかし、これはあくまで人を信用した上で意味がある方法で、これとて、人に届いたファックスを持ち出して勝手に読まれたら全く意味のないことである。それにこれは紙代が高くつく。

もう一つの可能性は端末機に大容量のメモリーを置いて送られてきた情報をどんどん記録させて置いて、各個人が自分に固有の暗唱番号、数字を打ち込むか、カードを入れると、その人のファックス内容のみがプリントされるようにすればよい。これの方が現実性があり、すぐにも出来そうである。

要するにファックスもプライバシーが守れるような形となれば利用価値はもっともっと増えるという事である。いや、時々誤配信されていることからも、むしろファックスでは極秘のことは連絡に使わないのが当たり前と考えたがいいのかも知れない。もっと云えば、世の中、なんだか余りに秘密が多いのも考えものであり、住みにくくなってきてしまっているように思える。

もう一つ日頃思っていることをこの際云っておくと、ファックス、電話など電子機器に余りに複雑な機能が付けられているようで、むしろ全くそんな機能は不要では無かろうかと思う。大多数の家庭の主婦が複雑な機能を使いこなしているとは考えがたい。ほとんど単純な通話と送受信機能だけあればいいように思える。これらの機器の開発者が、複雑なことが分かり過ぎるのではないだろうか。もっとも使いこなしてないのは私くらいかも知れないが。そもそも私が電子工学にいることとそれ自体がおかしいのかも知れない。いや、むしろ私のようなずぼらな人間にとって使いやすいように、便利なようにという発想で開発するのがいいのかも知れない。と云うことは私が電子工学にいるのも良いことなのかも知れない、と相も変わらず自己弁護で終わる私である。

十二　片岡物語　長生き

平成四年九月二十二日午後三時過ぎ、突然ドアがパッとあいて栄光社の片岡さんが入って来られた。

「先生、なんですか」

少し前に片岡さんに作ってもらっていた石英製の測定容器の電極端子部分に、学生さんの操作ミスでヒビが入ったので修理を頼もうと電話した時、出られた奥様が〝出張中で月曜日に帰ってきますので、次の日、火曜日に寄らしてもらいます〟とおしゃっていた、その火曜日だったのである。

「一寸座って下さい。お茶くらい入れますから」

座ると殆ど同時に話しが始まる。

「東京へ行ってきましたんや、光化学関係の学会があったんで。先生も知ってられるあの長倉先生がやられている会ですよ。それにしても長倉先生は七十才を越えられてるんじゃないかと思うのにえらい元気ですな。顔の艶なんか全然違いますよ。年寄の膚じゃないですよ」

「そうですね。お酒は飲まれるんですか」

「お酒も飲まれるでしょうけど、なんでも食べられるそうですよ。でっかいビフテキなんかもパクパクおいしそうに食べられるそうですよ」

両手で四〜五十センチのとてつもなく大きなビフテキの形を示しながら話されるが、どうも話しがどんどん大きくなっているような気がする。

「お互い、がんばらにゃいけませんな」

私と片岡さん、夫々に五十歳代、六十歳代だから長倉先生よりずっと若い筈である。

「あんまりなんやかんや考えなくていいんでしょう。あれがいけない、これがいけないなんて云わずに、好きなものを好きなように食べたらいいでしょう。要はストレスをかけないことかも知れませんな」

と云いながら、会う度に健康を確かめ合い、漢方薬の話しをする二人である。

「先生、それじゃ、えーとなんでしたかね。どれですか」

思い出して手渡した容器を一目見るなり、即座に一言。

「タングステンを封入しているところにヒビが入ったんですね。なおしときます。タングステンの先に長目のニッケル線を接続しておきましょうか」

タングステンとニッケルをかしめて止めようとして石英が割れたことをお見通しである。さすがにプロである。片岡さん自身は社長さんだが、職人さん並の腕を持っておられるかも知れない、と思うほどである。もっとも知識だけかも知れないけど。

こんな会話をしてたものだから、一週間ほど前の敬老の日の前後、テレビに出ておられた高齢の方々を見て驚きいってしまったことを思い出した。日本に百歳を越える人が数百人もおられるそうであるが、とんでもなく若々しく見える人が多い。百歳を越えて泳ぐ人、若い人と一緒に遊ぶ人、仕事を現役でやってる人、なんだか百三十も百五十迄も長生きしそうに見える。同じように生まれても寿命にはずいぶん個人差があるものである。本来持っている素質の差が大きいかも知れないが、気の持ち方でも大分変わるようである。気楽にのんびりやりたいものである。

それにしても長生きで高齢の人は、皆もともと善人だったかのように見えてくるから不思議である。本当に善人が長生きしているわけでもなく、善人で短命の人もあろうし、悪人と呼ばれるような人でも長命の人もいるだろう。しかし、長生きすると次第にあくが抜けて抜あく人、脱悪人となり、善人らしくなるかも知れない。身のまわりの人、皆んな長生きして善人になって欲しいものである。

こんなことを思っていて、もう一つ同じようなことにふと気が付いた。長命のおばあさん、特に八十歳、九十歳、百歳と高齢になればなるほど、皺がとことんよろうがどうが、斑点がたくさんできようがどうが、だんだん温和に品良く見えてくる人が多いようで、若い頃はさぞかし美人だったに違いない、とうっかり想像してしまいがちである。ところが、若い頃の写真を見てみるとがっかりするくらい違っており、年と共に都合の悪いところから抜け落ちていくことがよくわかることがある。道理でこの人の孫娘さんはあれか、と納得したりするが、心配無用、長生きすれば美人間違いなし。

まあ、ともかくまずは長生きが一番である。

十三　下手の考え休むに似たり

どちらがよいか悪いかは全く別にして、どうもこの頃の時世では五十歳を過ぎる頃から、どんどん際限もなく忙しくなっていく人と、どんどん時間的に余裕が出てくる人に二分されるようである。忙しくなる方の人は心身とも酷使するわけだから可哀想に見えるが、案外身の回りのこと、間近に迫った案件に気が取られて自分の人生について悩む余裕もなく、考えようによっては幸せな人なのかも知れない。もっとも、こんな人の周辺にいる人は職場でも家庭でもたまったものではない筈であるが、当の本人はそのことに気が付いていても、それに気を配る余裕もないのだろう。

逆に、どんどん余裕が出てきている人は、なんだか仕事の主役から少しずつ離れていって、気の毒に思われたりもするかも知れないが、当の本人は余裕の時間を使って、それまでやれなかったいろんなことをしたり、考えたりできるから案外幸せな人なのかも知れない。

もっとも、このような場合、人生についていろいろ考える余裕ができるものだから、趣味や、社会活動、ボランティアなどの新しい道を見いだして活動できる人でなければ、これまでの人生が何だったのか、これからの人生にどんな意義があるのか考え込んで袋小路に入ってしまうこともあろう。そんな時、周囲の人達にしてもその暗さが感じ取られるからやはりたまったものではないということになるかも知れない。食べて寝て、生きていくことさえ不自由で不安が大きく、必死にならざるを得なく、いろんなことを考える余裕がない方が幸せなことなのかも知れない。

いずれにしても、五十歳を越える頃から忙しくなる人と暇になる人に分かれるが、どちらにしても周囲から見られている以上に大変なのは変わりないだろう。それに忙しい人も定年を迎えた途端、事情が全く違ってくることが多いのである。

当の私自身はどちらかというと前者のタイプのようである。だから定年後は人生が激変するはずで、定年まで後十年余りとなったこの五十歳の私はぼつぼつ心の準備が必要そうである。

実際、定年後にも、生き生きと新しい道を歩む人がいる一方、途端に老け込んで活力を失う人がある。活力を失うほどでなくとも、目的を見失って、心の満たされない日々を過ごしている人が結構多い。

時には何が幸するか分かったものでなく、私の兄、富夫なんかは事故がきっかけで結果的に還暦を迎えようとしているのに生き生きと毎日を過ごしている。

ある銀行の出雲支店に勤めていた四十代のある日、仕事の帰りにタクシーを降りた我が家から僅かの距離の所で、二十歳の若い男の無謀運転の車に跳ねられ、瀕死の重傷を負ったのが発端である。忘れもしない、私の誕生日の十二月十日であった。父からの電話で、極めて危ない状況なので覚悟して帰ってくれと電話を受けて、悲痛な思いで新幹線に乗ったことを今もまざまざと思い出す。

全身骨折、内臓破裂、頭蓋骨も損傷を受けてのまさに瀕死の状態だったものが、運び込まれた病院でたまたま名医が当直の日だったという幸運にも恵まれ、手足に多少の運動障害は残ったが、頭にも何ら後遺症も残さず回復した。全く信じられないほどである。

そんな兄は一年半の入院の後退院し、再び銀行に復帰し勤務を始めたが、意外にもかなり重要な職務を与えられたので、事故前と同じように再び張り切って仕事をしていた。ところが、五十歳を少し過ぎた頃、父、秀男が体調を崩したことから、いろいろ考えたあげく、早期に退職することを決意したのである。銀行からの引き留めもあったようであるが、兄の意志は固く、退職後しばらく町内のボランティア的な仕事をしながら八十歳を越え失明した父の世話を母と一緒にやっていた。父の死後、ボランティア的な仕事に専念し、と云うよりも熱中し始め、社会福祉の仕事を全力を挙げてし始め、町の福祉協会会長として連日走り廻っている。自らの交通事故、その後の後遺症、父の世話などを通じて、身障者、老人介護の必要性を痛感したのであろう。いろんな難しいこともあるだろうが、毎日毎日生き生きと福祉関連の仕事に集中している。

兄のように第一線を退いた後、社会に貢献できる何らかの仕事を見いだした人は、はっきり云って幸せだろう。なかなかそんな良いことが見つかるものでない。

今の私のような国内の大学に勤務する者の定年は多くの所で六十三歳であるが、考えてみると、我々が子供の頃の六十三歳と云えば相当高齢者と見なされていた。今より平均寿命がずっと短かった筈である。ところが、それ以後、日本人は長寿になってきたのである。日本の男性の平均寿命が八十歳近く、女性に至っては八十四、五歳と云うことである。定年後、さらに二十年近く生きるのだから、それなりの目的か楽しみがなければ、たまらないのである。

今の定年はその頃の平均寿命を考慮に入れて決められたものだろうが、当時から二十年近くも寿命が延びたということは、それに合わせて定年が伸びていてもおかしくないのであるが、実際には伸びていないのである。即ち、今は定年制、その定年の年齢設定に問題があるのである。欧米諸国では強い定年の縛りは差別の一種、年齢差別として捉えられてもおり、大学教官などでは七十歳以上、本人が定年と感ずるまで働くケースが結構多い。

そもそも、何で寿命が延びたかと云えば、医学、医薬、科学技術、衛生を含めて環境条件の大幅な改善、進歩によるというのは当然のことである。さらに遡れば、江戸、室町、鎌倉、平安時代と、寿命は四十歳代、三十歳代とどんどん短くなる筈である。

人間が存続し続けるには最低限必要な寿命がある筈である。即ち、人間は少なくとも子供を産んで自分が死ぬ前にその子を成人近くまで育てていなければならない。動物としての人間が子孫を残す、即ち、子供を産むことのできる年齢が十五歳くらいからとするると、さらに、その生まれた子を引継ぎができる大人にまで成長させるに必要な期間を十〜十五年くらいとすると、最低二十五〜三十歳くらいの寿命が大昔の自然寿命と考えておかしくない。確かに、これは人間と同じ程度の大きさの他の動物が自然状態に置かれたときの寿命と同じくらいのような気がする。同じ大きさといえば、鹿、猪、ゴリラなんかは三〜四十歳以下のように思う。もっと小さな犬で大抵十〜十五歳くらい、我が家の代々のポチの寿命も平均するとそんなものである。

人間の細胞の中には再生する細胞と一度きりのものがあるようであるが、心臓の細胞は再生しないと聞いたことがある。心臓は絶え間なく動いており、動きが止まれば、即、死である。材料としての心臓構成筋肉などの繰り返し運動による劣化は恐らく運動回数で決まるだろうから、心拍数の多い動物ほど早く傷んで寿命が早く尽きることになる。心拍数は動物の動きの速さと関係するだろうが、当然サイズとも関係する。動きの速さがサイズが小さいものほど早いということかも知れないが、むしろ血液が体を一回転する時間で心拍数が決まっているように思う。血管の太さ、特に循環速度を決めるであろう毛細血管系のサイズは余り変わらないだろうから、結局血液の流れの速度が一定とすればサイズが大きいほど長くかかり、結局、循環時間が長くなり、心拍数が遅くなる。結果として長寿命ということになる。

人間の歯も一度生え替わって、そのまま二度とは生えてこない。すると、人間の寿命に合わせて摩耗による歯の寿命が設計されているとすると、何年間永久歯が摩耗に耐えられるかということで逆に、設計された人間の寿命が推察できる。恐らく、常識的に考えて、三〜四十年というところだろうが、今のようにいろんな調理法で柔らかい食品を食べるようになった現在に比べてもっと固いものを食べていた昔には二十年くらいだろう。乳歯が生え替わるのが今と同じ十歳くらいとすると約三十〜四十歳の寿命ということになる。それに事故、猛獣に襲われることなどを考えると下手をすると三十を下回るかも知れない。また、こんなことを考えると、本来、動物としての人間が子供を作るのは十歳くらいからということになる。昨今の早熟な子供が問題となっているが、いろんな情報が氾濫しているための悪影響であることは間違いないが、本来動物としては十歳前後、即ち、小学生の頃からそんな能力を備えるに至るということになっておかしくない。さらに考えてみると、歯の摩耗寿命と人間の寿命の関係から、歯は一回だけ生え替われば、本来、充分ということなのだろう。

ところで、人間がこの自然寿命、野生の中での自然寿命三十年の二倍どころか三倍にも生きるとなると、本来、人間が適応するために持っている能力を超えた様々な問題が発生してくるであろう。これは肉体的な問題に限るわけでなく、精神面での成人、老人問題でもある。生き甲斐、生きる目的、価値観についても目標が分からなくなってくるのである。本来、そんなことを考える余裕がないように人間が設定されていたものが、そんなことを考えざるを得ないほど、安全に、生き延びられるようになったため発生した課題ということなのだろう

ところで、人間が決して進化の最終段階のものではない。最終段階である必然が全くないのだから、これからも変化してあたり前である。即ち、八十、百と生きるにふさわしい形に人間の構成要素、心理的な側面を含めて、現状に合うように変わっていくのかも知れない。この進化の過程のきしみ、摩擦が様々な問題を起こしているのかも知れない。もっとも、いろんな技術に支援されて生かされるようになったのだから、自然の状態にあるほど進化しないということになるのかも知れないし、逆に、技術と要領よく共存していける形に進化の方向が決まるのかも知れない。

そんな進化した状態でも、やっぱり寿命が尽きる。寿命が尽きなければ次の世代、次の世代と溜まって地球が満杯になってしまうし、食料もエネルギーも全くの不足の状態となって無理なのである。ということは老化、老衰、死を受け入れる心の進化が不可欠なのだろう。

ところで、何人の人間が地球上に住めるのか、私にはよく分からないが、一寸計算してみたら面白い。もっとも、

人間は微生物を含めて他の生物と共存しているのだから、人間が住むのに必要な体積の何倍もいることになる。

まずスペース的にはどうかと云うことを、人間の平均体重を六十キログラム（kg）として計算していくと、単純な計算で地球表面上に存在可能な人間の数が出てくるが、さらに、一人の人間の活動範囲を考慮して計算すると、何人かという数字が出てくるが、ナンセンスである。下手をすると通勤の満員電車並の密度で計算したりすることになっているのである。

また、エネルギーから考えて一人当たりどれだけの面積があればいいのか、その結果どれだけの人間が地球上に住めるかも計算できる。即ち、エネルギーがすべて太陽から来るとすると、一平方メートル当たり三・八四キロワット時、太陽から総量毎秒四十二兆カロリーが地球にくるとして計算を進めるのである。もちろん、エネルギーとして食料も入っているのである。人間が生命を維持するのに必要な最低のエネルギー、基礎代謝量はおよそ千五百キロカロリーとしてエネルギーバランスだけから云えば地球表面上に上限何人まで住めると計算できる。人間の使える形に変換するのに植物をはじめ様々なステップが入るので、その効率などを考えて、住める人数の計算も式の上ではできるがこれも余り意味はない。環境のことも考えるとさらに人数が大幅に減ってくる。こんなことをだらだら計算していても、余り意味はない。いい加減のところでやめたが良さそうである。

こんなことをいくら考えていても際限がないのは十分承知でこんなことを考え続けるのは、下らない考えを楽しむ私の癖だと思っていたが、そうか、こうしてこんなつまらないことを考えて私は息抜きして休んでいたのか、と気が付いた。そうか、〝下手の考え休むに似たり〟も、私に都合よく、そう解釈しても良いなあ、とつまらぬところに感心している私である。

普通は、〝下手の考え休むに似たり〟は、もともと、将棋や囲碁などで、下手なものの長考は、時間を浪費するだけで何の役にも立たないということ、下手なものが長く考えても、結局休んでいるのと同じことだ、ということを意味する。ところが、私にとってはつまらぬことを下手にダラダラと考えることで心身ともリラックスして休養をとっていることに通じているというわけである。

十四　旧　正　月

私が子供の頃、戦後しばらくの間はまだ旧正月を祝うしきたりが少し残っていた。家で餅をついてもらったり、どっかからご馳走が届いたことがあるような記憶が少しあるが、平成になってからは殆ど忘れられてしまったようである。

ところが、最近また旧正月が身近に感じられるようになってきた。日本ではもともと月の満ち欠けをもとに作られている太陰暦を用いていた。従って、正月といえば旧正月で今の西洋風の太陽の動きを基準にしている太陽暦の正月、新正月と一月近くのずれがある。中国では春節というようである。そのほかの田舎の殆どの行事、桃の節句、端午の節句、七夕、盆もやはり一月くらい遅れているが、実際の季節感で云えばむしろそれが一番ぴったりであった。

大陰暦の起源は中国だろうから、中国文明の強い影響を受けた周りの国々が旧正月を祝うのは自然のことで、むしろ例外的に日本が新正月に移ってしまったものだろう。身近に感じられるようになったというのは中国、韓国、タイ、インドネシアなどの人達との接触の機会が増えたからである。韓国では、ソウルに人口が集中しているようであるが、これらの人々が日本のお盆と同様、この旧正月には大挙して故郷へ帰るため大交通渋滞が起こるようである。在日の韓国の人達も祝うそうであるが、在日の中国の人はさらに盛大に春節を祝うようである。

前年の平成四年から私のところに来ている中国西安からの殷さんはずいぶん物静かで、おだやかなので、もしかして昔の日本女性に求められていたイメージの人じゃないかと思えるほどである。この殷さん、一月二十日の昼食のあとのお茶の時間、なんだかうれしそうな雰囲気である。

「殷さん、何かいいことありますか」

「明日、正月です」

「そう、それじゃ今日早く帰って料理作らなけりゃいかんじゃないの」

「はい」

「何を作るの」

「餃子（ギョウザ）です」

「そう、いいね。何個ぐらい作るの。二〜三十個」

「いいえ、もうちょっと作ります」

「五十個くらいかな」

一寸、小首傾げて
「八十個くらい」

「何日で食べるの」

当然という表情で
「一日でみんな食べます」

「餃子に何を入れるの。ニンニク（大蒜）も入れるの」

「いいえ、ニンニクは入れません。白菜に豚のミンチ、エビ、それからニラ（韮）を少しだけ」

「おいしそうですね。少しニンニクも入れるのかと思ってた。御主人、北の方でしょう」

確か北京の近くの方である。

「主人、子供の時ニンニク食べ過ぎて今はあまり食べません。私の方ももともとあまりニンニク食べません」

殷さんの生まれは上海の近くの常州という所であるので、大分、食習慣が違うようである。言葉も北京とも上海とも全く違うと云っていた。

「中国では正月に爆竹をやるんでしょう」

「はい、みんなたくさんやります。正月に子供は新しい服を着て出るんですが、すぐ穴があいてしまいます。爆竹で焼けて、哀しい」

哀しいと云いながら昔を思いだしてか嬉しそうに話している。正月一日中、街、村中を爆竹をならして走り回っている様子が思い浮かぶ。

ふと、若い時いたベルリンの新年が思い出された。もちろん、新暦の新年である。新年というよりも大晦日から新年にかけてである。新年の0時と共にそれこそ街中で、花火が上がる。大きな日本流の花火でない。小さな庭や、各家庭の窓から、もう無茶苦茶、いたる所から小さな花火を打ち上げる。街中、焼けた鉄板の上で豆を煎っているようなものである。びっくりして外に出、凍り付くような深夜のベルリンを、あっけにとられながら歩き回って見たことを思い出したのである。木造建築の多い日本だったら、いたる所で火事が起きる可能性がある。多分、ベルリンだけでなく殆どのヨーロッパの町でこんなことが行われているのだろう。ベルリンでは夜だから花火と破裂音だったが、昼間の中国ではこれに煙も加わって、正月気分を盛り上げているに違いない。このおとなしい殷さんが興奮して顔を輝かせている様子が目に浮かんで楽しくなってくる。

火薬の起源は中国と聞いているから、ヨーロッパの花火は比較的最近、近世になって中国から伝わったものの可能性がある。花火が同じように日本に伝わっても、日本では華麗な大輪の花のような姿に変化させているのは面白い。凝り性でいわゆる職人気質の日本人の特性がよく現れている、と云えるかも知れないが、どの国にも職人気質の人がいることには間違いないから、もっと何かがあるかも知れない。

私が最初に餃子を食べたのは大学四年の時である。連れていかれた珉珉の壁一杯の落書きにまずびっくりしたためか、食べた餃子を余り美味しいと思わなかった、美味しいと云うよりむしろ、妙なものだなという印象であった。ところが、一週間ほどしてもう一度同じ珉珉に連れられて行って食べて、そのうまさに開眼し、以来とりこになってしまい、今も大好物である。

　もっとも、通常、日本で食べているのは鉄板の表面に油を引いて焼いたもので、鍋貼餃子と云うのが妥当である。ところが、中国で餃子と云えばお湯に入っているいわゆる水餃子を指しており、その他、蒸し餃子やいろいろな食べ方がある。中国へ行った時の私の経験から云うと、外人向けのレストランではなく、街の中に出て一般中国人が食べる小さな餃子屋さんで食べる餃子がはるかに美味しい。これは熱いどんぶりの中のお湯に浮いた、柔らかい、なんとも云えないいい味の餃子である。

「殷さん、餃子は麦の粉から作るでしょう」

「そうです」

「もともと殷さんの生まれたあたりは米を作るから余り餃子や麺は食べないでしょう」

「そうです。〝中国では麺をたべると強くなるけど、米を食べると頭が良くなる〟と云います」

とニコニコしている。冗談だろうが、昔、麦が作れる北の方の人が戦に勇猛で中国を支配することが多く、逆に、高級官吏登用試験であった〝科挙〟の上位合格者の大多数が南部の米を食べる地方の人であったということかも知れない。もっとも、北の方では牧畜もやる所があるから、乳を飲み肉を食べる地方の人が勇猛という可能性もある。もしかしたら、殷さんの云いたいことは〝主人は強いです〟ということかも知れない。

「殷さん、僕は麺も餃子も米も肉もみんな好きです」

と云うと、即座に答えが返ってきた。

「先生、腹八分目が一番です」

十五　ゴキブリ

五十歳を越えた途端、もともと悪い記憶力がますます弱くなって頼りなくなってきた。つい少し前、どっかでゴキブリの話しが出たが、どこでだったのか思い出せない。たしか誰かと仕事の後、ビールを飲みながら軽く食事をしていた時だから、餃子の珉珉か、淡路の味安か、都か、チャンプかフクロウか、大道の楽亭か多津か、西天満のラーメンボックスか、梅田のフランクか、本町の近くの島根のどっかである。どうも楽亭で松本さんか、永田さんか余田さんかと話していた時のような気もする。

誰かが云い出した。

「ゴキブリ、どうしても減らんな。餌なんか全然ないのにちっとも死におらん。なんとかならんもんかいな。先生、なんか考えてよ、いい発明してよ。ゴキブリ絶滅さす方法」

「いいこと考えました。ゴキブリなんでも食べるみたいだけど、何が一番好きか調べて探すんですわ。その臭いをかいだらゴキブリが飛ついて食べてしまうもの」

「先生、それを毒と混ぜて餌にするんかいな。そんなの誰でも考えるわ」

「いやいや、そんな出てくるのを待つんじゃなくて、その臭いの素を遺伝子工学の技術かなんかでゴキブリの体、遺伝子の中に埋め込むんですわ。そうすると生まれてくるゴキブリはみんなゴキブリの大好きな臭いがしてるんですわ。すると共食いを猛烈な勢いでやるから、アッという間に千匹が五百匹、五百匹が二百五十匹、二百五十匹が百二十五匹と半分半分に減って、直ぐに一匹になってしまうでしょう。オスでも、メスでも一匹になったらもう絶滅でしょう。ゴキブリだったらどんな所にゴキブリがいるか、ゴキブリがどんな所を好むか知っているし、ゴキブリの入れる所にはゴキブリはどこでも入れるし。要するに二倍二倍と増えるねずみ算の逆ですよ。これが一番」

「先生、さすがに考えることが違う。先生それやって下さい」

「僕は電子工学ですよ、アイデア出したからバイオの研究者に頼んで下さい。私は責任とりません」

「先生、ゴキブリというのはどうしてゴキブリと云うの」

「そんなもの知りますかいな。ガキのようなふりをしてガツガツ食べるのでガキブリと云ったのがゴキブリになまったのかな。一年中いるんで、春夏秋冬の四季以上におるかもしれんと五季ぶりと名付けたのかな。それとも、ゴキブリの形が何か〝ごき〟というものに似てるからかな。ごきの振りをするという意味で。それとも食器の周りにいるので御器ぶりと名付けたのかも知れないな」

　だんだんいい加減な話しが途方もなく広がりそうである。但し、今の話しの真偽については一切責任はとれない。

十六　ギョウザ

　いつ頃から日本でギョウザ（餃子）が食べられるようになったか知らないが、恐らくそう古いことではあるまい。なにしろ食べ物を見ると途端に目が輝いてくると友人から冗談を云われるほどの私自身でさえ、ギョウザを食べたのは大阪へ出てきて大学四年の時が初めてである。卒業研究が始まって生活が不規則になり、昼と夜の区別がいい加減になり始めた昭和三十八年の十月か十一月頃である。当時、大阪市内の都島区東野田にあった大阪大学工学部の研究室から歩いて五、六分の、京阪電鉄京橋駅近くの珉珉なる店に、同級生の原田昿嗣君に連れて行かれたのがギョウザとの最初の出会いである。

　階段を上って落書だらけの板壁の部屋に座りこんで注文するや否や、四人前のギョウザとビールが運ばれてきた。彼はうまそうに食べるが私にとってはそうでもない。

「どうや、吉野君うまいやろ」

「そうかな。あんまり分からんな」

「いや、そのうちに病み付きになるよ」

ともかく、第一回目は余りうまいものとは思わなかったのである。それから数日後、当時の助手の久保宇市先生に同じ珉珉に連れて来てもらった。ところが、今度は違う。うまいのである。何がどううまいかうまく表現できないが、ともかくうまい。香ばしくもあってビールにもぴったり。おかげでギョウザとビールの追加注文をしてしまった。原田君の云っていた〃そのうち病み付きになる〃というのが二回目のことだったのか、それとも、最初の時はギョウザのできが悪くて、二回目のが本来のできばえだったのか知らないが、以来、本当に病み付きになってしまって、殆ど毎日或は一日おきに珉珉に通い始めてしまった。食べる量も半端でなく、十人、十二人前である。これ以来、私にギョウザを教えた原田君は珉珉太朗昿嗣と研究室で呼ばれることもあった。これが私による命名だったのか久保先生の命名だったのか忘れてしまったが、その後は私の方がはるかに頻繁に、大量にギョウザを食べるようになってしまった。原田君から、

「珉珉太朗はもう吉野君の方だで」

と云われても、

「元祖は君だ」

とそのままで通してしまった。

ところで、ギョウザのたれは酢と醬油、それにラー油少々と説明を受けていたが、久保先生の「ラー油をたくさん、特に、この底の方にある唐辛子のたまったのをたっぷり入れた方がうまい」という言葉に従っているうちに、とんでもなく辛いタレに慣れてしまった。だから、それ以来、ギョウザのタレ用として、ラー油が先端の穴から〃ポトポト〃落ちるようになっているビンや、耳かきのような小さなサジで少しづつ移し取るようなラー油の入れ物に出会うと、つい蓋をはずして〃ドボッ、ドボッ〃と小皿に多量に注ぎ込み、酢と醬油を少しだけそれぞれに加えるという、とんでもない激辛のタレを作ってしまう。それでも、余り刺激の強いものは心臓に

悪いと聞いてから、ラー油が少な目のタレを作るようになったこの頃であるが、濃い目の酢がまた美味しいことに気がつき始めた。

私が二十一歳になって初めて食べたからというわけからだけではないが、そもそも明治時代には日本人は動物の肉を食べる習慣がなかったことだし、日本でギョウザがポピュラーとなったのはごく近年の筈である。恐らく、中国との関係が深くなった明治以降、特に大量の日本人が満州から引き揚げてきた太平洋戦争後のことだろう。中国でも南部では米食が基本であるのに対し、北部では麦から作る麺の類が主であったらしいから、当然、ギョウザも北部の方で発達していたと思われる。

今でもギョウザと云えば珉珉、珉珉と云えばギョウザを連想する私は、とりわけ珉珉のギョウザが好きで、京橋、曽根崎、千日前などの大阪の各店から、神戸の三宮、京都も河原町から山科を始め殆どの店を覗くことになってしまったが、大体いつも焼ギョウザを食べていた。

一九八十年代の半ば上海の裏町へ一人で出掛け、入った小さな店でわずか数元（十円前後）で食べた水ギョウザに出会って以来、水ギョウザも好きになってしまった。その後、中国からの訪問者があるとそのつどギョウザのことを話題に出して聞くことにしているが、どうやら焼ギョウザや蒸しギョウザもあるが主流は水ギョウザのようである。水ギョウザはミズギョウザではなくスイギョウザと読む。

もう一つ意外だったのはギョウザ、即、ニンニク（大蒜）というイメージの通り、ギョウザには必ずニンニクが入っているものと信じていたのだが、どうもそうではないらしいということである。むしろニラ（韮）が主役のようである。平成四年から来学している殷暁紅さんに聞くと、年末にはギョウザを大量に作って正月に食べると云っていたが、ニンニクは入れずにニラを入れると云っていた。

「殷さんがつくるの」

「いいえ、主人がつくるのを私は少し手伝うだけです。主人は北京の近くの方、北の方ですからギョウザをよく食べる所です」

「ギョウザは正月の食べ物」

「そうです。めでたい時によく食べます」

その後ある人に聞いたところでは、ニラは韮と書くがキューと読んで久と同じ発音なので、めでたいという意味に繋がるということである。このことを殷さんに云うと
「そうですか、知りませんでした」

と云っていたから、本当かどうか知らない。

ギョウザを包む時、皮の上にヒダを入れるのも、王冠の上の飾りと同じように輝きを表しているという話もあるが、単に口が開かないために入れただけかも知れない。後で、どんなものにもうまい説明をつける人が世の中にはいるものである。

ある日、西天満のラーメンボックスで食べた水ギョウザがとてもうまかったので、生のギョウザを土産に買って帰ろうと頼んだが、売り切れだった。

「先生、売り切れましたけど、中味だけは少し残ってます。持って帰って下さい。皮が無くなったんですよ」

「そうですか、有り難い。いくらですか」

「いいえ、結構です。持って帰って下さい」

「皮だけどっかで買って、自分で包んでもらったら結構いけますよ」

という経営者の原田一彦さんの助言に有り難く従って、中味を貰って帰ったのである。

実際、家でやってみるとなるほど立派なもので、これが仲々おいしい。これでまた私の凝り性が頭を持ち上げた。

次の日曜日、自分で中味に挑戦することにしたのである。

ギョウザの皮は時間がないので肉屋さんの片隅に置かれているのを買ってきたが、皮は昔と違って、材料も良くな

っているようだし、非常に薄くできているので下手に手作りするより良いのかも知れない。しかし、次は皮作りにも挑戦するつもりである。ついでにギョウザの皮の横に置かれていたワンタンの皮も買ってきたが、ワンタンの皮がギョウザの皮よりもっと薄いようで、結果から判断すると四角いワンタンの皮でギョウザを作っても合格であった。

ギョウザの中味の作り方は原田さんに聞いた話と、丸いギョウザの皮を入れたケースの裏に書かれているのを参考にしたものである。

ニラ二束をみじん切りにする。白菜一個をみじん切りにする。タマネギ二個をみじん切りにする。横から妻が「白菜は茹でてしぼってからがいいのに」と云っていたが、生でも充分である。これと豚ミンチ約四百～五百グラムを大きなボールに入れて上から適当量の塩とコショウ、さらにゴマ油を少し加えて練る。充分に練り上げる。これを皮で包んで出来上がり。

焼ギョウザは鉄板の上に油をひき、少し焼きかけてから上から水をかけ再び蓋をして、しばらく焼けば出来上がりである。鉄板が充分に熱くなっていればすぐに水を入れても良い。鉄板上の水気が無くなっていれば大体出来上がっている。水ギョウザは大き目の鍋に水を入れて沸騰させる。それにギョウザを放り込んでしばらくして浮き上がれば仕上がりである。

タレは無ければ醬油と酢またはぽん酢などにラー油か唐辛子、あるいはいいわゆる一味、胡椒を少し入れておけば良い。実は、材料さえ手元にあればギョウザの中味に入れたり混ぜたりしても良いものが、生姜少々、醬油少々、味の素少々などの他にまだまだある。

尚、その後、殷さんに聞くと、あらかじめ豚のミンチに胡椒と醬油少々、味の素などを振りかけ、練って下ごしらえをしておくのがよいそうである。

結構著名な中国人で料理の得意な人が多いと聞くが、なんだか彼等の気持ちが少し分かるような気がする。毎日の料理は大変なことだろうが、中華鍋一つを使った趣味の料理はなかなか面白いものである。〝心身の健康のためにも良い〟と無責任に人にも薦めているこの頃である。もっとも、これに従ってやった方で、後で、片付けで叱られても、それは本人の責任である。

追記

西天満のラーメンボックスの原田一彦さんの店は、その後、阪急淡路駅近くに移って、〝アミスタ〟なるしゃれた名前に変わっているが、ギョウザの味は変わっていない筈と確信している。

十七　追い出しコンパ

毎年三月の中旬、四年生、大学院生にとっては卒業論文、修士論文、博士論文などの発表も全て終わって、卒業式、修了式を待つだけの頃、一晩泊まりで研究室のメンバー全員で追い出しコンパに出かける。大抵、大阪から余り遠くない温泉地で、しかも公務員共済関連の半分公的な宿泊施設のある所を選ぶ。教官にとっても卒業式、学会シーズンの少し前であるので比較的出席し易い時期である。それでも会合が重なったため、この年も車で行った学生達から大分遅れて、汽車で行く羽目になった。石炭を炊く機関車が消えてからは、汽車と云うよりディーゼル、あるいは電車というのが正しいのかも知れないが、私の年齢ではつい汽車と云ってしまうことが多い。

偶然、汽車で乗り合わせた毎年合流してくれる奈良高専の京兼純助教授と一緒に城之崎温泉駅のすぐ近くある宿舎に到着したのは夜七時前、部屋に入るともう宴会が始まっている。風呂あがりで浴衣、丹前姿の者もいればジーパンスタイルの者もいる。すぐに宴会に合流したのは云うまでもないが、一番上座に座らせられて、幹事の尺田周造君の

「吉野先生のスピーチを頂いて、もう一度乾杯したいと思います」

と云う声に従って乾杯の音頭をつとめて、肝心のカニすきに手を出そうとすると、卒業予定の学生さんが次々と酒を

つぎにくるものだからカニを口に運ぶ間もない。

　この平成五年の卒業生は学部卒が浅井信行君、清松真路君、越戸孝司君、中川新介君、藤井彰彦君、明神功記君、山崎信生君の七名、修士修了者が内田正雄君、内海学君、室啓朗君、森武洋君の四名、それに時々研究室に来ていた摂南大学の山田澄教授のところの学生さん二人、浅井君と辻野君、更に既に数年前に卒業して会社勤めをしていながら参加してくれた野上綱君、姫路工業大学の小野田光宣助教授と先に話した京兼君の総勢ほぼ四十名の大人数である。

　あらためて卒業生一人ずつと話をしてみると、さすがに最初に研究室に来た時と比べると、ずいぶん成長しているのが感じられる。もっとも最初から十二分に成長していた者もいたのは云うまでもない。

　明神君の顔前に垂らしたタオルの陰でコップのビールが消える手品（口品？）はもう慣例になっていて、どうやっているのか自明であるが、何回見ても楽しい。

「もう一回、もう一回」

の大きなコールに
「それじゃ、ご期待にお応えしまして」

と次々と繰り返す明神君、もうお腹はビールで満杯のようである。

「日本酒の方がやり易いですけど」

これで大爆笑。誠に面白い、爽やかな好青年である。

　一寸中座したと思うと、胴衣に正装して現れた。

　ピカッと光る日本刀を持って剣道の型が始まる。彼は阪大剣道部の主将で三段である。先ほどの余興とはガラッと違って、キリッとした雰囲気で座が引き締まった。見事な太刀さばきで見ていて気持ちがいい。

「オイッ、明神君、それ真剣か」

彼はニヤッと笑っている。その横から声がかかる。

「先生、土産に貰った模擬刀です」

終わるのを待ちかねていたかのように出てきたのは阪大少林寺拳法部の副主将、三段の内山康志君である。

一寸（約三センチくらい）厚くらいの板を四、五枚持って現れ、まず三枚を同級生三人に一枚ずつ持たせて、体の前、横、後ろの三方で支えさせて、この三枚を連続技で割るという。

「これ、ちゃんとした板ですので、誰か一寸確かめてくれますか」

と云う彼の説明に誰かが叫んだ。

「おい、越戸やれよ」

余り強そうにも見えない越戸君が指名された。何せ、純情な人間の集まりである。〃僕だったら、あの板なら難なく割れるな〃と思いながら様子を見ることとした。

「それじゃ、やらせて貰います」

真剣な表情の越戸君が前面に捧げ持たされた一枚の板を正拳で思い切り一突きすると、〃バリン〃と見事に割れてしまった。

皆、大拍手と一緒に大笑いである。素人に割られてしまっては内山君も顔色無しの筈であるが、彼はそれを予期していたかどうか、平然と

「割れたようですが、予備がありますからともかくやります」

と、あらためて三枚を三人に持たせて、三枚とも見事に一瞬の間に割ってしまった。板が薄いかどうかは別に、やはり型が美しく見事である。

「これが前座でして、次はバット折りをやらせてもらいます。おい、尺田、越戸、手伝ってくれ」

二人は両脚の間に二本の野球のバットを密着させて挟んで中腰になった。冗談ではない、あんなバットが、しかも二本が簡単に折れるとは思えない。下手をすれば足の骨が折れる。折れたら救急車である。これはえらいことである。

四年生までは内山君ともう一人桑村信博君が卒業研究の学生としていて、やはり大学院に来るつもりでいた。ところが、何しろ各研究室の割り当てられている配属者数上限を私の研究室の希望者が遙かに越してしまったので、申し訳ないことに彼は他の研究室に移ってしまった。もちろん、どこがよいかは私が相談にのった上で決めたことは云うまでもない。この桑村君がいたら、彼も少林寺拳法をやっていて阪大のキャプテンだったから、いつものように内山君と二人で見事な型を披露してくれるところで美しく安全であるが、なにしろこの日は内山君一人なので彼が最大限頑張ってくれているから私は逆に少し心配であるのである。

「おい、内山君無理するな」

「大丈夫じゃないかと思いますが、まだ二本はやったことはありませんので」

さすがの私も、えらいことをやってくれると思ったのは云うまでもない。

慎重に身構えた彼、

「エイッ」

と云う鋭い気合いと共に、右足で蹴り上げ、向こう脛の下の所で見事に二本同時に真っ二つにいや真四つに折ってしまった。大拍手だったことは云うまでもない。

「内山君、もうやるなよ」

恐ろしいことをやるものである。

こんな楽しいことをいろいろやってうちに宴会時間が終わると、大部屋に集まり車座になって、夜ふけるまで話し込むが、間もなく眠くなってきてしまった。数年来、無理をしないように心がけているうちに、次第に早寝になってきたのである。

学生気質が年々変わっていているように思え、嘆かれることも多い。しかし、こんな学生の一面を見る限り、まだまだ健全な良いところも受け継がれているようである。

ともかく、最近になって、馬鹿飲みする学生が減ってきたのは良いことであるが、学生が少しスマートで打算的になり過ぎ、バンカラ風が減ってきたように見え、少し寂しい感がしかかっていたから、こんな生きのいい学生達が現れるとホッとする面もある。

ところで、昔の学生がいかに馬鹿飲みしていたかについてはいろいろ語られることが多いが、私自身が直接見、聞き、体験した例をいくつか記しておこう。

（1）　まず私自身が入学し、箕面の武田さんの下宿に入った直後のことであるから昭和三十五年の四月頃のことである。二階の誰かの部屋で、中川量之さん、溝江雅佳さん、熊尾大三さん、それにもう一人誰か、林さんだったか、鎌田さんだったのか忘れたが、計四人の先輩の中に、私と近藤義胤君の二人の新入生が呼ばれて歓迎コンパをやってもらった。この六人に、ウィスキー、トリスの丸瓶（六三三 cc）が七本か八本である。ともかく、自分で一本半くらい飲んだところまで憶えているが、どうして階段を下りて自分の部屋に帰ったのか憶えていない。しかし、翌朝、自分の部屋で目が覚めた。後で聞くと自分で下りていったそうである。ともかく、酒が初めてでどれくらい飲めるか自分でも分からぬ者が、とんでもない量飲んだのである。二日酔いどころか三日酔い、たまったものではない。それから数年間、ビールはともかくウィスキーは全く飲めなくなってしまった。当たり前である。

ともかく、最初は多量に飲んでは絶対にいけない。周囲の者も絶対に新人にたくさん酒を勧めてはいけない。厳禁である。慣れてきてからでも多量は良くない。

（2）　それから数日後、隣の下宿に深夜救急車が来た。翌朝下宿のラクおばさんに聞いたところでは、隣の下宿で歓迎コンパをやって新入生が倒れてしまったらしい。救急隊員の方に皆んながこっぴどく叱られたそうである。

「こんな事をやると、呼吸、心臓が止まって死んでしまうじゃないか」

酒の飲み過ぎは厳禁である。人に無理強いはもっと厳禁、犯罪に近いと思うべし。

（3）　研究室のコンパを十三の炉端焼きの店〝一番館〟でしばしばやるので、ここの店長石垣さんと顔見知りになってしまった。この店は比較的値段も手頃だから、学生やサラリーマンでいつも満席である。

ある時、この店で誰かが焼酎か何かの一気飲みをやっていたらしく、店の前の道端で倒れていた。帰り際これに気が付き、口元に顔を寄せてみるが息をしているのが感じられない。手首を親指で押さえてみても脈が感じられない。これは大変である。店主に救急車を呼ぶようにお願いして、行きがかり上、わたしと、当時、私の所に（株）小松製作所から来ていた織田さんが一緒にこの救急車に乗り、救急病院に付き添って行った。

　すぐに手際よく手当を始めた看護婦さんに聞いた。

「大丈夫ですか」

「多分、大丈夫と思います。死なずに済むと思います。でも、もう少しで危ないところですよ」

聞くところによると、一年間に全国で数十人以上が一気飲みなんかで死ぬそうである。

　点滴が始められ、しばらく見ていると看護婦さんがおっしゃった。

「すぐ体からアルコールを抜くために点滴しています。急性でもやっぱりアルコール中毒ですから、アルコールが抜ける時に少し暴れることが多いですから、もうしばらくいて貰えますか」

と云う言葉に同意したのは勿論であるが、さすがに経験豊かな看護婦さんである。全てが話の通り進行した。

　それにしても一気飲みは危険である。一気飲みを強制した人はもちろん、〝一気、一気〟と煽った人も全て犯罪であると思って妥当である。

　その後しばらく経って若い学生とここでコンパした時、店主の石垣さんがビールを差し入れにやってきて
「先生、昔のこと話して良いですか」

と云うので、納得すると。

「先生は若いころ、一気飲みして救急車で運ばれました」

と云うではないか、

「冗談じゃない。僕は一気飲みしている人を助けるために、一緒に救急車に乗ったんじゃないですか」と抗議したのは勿論である。

「済みません、記憶が曖昧でした。お詫びにもう少しビールを差し入れさせていただきます」

面白い人であるが、人の記憶は時として曖昧になり、混乱していることがあるので注意が肝要であるということである。それと、意外な人に、意外な誤解を記憶違いからされていることもあることを知っておく必要がある。

(4)　私と一緒に阪大に入学した隣村の勝部和夫君に聞いた話である。彼は大学の枚方寮に入っていたので頻繁にコンパがあったらしいが、当時は酒は日本酒が主流、それも余りたくさんは手に入るわけがない。大きな焚き火をしながら、その周りに車座になって酒を飲んだそうである。一杯飲むと、上級生の〝走れ〟という司令の下に焚き火の周りを右回りか左回りか知らないが、とにかく、どちらかへ全力疾走で何回か回転するそうである。止まって、一杯飲んでまた走る。また止まって飲んでまた走る。これの繰り返しをやると火で煽られるのと走るのとで、少量のお酒でも大いにまわるそうである。これも昔の学生は比較的丈夫だったからできたのである。この頃の学生だったら心臓麻痺を起こすのも出るに違いない。やっぱり要厳禁である。

(5)　大学院の博士課程の学生だった頃、大阪市内東野田にあった学舎の二階の研究室からトイレに行く時、途中の階段の所に若い男がうずくまり、助けを求めるような目つきで見上げているのに気が付いた。近づくと、人差し指で必死に口の方を差している。何をしているのか分からないが、とにかく、異常事態のようである。丁度、一階を通りかかった同じ博士課程の山口元太郎さんと一緒に、救急車を呼んだ。すぐに救急車が来て、運んで行って貰った。どこの病院に運ばれるのか救急隊員にその場で聞いておき、すぐ後から、行き先の病院に電話して確認してみて状況が分かった。

コンパで酒を飲み過ぎ、もどした途端に顎が外れてしまったようである。これで事情が飲み込めた。

この若い男、どうやら他学科の学生だったようだが、その後礼にも来なかった。恥ずかしくて来られなかったのだろう。電気工学科の階段の所へ来たのは、明かりのついている所へ助けを求めに来たためだったようである。考えてみると当時から時間無視、深夜迄どころか連日徹夜で実験をしていた頃のことである。

それにしても元気が良くて人物的にも素晴らしかった元太郎さんが若くして亡くなったのは残念至極である。ともかく、酒は飲み過ぎてはいけない。限度を知って楽しく飲むに限る。

十八　進化　2　人間変化

ウズベキスタンから来ているザキドフ（A. A. Zakhidov）さんはロシアで教育を受けた、能力だけでなく、迫力満点な面白い男である。

二時間余りのディスカッションを終えた途端、ザキドフさんは学生食堂へ急いだ。食堂の門限（十九時）にぎりぎり間に合いそうだから、夕食を学校で済ましておこうというのである。私の方はまだたまった仕事を翌朝までに済まさなければならないから、人のいない間にはかどらせようとしばらく机に向かっていた。ところが、一時間くらい経った頃、ずいぶん遅くにドアをノックするものがある。

〝どうぞ〟という私の返事を待って入ってきたのは、小さな商事会社をやっている生方さんである。

「ずいぶん遅いじゃないですか」

「今仕事の帰りですが、先生の部屋の灯りが点いていましたので一寸立ち寄ったんです。先生、帰られるなら途中まで送ってあげますよ」

途端にお腹が減ってきた。すっかり忘れていたが昼飯も食べていなかった。すぐに方針変更、残りは家でやることにして途中まで乗せてもらい、どっかで食事をすることにした。

生方さんの帰り道の途中、大阪市内大桐交差点の所で降ろして貰って近くの楽亭を覗いた。しかし、どうやら満席、座れそうにない。

「すみません」

という池田さんの声を後に、少し前この店のお客さん、余田さんと永田さんに教えてもらったすぐ近所のお好み焼屋さん多津に向きを変えた。この日はお好みと何かおかず、それに極薄の水割りを少しいただいて夕食にしようと思ったのである。一人でここを覗くのは初めてだから少し遠慮がちに戸を開けて入ると、榎並多津さんとおしゃるママさんはびっくりされている。カウンターには、最初に永田さん余田さんに連れて来られた時におられた、いかにも温厚そうな宿久さんという方が先客としておられた。

何がきっかけだったか憶えていないが、しばらくしてこの紳士が私に声をかけられた。

「大学の先生ですか。休みの時、長い夏休みや冬休みどうされてるんですか」

「ええ、学生さんは休みですけど、我々教官は殆ど休みがありません。冬休みですと学生さんは二十四日くらいで休みに入りますが、我々は二十八日迄いろんなことがありまして、正月も休みは三日くらいで、なんか会社へ行っている人よりも忙しいくらいですよ」

「そうですか。そんな風に見てませんでしたね。私らからはいい仕事だと思ってたんですがね」

「結構大変なんです。教育の他に研究というのがあって、これは何か世界中競争みたいなところがありましてね。一所懸命に研究している途中で、どっかで同じ研究がやられていてその結果が発表されてしまうとこちらの値打ちはゼロに近くなりますから、がっかりしますよ。だから激しい競争で息を抜けないんですよ。自分が発見したことを論文などに発表し掲載される迄に、誰かが似たことを発表しないかどうかビクビクするものですよ。特にいい発見の時なんかはそうなんです」

「特許と同じですね。それは大変だな。それでも楽しみもあるでしょう」

「それはそうです。やっぱり楽しみながらやってるようなもので、自分で勝手に忙しくしているように見えると思いますよ。第一線で頑張ろうと思うと大変ですが、それによって一緒にやってる学生さんも研究の喜びを知りますから、こっちも必死です。だから、きっぱりとそんな心を捨てて、悠々自適にやれば大学というのは結構楽なもんでしょうけどね。そんな人もおられるみたいですけど、私なんか遺伝もあるでしょうが性分でしてね。しかし確かに大変ですが、楽しみもあります。新しいことを見い出したり、分からないことのメカニズムが分かったり、考えたデバイスが思い通りにうまく働いた時などは本当に幸せを感じますよ。でも、道楽みたいなものに見えるかも知れませんね」

「それで安心しました。忙しいだけで、期限に追われるだけならストレスがたまるだけで大変でしょうが、喜びも大きいんですな。やっぱりいいお仕事ですよ。頑張って下さい。ところで、世の中どうなるんですかね。どんどん地球にエネルギーがたまると大変なことになるんじゃないですか。私なんか素人ですから、エネルギーがどんどん出てたまると地球の軌道が変わって、そのうち別の星にぶつかるかも知れないと思ったりして心配になったりもしますけど、どうですか」

「人間が活動して今くらいのエネルギーを出している程度で、地球の軌道が大きく変わるなんて当分ないと思いますよ。それは心配いりません。人類が滅亡しても太陽の周りを地球がゴロゴロ廻っているでしょう。別に、人間がいなくても地球は関係ないですからね。まあ、地球上の人間の活動が、人間が住む環境、温度や大気の組成、風、水、気候、宇宙線の到達状況なんかを変えてしまって、人類が滅亡するかも知れません。その方が地球の軌道が変わるよりずっと可能性が高くて恐いです。人類もやがては滅亡するでしょうけどね。余り早めない方がいいですね。五十～百億年も経てば地球の軌道が変わらなくても、太陽の活動の状態が変わってしまって、光が強くなったり逆に弱くなったりして人間が地球上に住めなくなるということもあり得るでしょう。太陽は寿命がつきる前、どんどん膨れて地球を飲み込んでしまうという話しもありますね。まあ、そんな宇宙規模の大きな変化はずっとずっと先ですよ。今は人間の住める環境が問題になるのが先だと思いますよ。単純な話しですけど、例えば、日本や欧米諸国だけでなく、アジアやアフリカ、南米なんかの土地がみんなアスファルトやコンクリートで覆われたらどうなると思いますか、完全にアウトですよ」

「そうですね。中国なんか十数億人が高度な生活レベルになった時の影響は大きいでしょうね。でも人間はどんどん進化していますから、やがて人間も変わった環境にきれいに適応するように進化するんじゃないでしょうか」

「人間、進化すると云っても、自然の変化の方が人間の進化のスピードに比べてはるかに早ければ駄目でしょう。人間が自然の変化を加速してますから。人間そんなに急に進化できませんし、進化にも限界があると思いますよ。もし、大きく変化することがあるとしたら、その時は今の人間と形も形質も大きくかけ離れたものになっていると思いますよ。人間、案外に変化してませんよ」

「でも、最近でもずいぶん急激に変ってきてるんじゃないですか。紀元前と比べたらずいぶん変わってますもん」

「いいえ、私は人間はその間殆ど変化しているとは思いませんね。少なくともこの数万年間。進化しているように見えるのは、単に蓄積したものを上手に言葉や文字で受け継いでいるからでしょう。この受け継ぎを突然断ち切れば、あっという間に古代に戻りますでしょう」

「そうとも思いませんけど」

「だって、中南米のインカやアステカの文明がヨーロッパ人の侵略であっという間に滅亡しましたでしょう。残っているのは廃墟でしょう。あれはヨーロッパのキリスト文明がインカやアステカ文明の継承を断ち切ったからですよ。世界中でこんなことは頻繁に起こってきているようですし、すぐに日本でも起こる可能性もあると思いますよ。継承や教育なしでは、人間そのものは全く数万年前の人間と余り変わらないと思いますよ」

「どうも、納得完全にはしかねますけど」

「今、どっかにまだ文明の及んでない未開の地があったとして、そこで産まれた子をすぐに日本に引き取って育てたら、恐らくほとんど日本人と同じように育ち、同じ程度の能力を発揮すると思いますよ。逆に、日本で生まれた子供をすぐにその未開の所へ連れていって育ててもらえば、勿論、言葉も文字も、数学も教えないで、原始的な行動、思考しか行わないでしょう。ほんの少し変わるかも知れないけど余り差はない筈ですよ。多少差があったとしても、それは統計的に人間の集団での能力の分布で、そんな分布はいつでも、どんな社会でも程度の差はあるかも知れないけどある筈です。もっとも、そんな実験は人道的にもできませんけれど。恐らくこんなことを考えると、人類は最近余り進化していないと思いますよ。もちろん、今の生活様式、行動様式、思考様式は昔と大きく変わってますが、人間そのものが進化しているわけじゃないと思います」

「そう云われると何となく納得できるように思います。それにしても現代社会はせっかちですね。何で、わざわざ数百キロも離れた東京に行って仕事して大阪まで帰って来る必要があるんでしょうね。そんなに広く動き廻ることが良いことであるとは限らないでしょうね」

「そうですね。私も良く分かりません。人間の欲望と好奇心もあるかも知れませんが、それと生活するために分業をせざるを得なくなったための極限でしょうかね。自給自足の範囲で満足できるのなら問題ないでしょうが、今の程度の生活レベルを保つには広い範囲での分業が不可欠で、その結果の歪みの一つでしょう。特に、日本のような狭い国で一億数千万人が生きていくためには相当なことが必要だと思いますよ。だから、日本は一寸したことでガラガラと崩壊する可能性があることを知っておかないといけないと思いますね。みんな意外に思われるようですが。特に、日本の戦後教育では平和を基本に世界中の人が平和を指向しているように教えていますから意外に思われますが、世界は余り昔と変わっていなくて、日本のことを思っている人は案外少ない。むしろ、ほとんどいないと云っておいたがいいかも知れません。日本については、やはり、日本人が基本的に自分のこととして考えないと駄目ですよ。よその人がそんなに特別日本人のことを考えてくれてるわけではない、ということを当然のこととして知っておく必要があると思いますよ。たとえば、日本が消滅したって多少可哀想にと思っても、それ以上あまり深く関わりというか、関心がないと思ったって極論じゃないと思いますよ。もちろん、そんな中で生き抜くのは国際間で良い関係を保つことが不可欠でしょうが。逆に、日本を潰したい、日本には何をやったってかまわない、と思っている人達もいる可能性がありますよ。近隣で気になる所がありますからね」

「そうですか」

「私、山陰ですから話をよく聞きましたよ。密航船が多く、夜、海岸で手引き者がライトで合図しているとか、密入国者が上陸した海岸にお金や、服、武器を埋めて隠していたとか、時には誘拐されるとか」

本来、こんな席では無口に笑っているだけの私であるが、この手の話しになるといつもの我流の強引な考えを押しつけてしまう私でもある。どうも、どんどん話しが酷くなりそうで、これ以上云うと問題も生じそうであるから控えておく必要があり、話題を変えないといけないようである。

「宿久さんは出身大阪ですか」

「そうです。先生はどちらですか」

「私は出雲でして、変な話しですが、大阪と私の田舎の言葉がずいぶん違うんで、最初少しとまどいました」

「そんなに違いますか」

「全く違う言葉もたくさんありますし、あんまり違わなく見えていて違っているのもありますよ。兄弟で兄のことを〃にいちゃん〃と云うのと〃あんちゃん〃と呼ぶのではどうですか、イメージが違いますか。どちらがいいですか」

「そら、〃にいちゃん〃でしょう」

「そうでしょう大阪では。私の田舎では〃あんちゃん〃の方が親密さを感じていいんです。〃にいちゃん〃じゃ、一寸イメージが悪いんですよ」

「変だな、逆でしょう」

「私の田舎も〃あんちゃん〃と呼ぶんですよ」

鹿児島出身という多津さんが口をはさんだ。

「〃にあんちゃん〃という映画、あれは二番目のあんちゃん、お兄さんという言葉でしょう」

「そうでしょう。だから日本全体で見ると、やっぱり〝あんちゃん〟ですね」

と途端に勢いづく私である。

「そうですか。ずいぶん違いますね。大阪では〝あんちゃん〟の方が良くないけれどな」

　二対一ではやっぱりこの場は宿久さんの負け。それでも相変わらずのニコニコである。私の今日のストレスもこれで大分解消のようである。

十九　司会　1 問

　学会、講演会、国際会議等での司会者の役目は、会をスムーズに進め活発な討論を促し、うまく纏めることであることは云うまでもない。議論が紛糾し、発散するため収拾がつかなくなりそうになれば、うまく議論の方向を整理して導き、予定時間が大幅に過ぎればうまく中断し、打ち切る必要がある。逆に、講演が短かすぎたり、質疑がほとんど無い場合は、適当に質問をして質疑を引き出すようにすることが求められたりする。即ち、プログラムより講演の進行が遅くならないようにすると共に、大幅に早くなるのも避けなければならない。というのは、中には予定の講演にぴったり合わせて聞きに来る人もいるからである。以上の話からも明らかなように、司会者は適当に質問をやるコツを身に付けていなければならない。

　学校でうまく教育を行うにも、適当な時に適切な質問や試験をすると極めて効果的であることが多い。学生の方も充分に理解し、自らの身に付けようと思えば、適当なタイミングで重要な点を質問したが良い。即ち、臨機応変に行う質問は大変な値打ちがある。

　ところで、一口に何かを問う、と云ってもいろんなタイプの〝問〟がある。

　仏教では四つのタイプの〝問〟があると云われているそうである。まずは（一）疑いがあるため問う〝疑問〟、（二）

自分が分からないところを問う〝不解問〟、(三) 口頭試問に対応して、答えを期待してするのが〝待問〟、(四) 自分は分かっていても中には分からない人もいるかもしれないから、それらの人達のために代わって行う〝赴機問〟である。

実際、私自身も、会議、講演の司会などではこれらを無意識のうちに使い分けてやっている。特に、若い人達、初めての発表をする人の時などには、答えを期待してこれらの人が答えやすい〝問〟を意識的に行うこともある。これはおそらく仏教の場合の〝待問〟の範疇に入るだろう。とにかく、これで若い人に自信がわき、将来伸びるようになればそんな良いことはない。発表や講演をする時、中には好意的な〝問〟も結構あるものであるから、怖がることなく大らかに対応しようという気持ちで臨んだほうが良い。

その外〝質問〟、〝詰問〟などいろいろあるが、〝詰問〟などはやりたくないものである。それに、考えてみると全くくだらない〝愚問〟もしばしばやっているようで、反省せねばなるまい。

もう一つ大事なことがあった。〝問〟のタイミングである。これで様々な〝問〟が生きたものにもなれば、同じことでも間抜けたものになってしまうようである。阿吽の呼吸である。それにつけても仁王門の運慶、快慶の阿形、吽形の仁王は素晴らしい。何かお寺の入り口で問われているような気もするが、どんな〝問〟だろう。

二十　司　会　2 長さ

いつの頃からか結婚式ではプロの司会者が進行係をつとめることが多くなった。中には何となくでき過ぎのようで素朴さが無く、感心しないという人もいるが、スムーズにことが運び、仲人、家族など関係者は安心して式に臨めるので、私は大抵の場合うまくいっており、よろしいと思っている。

〝さすがにプロ〟と感心することも多い。というのは、私自身、何度か友人の結婚式の司会を頼まれて、冷汗をかいたことが結構あるからである。今であれば、どこに注意して準備しておくべきか大体分かるので、そう大きな失敗はしないが、慣れないうちは多少あがったりもするのでいろいろ失敗があるものである。

仲人、主賓の挨拶が長すぎると後がつかえてくるのでやきもきするものであるが、長すぎるのはむしろましである。スピーチの廻らなかった方に後で、

「司会の不手際で時間が足らなくなって申し訳ありません」

と謝ればすむことが多いからである。むしろ、逆に短すぎる場合のほうが困る。

ある友人の結婚式の司会をした時の仲人さんの挨拶が極めて簡単で短かった。どうも仲人さんはきっちりしたメモを準備されておらず、大事なところを話し忘れてしまったため、半分か三分の一の長さになったためではないかと思っている。

新郎側の主賓の挨拶がこれまた大変短く、次いで立たれた新婦側の主賓の挨拶がそれに輪をかけて短かった。乾杯の音頭をとられる方も、何も前置きの話をなされずいきなり、

「新郎新婦の洋々たる前途と、ご両家のますますのご発展を祈念して、乾杯」

と、これだけである。

ここまであっという間に終わってしまった。プロの司会者であれば適当に話を加えて上手に引き伸ばすかもしれないが、素人でしかも経験の浅い私にそんなことができる筈もない。

余りに早く食事が始まったので、料理が運ばれてくるより食べる方が早い。たくさん料理が並べられているのを食べる時は意外にゆっくりなものである。ところが、一品を終わって待っているところへ次の品が運ばれてくるような流れとなると、食べる早さの方が早くなり、次の料理が運ばれてくる頃は大抵もう空である。

ご両家が温厚な、どちらかといえばおとなしい方が多いらしく、従って友人を始め出席者全員が比較的口数が少ないので、あまり話声も聞こえず、ナイフや皿の音の方が大きい。私も多少酒を注いでテーブルを回るが、誰も他の人

はやらない。祝電披露で時間稼ぎをしようと思ったが、着いている電報も僅かである。友人のスピーチも全員が短い。料理もテーブルの上にあまりないから間が持たないので、ずいぶん早く予定してい方のスピーチが全部終わってしまった。大抵、少なくとも一人や二人、歌や詩吟や謡などを得意とする人があって場を盛り上げてくれるものであるが、これもなし。

ついに予定外の方々を次々と指名せざるを得なくなってしまった。親戚の人も含めて、である。話をする心積もりをしていない方がほとんどであるから〝いろいろあって申し訳ない〟という気持ちであったが、〝ともかく誰か一人くらい長話をしてくれ〟と祈るような気持ちでもあった。

式が終わった後、出席した方々から、

「いい結婚式だった」

といろいろ云ってもらったので、実際には司会者がやきもきしたほどでもなかったかもしれないが、ともかく長すぎる話は困るけれど、短すぎる時はもっと困るということである。

スピーチの長さの不足でこのように四苦八苦することもあるが、これより多いのは料理の不足でのトラブルである。人間、食べ物での不満や、恨みはいつまでも尾を引いて記憶に長く残るらしいということを心しておく必要があるようである。

二十一　懇　親　会

学会、講演会がある場合、大抵、初日か中日の夕方から夜にかけて懇親会がある。参加者が数百名を越える懇親会は、殆どの場合ホテルの会場でやることになる。かって、昭和五十年代の半ばの頃であるが、関西の某大学がホストとして世話された学会での懇親会が、大学から少し離れた大阪市内のホテルで開かれ、参加者は学会会場からホテルまで数台の大型専用バスで運ばれた。会は立食形式でなかなか見栄えの良い料理がテーブルに並べられていた。

　ところが、会が始まって挨拶が二つ三つ終わった後、乾杯して宴会に入ったわけであるが、なんと二十分も経たぬ間に料理が全て無くなってしまった。大きな金属皿の底には肉料理の濃い汁のみ。刺身の皿にはわずかな大根の千切りのみ。牡蠣（かき）の皿には殻のみ。侘びしい限りで、何となく寒々とした雰囲気というか、白々した雰囲気となる。気が付いてみると、すでに、半分くらいの人が帰っているからである。このままジリ貧で本当に小人数になってしまうと格好がつかないから、懇親会の予定の時間の半分も過ぎないうちに司会者が挨拶した。

「予定の時間になりましたので、まだまだいろいろお話もあろうかと存じますが、これでお開きとさせて頂きます」

　〝なに、予定の半分も時間が経っていないじゃないか〟と思った人が多かったに違いない。懇親会がこんな具合になることは意外に多い。なぜこんなことになるのか。

　まず第一に、ホテルとの打合せの段階に問題がある。ホテル側から一人あたりの料理とお酒類を決め、それに参加予定人数、会場代、簡単な催し物(アトラクション)、時にはコンパニオン代も含めた予算が提示されるが、それにそのまま従うと、一人あたりの参加費がかなり高額になってしまう。多少、何らかの形で全体の予算の中からひねり出し、懇親会費の補助として転用したとしても各人の負担は高額である。まして、バスのチャーター代などを含めたら大変である。そこでなんとか安くならないかと、ホテル側に相談をもちかける。こんな時、大抵、次のような答えが返ってくる。

「料理はかなりたくさんですから通常余ってしまうことが多いので、少し少な目にしておけば大丈夫です。三百人の参加者なら二百五十～二百六十人くらいで充分です。」

　これは有り難い話である。参加費が妥当な金額となるから、多少心配しながらもこの案に従い、参加予定人員より少なめの料理を予約しておく。それでも念のため、万一料理が不足した時のことを考えて、

「いざという時はピーナッツや駄菓子類を出してもらえませんか」

と尋ねる。大抵、これに対する答えは決まっている。

「うちではその手のものは出せません。大丈夫です。余ります」

ホテルではおつまみ類の追加を出してくれることは余りない。

こう断言されると、多少心配しながらも従ってしまうものである。確かに、普通のパーティーなどでは中年以上の出席者が殆どであるから、参加人数の八十パーセントくらいの料理を頼んでおけば間に合うことが多い。しかし、予定人数よりも参加者が大きくオーバーすることもある。特に、超目玉となるような方が出席される場合は、参加者が予想より大幅に膨れ上がることがあるので要注意である。

もう一つ重要なことは、どんな人が参加するかである。学会の場合は若い研究者や学生の参加が多いから、皆よく食べるので、瞬く間に料理は減ってしまうわけである。ましてや大学の卒業に関連する行事の時などなおさらである。

パーティーなどの世話役の方はくれぐれもどんな人が参加するのかを念頭に入れておかねばならない。研究者や学生は普段余りうまいものを食べていないから要注意ですらある。学者、大学の先生も同類であることも忘れないことが大事である。

それに大学の先生は日頃若い人に接しているから、自分も錯覚して若い者のような気持ちでいる人が多いので、結構大食いである。〝身の程を知って慎め〟、と自分にも言い聞かせようと、繰り返し反省している私である。

二十二 亀

私が今住んでいる岸和田市尾生町という所は、市、町と付いてはいるが私の生まれた出雲の村と同様もともと田舎である。しかも田圃の真ん中の一軒家に住んでいるものだから、まさに田舎に住んでいるという感がし、そこそこ自然が残っている。もっとも、いつまで残るのかはなはだ心許ない限りであるが。

所々、田圃の中に畑地があるので、春先にはそこから雲雀（ヒバリ）が高く上り、時には雉（キジ）さえ住み着いて、ケーン、ケーンと鳴いている。我が家と同様近所にはたくさん飼い犬がおり、また、野良犬も結構いる上、蛇、さらには鼬（イタチ）さえ見かけるので、毎年キジが鳴く声を聞くと、襲われずに元気にいるのを知って、ほっとするのである。どうやらここで繁殖しているようである。

周りの田圃に水が張られと、そこに住み着いていたらしい蛇が我が家の庭に現れたりするので、ポチとチビが猛烈に鳴きだし、ポチにいたっては飛びついて死闘を始める始末である。ポチは誰に習ったわけでもないのに非常にうまい戦い方をする。鎌首をあげた蛇とポチはにらみ合い、何度も隙を見てはパッと飛びつき、前足でひっかき、嚙みつき、パット身をひく。この時の敏捷さは驚くほどである。結果は、私の見てきた限り、ついにはポチが胴体に嚙みつき、激しく自分の首を振り、これで蛇の体を地面にたたきつけ、最後には蛇はのびて動かなくなってしまう。どうやら、この柴犬の雑種のポチは本能的に蛇と戦う術を備えているようである。

ところが、チビは蛇に鳴きつきはするが、ポチほどでもなく、格闘はしない。テリヤ系統の雑種とも見えるチビは、本能として蛇と戦う力を備えていないようである。恐らくチビの先祖は蛇のいない地域、恐らく少し寒い地域にいたに違いない。実際、チビの毛はふさふさとして凄く長い。

水が張られた田圃の中を覗くと、何かうごめいているものが見える。最初、その動きを見た時、小エビか魚の子供かと思ったが、よく見てみるの、甲海老（カブトエビ）である。乾いた田圃に水が入ると、そこに残っていた甲海老の卵が一斉に孵化するのだろう。この甲海老の泳ぐ様子を見ているとちっとも飽きないので知らぬ間に時間がたってしまう。それにしても自然は凄い。命をとてもうまく繋いでいるのである。甲海老は太古からの生物のような気がする。

梅雨に入って、少しじめじめした日が続いたある晩、突然ポチとチビの激しい鳴き声に目が覚めた。少し待っていても一向に鳴きやむ気配がない。激しく鳴いているのはポチではなくチビの方のようである。余りの鳴き声に近所迷惑を掛けてはいけない、と思って懐中電灯を持って、出てみると、庭のフェンスの間から頭を出したチビが、地面に向かって猛烈に吠えついている。私が出てもなき止む所かますます激しく吠えている。

近寄って覗いてみると何と亀である。一瞬なぜ亀が、と思ったが、考えてみると不思議はない。周りは田圃なのである。水辺に亀がいてちっともおかしくない。私の田舎にもたくさんいた。しかし、まるでうちの庭の中に入ろうとしているようなのである。間違って、こっちの方に来てしまったのかも知れない、と思い、かなり大きな石亀だったので、両手で持って、四、五百メートル離れた池にまで持って行って放して帰ってきた。

これでチビの鳴き声も消えて安眠が出来る。近所迷惑の心配もなくなって安心である。

ところが、それから一時間も経たぬ間に、また激しチビが鳴くのである。びっくりして起きあがるが、さっきの亀が池から帰ってくる筈がない。亀がそんなに早いわけがない。庭に出てみると、さっきと同じ所で、チビが同じ姿勢で吠えついている。見てみるの、何とまた亀がいるのである。さっきと同じくらいの大きさであるが、少し違う亀である。同じであるわけがない。この亀とさっきの亀は兄弟か親子に決まっている。しかし、自然界では子が成長すると親離れし、親も子離れするから、多分兄弟亀だろう。この亀もさっきと同じ池の所まで持って行って放す。もう安心、やっと一眠りである。

ところが、何と、またもや激しい鳴き声、三度目である。三十分ほどしか経っていない。今度は亀と確信して出てみると、矢っ張り亀である。凄い驚きである。

さっきと同じように池に放し、帰って来て布団にはいるが寝付かれない。それから朝まで、三〜四時間はまだあったが、もう眠れない。頭が冴えてしまったのである。こうなると、いつもと同じ、布団の中で馬鹿な思いを巡らす。何で、亀だろう、何で、我が家の庭先だろう。考えてみると、一年ほど前にも犬が激しく鳴いた夜があった。近所に迷惑を掛けるな、と思いながら疲れていたのだろう、その時はそのまま眠ってしまった。何か、その前の年も、更にその前の年も同じことがあったような気がしてきた。

私の結論は、これは亀にとって年中行事に違いないということである。亀の散歩だろうか、そんな筈はない。産卵に違いないという結論である。

恐らく、この地の亀は、産卵の時期になると、池から出てどっかの砂地か、草地の産卵場所に移動したのだろう。そういえば、この地、尾生町に来た当時聞いたことがあった。我が家の所そのものはそうではないが、周りは昔は川が流れた跡であり、一帯に湿地であって、底の深い田圃もあると。要するに、湿地が拡がっていたのである。だから、亀にとっては住むのにも、産卵するのにも良い所だったに違いない。即ち、大昔から亀は同じルートで住む所から産卵地に移動していたに違いない。その移動ルート上、或いは移動ルートに近接、隣接して我が家が建ったということだろう。そこを移動する亀をチビが目ざとく見つけたということだろう。

まだ、大丈夫、亀が先祖からの生活をそのまま続けられているのである。ところが、噂によると、近いうちに我が家の周りが区画整理とかで大幅に土地改良がなされて、道路、住宅、公園が出来るという話である。全く自然、過去の土地の経緯を無視した、プランニングの可能性がある。なんだか、自然から完全に浮き上がってしまった町作りが進められようとしているような気がしてならない。亀が可哀想でならないのである。

二十三　注　射

平成五年七月の初め頃、元阪大総長の熊谷信昭先生、関西の代表的エレクトロニクス関連企業の社長さん、役員さん数名、同僚である阪大の工学部、基礎工学部の教授数名、合わせて十名ほどの方々とある会合でご一緒する機会があった。

お会いするなり熊谷先生にいつもの元気さが少し足りないのに気が付いた。案の定、風邪をひいて調子が悪いとおっしゃる。

「風邪引いて一寸調子が悪かったんですが、〝注射してもらったらよくなる〟と聞きましてね。ある有名な大病院へ行ったんですわ。〝元気の出るのを注射してください〟ってね。そうしたらえらいもんですな。そんな立派な病院にはそんなもの置いとらんようですな。〝そんなものしてもだめだ〟と云って、してくれんですよ。根本的に治すことはするけど、表面上だけ症状を抑えるだけのはやりたくないみたいですな。そんな話しをしてたら、ある人が市内にすぐ元気になる注射をしてくれる医院があると云うんで、名前を聞いて電話してもらったんですわ。ところが、阪大の元総長と聞いて〝何かの間違いじゃありませんか。うちはそんな病院じゃありません〟と云うんですな。大分、云われたんだけど、近くだから〝とにかくお願いします〟と行ったんですな。それが、まあ、構えは立派でもなくて田舎の病院みたいでしたよ。お医者さんも早速やってくれるんですな、よく効く太いやつ。すぐに大分調子良くなりましたよ。だからここに来れたんですよ」

わざと面白く話された可能性が高いが、もっともと思うところもある。

立派な病院では、とりあえず症状を抑えても、根本的になおしておかねばまた悪くなるからよくないとの考え方かも知れない。風邪というのは原因も病気の本質もいろいろでまだ良くわかっていないそうなので、簡単に治るものではないだろう。ともかく、発熱などでへばっている時に、元気の出る注射を打つのは、それで食欲も少しはでるし、案外、それで体力消耗を抑えて体力回復をはかる機会を与えることになって、それなりに有効なような気もする。もっとも、少し気分が良くなって無理をすれば完全に回復しているわけでないから、もっと悪くなるかも知れないので注意は必要だろうが。大分気分が良くなったと云いながら、やっぱり熊谷先生、少し慎重のようである。

考えてみると最近はずいぶん良くなったが、昔はかなり酷い注射がされることもあったようである。今ではエイズや肝炎その他の病気の感染の可能性があるから殆どされることがなくなったようであるが、昔は同じ注射針を何人にも使っていた。学校の予防注射なんかでも、相当多人数に同じ注射針を使う場合が多かったようである。

私が大学院生だった三十年くらい前、高熱を出してひっくり返り近くの医院へ行って注射をしてもらった時に、お医者さんが云っていた。

「うちの注射痛くないでしょう」

確かに殆ど痛みを感じない。

「本来、注射は痛いもんじゃないです、余程下手でなければ。昔は同じ注射針を何人にも使ったから、後の方の人の時はもう針の先が丸くなってたんです。それを無理矢理刺すもんで痛いのは当たり前ですよ。私は一回毎に針を替えますから痛くない筈ですよ」

長らく阪大病院で助手をやっていて、少し前に開院したばかりという、みるからに人柄のよさそうな長身のお医者さんの言葉を、三十年前にしてはまだ珍しいことだったからか、今もはっきり憶えている。記憶とはおかしなもので、先生の顔と、大阪市内旭区今市、太子橋から守口との境界あたりにあったことは憶えているが、確かな病院の場所と名前がどうしても思い出せない。国道一号線沿いの少し守口に入った所だったかも知れない。それにしてもその当時にしてこのお医者さん

「感染も恐いですから」

とおしゃっていたのは驚きである。

人間ドッグで採血されたり、町で献血する時、針を刺される瞬間顔をそむけたり、中には気分が悪くなる大の男が結構たくさんいると看護婦さんに聞いたことがある。これは、子供の頃、先の鋭くない針を刺しこまれた時の痛みの記憶が恐怖感として残っているからだろう。

注射で有効物質を血管の中に直接注入するのだから、即座に効果が現れてくるのは当たり前と云えば当たり前かも知れない。しかし、劇的であるが故に昔は恐らくいろんなことがあった可能性がある。たとえば、私のお爺さん、母の父、具体的には小川源次郎が病気になった時だから六十年以上も昔のことである。松江から医者が呼ばれて来たらしい。このお医者さん、カバンから大きな注射を取り出して、云ったらしい。

「この注射は〝とったか、みたか〟という注射で、見込のある人はこれを注射するとたちどころに元気になって、逆に見込のない人は悪くなる」

そう云って、注射されたらしいが、見てる間にたちどころに病状が悪化して息を引き取ってしまったということである。ずいぶん昔のことであるが、それでも家族は〝どうもおかしい〟と医者の処置に疑問を持ったらしい。お爺さんはかなり影響力を持った人らしかったので、〝おかしい〟と騒げば問題になった可能性があるが、当時のことだから結局うやむやとなったようである。

注射は刺す時チクリとする程度で、本当はそんなに痛くないということは充分に知っているつもりだが、今もってやっぱり注射の時は緊張してしまうのは、母からこんな話しを何度も聞かされていたからだろうか。

注射の時、チクッとするだけなら、経験的にあんなに怖がることはないだろうが、どうも注射の後、とてつもないことが起こるのではと、無意識のうちに警戒しているのかも知れない。実際、注射で入れるものによっては、アッという間にお陀仏であるし、肝炎ウィルスやエイズウィルスが入ればゆっくりとであるがやはりえらい目に遭うことになる。

だから、注射を怖がる私は全くの正常な人間であると、自分を正当化している。

二十四　物理と数学と子供の教育　（読まない方が無難）

地球上の物体の運動はニュートンの方程式で決まっている。電波、電気現象、磁気現象は電磁気学、マクスウェル（Maxwell）の方程式で説明できる。原子の中の電子の振る舞いが、さらには物質の示す電気的性質、光学的性質などが、量子力学、シュレディンガー（Schrödinger）方程式でわかる。天体の運動、宇宙を考えるには、アインシュタイン（Einstein）の特殊相対論、一般相対論を使う必要がある。原子の内部を考え、究極の極微の世界を支配している現象を理解するには、素粒子論がいる。さらにそれらを発展させたらどうなるとか、あらゆる現象が一つの基本方程式から理解できるとか、いろんなことが云われているのを学んだり、聞いたりしたことがある人もいる筈である。それらに応じて時には難解な、時には意外に簡単な数式を用いる。さらに、それらの方程式を利用して様々なことが予測され、また装置や機械が作られたりしている。要するに数学を用いた物理で全てが決められると考えられている。

しかし、もっと単純に素朴に考えてみると、星が、ニュートンの方程式がこうだから、相対論はあんなになっているからそれに従って運動していると云うよりも、星の動きを人間に理解させる手段として、数学と物理が作られているに過ぎないと云えよう。要するに、この世にあるもの、それらの動き、働き、現象、森羅万象をどう人間の頭で理解させるかという手段であって、決して数式そのものが本質ではないと思える。数式は人間の理解を助けるものに過ぎない。人間がおかしいと感じなくてすむよう、その数式を用いた体系の中に相入れないことが共存せず、即ち、矛盾がないようにして人間を納得させる一つの手段が方程式であると考えて良いかも知れない。掛け算、割り算しか習っていない人に微分方程式を使って現象を説明したとしても、本当は分からない筈である。

「なるほど、そんなチンプンカンプンな式を使って分かるんですか。凄いですね」と信じこんで納得するだけである。ある意味では宗教みたいなものと云えなくもないかもしれない。階差方程式のわからない人に、階差方程式を用いて説明しても意味がない。

人間の頭、即ち、理解できることには限界があるのに、その頭にどうして遙かにそれを越えたものを納得させるかということを、物理と数学が相協力してこれまでやってきたと云えるように思える。たとえば、百色の絵の具で描かれたものを、七色しか見分けることのできない目をもって見、理解しようとするようなものである。二色の色しか見分けられない目の場合よりも少しは理解が深まろうが、百色を見分けられる目でなければ完全に理解し得ないのと似ている。白、黒の二色しか識別できない目では、単なる濃淡としてしか見えないであろう。もちろん、ある程度は理解できるが、出来ないところも多い筈である。いかに白、黒だけの目で真実を理解しようと努力してもやはり限界がある筈である。

自然を理解する一つの補助手段として、人間の頭で取り扱いできる数式を用いているわけであると云えよう。要は、まだまだ自然理解のほんの入り口にいるだけであり、ある方程式ですべてが理解できるなどとは思い上がりも甚だしかろう。

もう一つ感じていることは、自然を理解するのに当然のことであるが、人間の持っている常識の中にあらゆることを押し込めて理解しようとする傾向があることである。たとえば、無限ということを好まない。限りなく大きく無限といっても良い、という考えをしようとしがちである。即ち、本質的に無限というのは避けようとしている傾向があるように思える。端のない無限の空間に地球が浮かんでいるというのは理解し難いし、不安であるからである。すぐに三次元空間では無限であるが、多次元空間では閉じているというような考え方をしたくなるのが人間だろう。

また、これも無限と考えるのを好まないのと同類であるが、何でも始まりと終わりがあるとして理解しようとする。始まりと終わりがないなどとは考えられないし、不安でしょうがないからであろう。これを避けようとして、時には周期的に同じことが繰り返すとして、始まりと終わりを結んでしまおうとする。

すぐにこんな発想になるのは人間の頭からして当然である。人間は、現在の意味の人間としては、高々、数十〜数百万年、この限られた大きさの空間である地球という舞台で動き回っているだけだから、通常接する範囲のものには限りや限界があり、始まりと終わりがあるからである。もちろん、このような単純な、人間の思考が限界を持つという保守的傾向にあるという議論自体も、従来の常識的な発想の中ではおかしいのではないかという議論になっており、やはり限界のある理屈ということは当然である。ともかく、自然は無限で、残念ながら人間の頭で理解できることはまだまだ有限で、本質的なことの中で分からないことが殆どである筈である。

こんなややこしい話をしていると退屈してくる人が多いし、自分自身もこんがらがってくるので、いい加減に中断するが、この頃思うのは、小学校、中学校等での自然科学をいかに教えるかをもっと真剣に考え、勉強して欲しいということである。小学校の先生にも、専門能力を身につけた人を少しづつ参加してもらったほうが良いのではなかろうか？　一人の先生があらゆることを教えるのには限界がある。自然に対する基本的な認識の仕方、態度が少しづつ身につくようにしてやって欲しいと思うのである。また、基本的な考え方を教える場面と、基本的な考え方、ルールを使って話を展開する場面を上手に使い分けする必要があることも教える必要がある。

将棋は大変面白いゲームであり、飛車、角行、香車、金、銀、歩など、駒によって動き方が決まっている。と云うより決められている、と云うのが正しい。こういう基本的ルールに従って駒を動かして様々なドラマが、時には劇的なドラマが展開されるのである。この時、なぜ、香車はまっすぐ進めるのに、桂馬は妙な動き方をするのか、飛車は斜めに行けないのに、角行はどうして斜めにいくらでも行けるのかなどは、説明しようと思ってもできない。そういう風に決めてあるだけである。

頭の良い子の中には、物理の問題を考える時、必ず原理原則までさかのぼって考えなければ納得できず、納得できなければ方程式や慣用の式を使おうとしない子がいる。もちろん、こういう姿勢は非常に大事で、新しい大きな発見をしたりするのにもこういう考え方は不可欠とも云える。しかし、時には、或いは対象によっては、また目的によっては原理、原則までさかのぼらず、ある程度認められている考え方、式から出発して説明しておいて良い、ということを、即ち、時にはうまく使い分ける必要があるということをうまく教えておいて欲しいものである。下手をすると何でも鵜呑みにして、深く考えようとしない子が出る一方、何でもさかのぼろうとするので先生と意見が合わず、先生からは強情であると嫌われ、折角の能力が抑えつけられ、芽を摘まれてしまう可能性もあるのである。

先生は自信を持って、毅然と教えることが重要であるが、同時に子供の中にも自分を越えた才能の子が必ずいることを強く意識して、教え方に反映し欲しいと思っている。と云うといかにも偉そうに云っているように見えるが、実は自分への反省の弁である。

二十五 血 圧

高血圧症の両親からいろいろ聞かされていたから、四十歳代にかかった頃から塩分控え目の食事とできるだけ歩くことを心がけていたが、どうしても不規則な生活で外食も多く、睡眠時間も少な目だったことのつけが回ってきたのか、四十歳代半ばを越えて高血圧症の仲間入りをしてしまったようである。名称は本態性ということであるが、医学関係が専門の友人に聞いてみると、どうやら原因のわからないのは殆ど本態性高血圧症と名付けられているらしく、遺伝的素質も大いに影響するということである。

そもそも遺伝的に高血圧症になり易いということはどういうことだろうか。食事、生活習慣が同じようになり易いということもあろうが、案外、その他に本質的な何かがあるかも知れない。即ち、先祖が高めの血圧を必要とする、高めの方が生きていく上で好ましい環境に住んでいた。或いは全く逆に、もともと先祖が住んでいた所での生活様式では本来高血圧にならないような体のつくりと遺伝的素質であったが、別の環境に移ってもそこで元の習慣を続ければ、本来それとは相容れなくて高血圧となってしまう、ということもあるかも知れない。その他もっといろいろあろうが、そもそも人間に適する血圧とは何だろう。

最高血圧が百五十以上、最低血圧が九十五以上が高血圧症と云われており、ときどきこの範囲も変えられたりしているようであるらしいが、血圧の適応範囲とは何できまるのだろう。理由は当たり前のことであるが、人間が地球上に住んでいるということからきている筈である。別の機会に人間は地球くらいのサイズ、重さの星にしか本質的に住めないと述べたことがあるが（＊1）、それと同類である。大きな星であれば重力で人間の体は潰れてしまうわけで、同じように重力が血圧に影響しているのは間違いない。

人間が発生し、進化する過程にこの地球の大きさ、重さは決定的な影響を与えている筈で、その結果でもある人間の大きさ、生活様式、たとえば、立つか横になるか、体の中での心臓の相対的位置などが血圧に関係しているに違いない。地球表面上で人間が直立した時、心臓から高い位置にある頭まで重力にさからって血液を押し上げなければならず、それを可能にするだけの血圧が必要であるということになる。

高い所の水は勝手に低い所に流れ落ちるが、低い所の水はポンプで圧力を上げないと高い所へ上げられないのと同じ理屈で、全身に血液を送るのに心臓がポンプの役をしているから心臓より高い所に送るのに圧力をかけないといけないことは当然のことである。だから、立った場合、心臓の近くでの血圧は頭の中より高い筈であり、足の先は重力で加圧されるからもう少し高い筈である。要するに、体の中で血圧の分布がある筈で、それはその人の姿勢によって変わることになる。

こんな事実は中年以上になると誰でも気付く。若い時は目立たないがある年齢以上になると、手をぶら下げた時血管が浮き出てくる。ところが、水平にするか少し高くすると目立たなくなってしまう。心臓より高くすると血圧が低いので血管に圧力が余りかからないが、低くすると高い血圧がかかって血管が膨れようとしているからだと思われる。逆に云うと、手を上げ下げし血管が浮き出たりするのは血管の弾力が落ちて、少しの加圧で膨らむようになってきたということで、血管ももう余り若くないということを意味するわけである。

同じような理由で、血圧を腕で測る時、寝て測るにしろ、座って測るにしろ、腕を心臓と同じ高さにする。これで心臓あたりの血圧が測れたことになる。実際の体の中の血圧は、だから、血圧測定で教えられた値と異なって当たり前で、また姿勢、体の部位によって異っていることになる。

長時間立ったり、椅子に座ったりしていると足が膨れてくるのは重力で血液が下に下がり、血圧が上がって血管などが膨れるためである筈である。足下から心臓まで血液を戻すにはかなりの圧力が必要であり、実際高い血圧になっている筈であるが、その圧力そのものがそのまま押し上げる力となっているかどうかは私は知らない。血液の心臓への戻り道である静脈が単なる管でなく、戻るのを支援する、即ち、逆流を防ぐ何らかの構造となっている可能性が高いと思われる。このカラクリが故障してもまずかろう。特に、女性に多いように思えるが、時々、足の血管が腫れ上がり、中には青白くミミズのようにうねってるのが見える人がいる。恐らく、血液の流れ、足から心臓への戻りの流れが少し悪くなっているからに違いない。

こんな話が正しいとすると、人間、逆立ちした時、頭の血圧はずいぶん高くなっている筈で、特に、高血圧症の人は逆立ちをやらない方がいいということになる。一般に年が寄ると血圧が上がることが多いから、年寄りは逆立ちをしない方が無難ということになる。そもそも、年が寄ると逆立ちなんかしようとしてもできなくなる。

宇宙飛行士がロケットで打ち上げられる時、もし頭をロケット先端の方に向けていれば血圧が下がり、思考力が少し落ち、逆に頭を下に向けていれば、血圧が上がり、脳出血の可能性もあろう。どんな姿勢で打ち上げられているか知りたいものである。いずれにしても余り高齢になって血圧が高くなり、血管も弱くなったら宇宙飛行士になるのは難しそうである。幸に、私なんかなろうという気は全くない。

それに、背の高い人、特に首から上の長い人は必要があって血圧が高い可能性がある。キリンなんか高くて当たり前である。キリンの血圧は三百以上と聞いたような気がする。

地球より大きな重い星では血圧が数百、数千でなければ人間が生きていけない。頭に血液が上がらないだろうから。それに、もしこんなに血圧が高かったら血管がもたない。血管が破裂してしまう。要するに地球より大きな重い星には血圧だけ見ても現在の人間は住めない。しかし、極めて長い年月をかけて重力の大きさが変わっていけば、人間がそれに応じて進化するかも知れない。その結果の人間は、その姿、形も生き方も今の人間とは全く違ってしまっているかも知れない。

ところで、こんな半分消極的な話し方をすると、逆に積極的な意見の人が出てきて、人間の血管を太い丈夫な人工パイプで置き換えればよい、と云い出す可能性がある。それでも交換可能なのは太い動脈、静脈くらいで、毛細血管、頭や肝臓、腎臓の中の小さな複雑に張り巡らされた血管を全て人工血管に置き換えることなど殆ど不可能に近い気がする

人間がそんな高い血圧下でも生存できるように進化すれば問題ないかも知れないが、私には今の人間の姿、形のまま新しい環境に適応するように進化するとは考えられない。全く別種の生物のように変わってしまい、およそ人間であったということなどわからないものになっているだろう、進化したとしても。

案外、退化した方が適応できるかも知れない。一度、人間の祖先よりはるかに古い生物、もしかしたら微生物などに退化してから再度進化すればいいかも知れない。そうなってくると、そもそも、人間の存在意義自体が不明になってくる。人間は地球という環境に適応する特殊な形に進化したのであって、真に生物種として望ましいものかどうかは別であり、実は生物の存在そのものを維持しようとする慣性の法則からすれば、前の段階のものの方が多様な環境に適合して進化する可能性を秘めているとも云えそうである。

広い宇宙の中に於ける生命という見方からすると、人間は一つのあだ花に過ぎないかも知れない。人間が驕り、傲慢になることは全くおかしな間違ったことであり、進化した結果が人間などと云うこと自体がおかしなことかも知れない。

こんな馬鹿な思いにすぐに本筋から離れてはまり込んでしまうのが私の悪いところであるが、元に戻ると、要は今の私にとってはどうしたら血圧が高くならないようにできるかということが問題である。

どうやら、やっぱり血圧を上げる要因はその必要があったからであると思われる。大事なことは頭や体の隅々まで

にその活動を維持、助長するよう新鮮な血液を送ることにあり、血圧が上がったということは、上げなければ必要なだけ送れないからということである。末端から血液が足らないという切実な欲求信号がフィードバックされて血圧が上がってる筈である。要するに、血管内の血流が抑えられているから、血管の血液に対する抵抗が上がっているからであり、血管のどこかが細くなれば、そうなって当たり前である。

よく、コレステロールや中性脂肪等が血管内壁について流路が細くなってしまうなどと云われる。コレステロールや中性脂肪を多量に含むもの、或いはそれらに変わりやすいものを多量に含む食物をとるためかも知れないが、本来、人間は何かをたくさんとり過ぎた時、それを回収、捨てる役割、機能をも持っている筈である。コレステロールは細胞壁や体のいろんな組織などの重要な材料の一つの筈であり、それを体の末端にまで運ぶ必要もある。同時に、細胞が生まれ変わるということは、古くなったものを取り替えて、それぞれのあった場所から取り除き、運び去る機能も備えている筈である。このことからも食事は重要で、コレステロールも取らなければならないということになる。余りに過度にとりすぎるのは、もちろん、問題であるだろうが。また、不要になった時はスムーズに取り除かれねばならない。

一方、どこかで述べたことがあるが、ストレスは多くの場合血管を収縮させるように複雑な中途のプロセスを経て働いている筈である。というのは、人間の先祖から現在の人間に至る過程において、ストレスは人間の生命に危険が及んだ時に発生するようになっていたと考えておかしくないからである。動物に襲われたり怪我した時などの緊急時には出血を伴うことが多い。だから、ストレスがかかると、結局、血管が縮むように人間の体はでき上がっていると考えられる。ところが、現在は本来のストレスの他に社会的なストレスが非常に多くなってしまっていると思えるのである。それで、血管が収縮し血圧が上がりっぱなしとなる。

ということは、結局ストレスが余りかからないようにゆったりとして気持ちを持って、適切な食事をとることが必要である、という当たり前の単純な結論となる。しかし、こうしなければならないなど、何かのことを自らに課すと、やっぱりそれがストレスに繋がるから、すべからく自然体でなければならないということになる。怒らず、焦らず、ゆっくり、ゆっくりカタツムリのごとく振る舞い、食べ過ぎず、自然の流れに身をまかすことが肝要ということになるだろう。

ところが、こうやって自然に理想的な生活をやって、さて人間が一体何年生きられるかというと、とても千年は生きられない。〝残る桜も散る桜〟である。要は、自然体でありたいものだが、こんなことを思い出してメモを取っているようでは、私はまだまだ当分自然体にはなれそうにもなさそうである。今はどうするか。電車の中では眠るのが一番。

ロケットで思い出した。人工衛星を打ち上げることは大変なことであるが、実はそれを、或いはそこから人や物を地上に回収することも極めて大変なことである。最初は、ソ連のガガーリン大佐の時以来カプセルであった。その後米国では再利用を考えてスペースシャトルを造って利用している。

カプセルは最後は落下傘、パラシュートを開いて下りるので何となく古典的な感じがし、スペースシャトルが遙かにスムーズで素晴らしく見える。実際には、これは非常に難しいことをやっている筈である。

スペースシャトルが超高速で大気圏に入る時、空気との摩擦で凄い熱発生があるからである。即ち、機体と中の乗員、機器を守るために耐熱性、断熱性のある物で機体を覆っておかなければならない。それには超耐熱タイルが使われている。磁器、セラミックについては日本は高い技術を持っているといわれるが、この点で日本は貢献しているだろう。これが剝がれ落ちたら最後だからである。もしこのタイルが充分な性能を持っていなければ発熱によって超高温に上昇しない降り方をすればいいということになる。

ところが、人工衛星は軌道上をとてつもない超高速度で飛んでいる。この速度を地上に近づいた時点ではほとんどゼロにまで落とさなければならない。このとき、超高速で運動していればもの凄いエネルギーを持っているので、これを全部失って、最後にエネルギーゼロとなっての着陸なのである。超高度にあったことによる位置エネルギーもなくさなければならない。ということはどこかでエネルギーを捨てなければならない。この失った運動エネルギーと位置エネルギーが空気との摩擦で熱エネルギーに変えられているのである。減速、即、熱発生なのである。ということは、普通のやり方であれば、空気との摩擦による超高温の発生は本質的ということになる。

これを避ける方法があるかというと、ないことはないような気がする。一つは大気中を極めて長時間かけて、ゆっくり降りていくという方法であり、これによって、熱発生はあるが、長い時間なので、その間に熱放散もあって、機体の温度上昇は比較的低く抑えられる可能性がある。もう一つは、軌道上で帰還前に人工衛星を静止軌道上の位置に移しておくことである。そうすれば人工衛星は地表と同じ回転速度を持っているから、相対的には静止しており、原理的には垂直に下りてくればいいことになる。それこそロープにぶら下がっても、エレベータのようなパイプを垂直につけても真っ直ぐ下りていくことが原理的に可能の筈である。実際に行うのは非常に難しいだろうが。

こんなことを思いめぐらしていて気の付いたことがもう一つある。私は子供の頃から逆立ちが上手くないのは、もともと高血圧になるタイプだから、将来大人になっても逆立ちなんかしない方がいいから、そんな能力は付かないように無意識のうちに自己規制していたのかも知れない。また、負け惜しみ、屁理屈を云っていると、誰かに叱られそうである。

注＊1　雑学・雑談・独り言（信山社一九九二）

二十六　痛みの感覚（読まない方が無難）

あわてものの私にはしょっ中あることであるが、また机の足を左足の小指の所で強烈に蹴飛ばしてしまった。何度目か数え切れないくらいである。本当はぶつかったのであるが、蹴飛ばしたような形となったのである。蹴飛ばした瞬間、イタッと感じ、すぐにウッと指先に力を入れて身もかがめ、次の強烈な痛みを覚悟し、備えた。一秒くらいかかったような気がするが、恐らくもう少し短いだろう。今度はズシンと重々しい強烈な痛みが来た。また一、二秒でこの痛みの大きな波はいったん潮が引くように少し引き、その後継続的な痛みが続いた。この痛みの波が少し引き始める時、どうやら指が裂けるとか、骨折するのは避けられたようだと判断ができた。

ぶつかったり、切ったり、熱いものに触ったりした時、まず一瞬小さな痛みパルスが来て、ほんのわずかの間おさまって、続いて大きな痛みの波が来るのはいつも共通のように思う。人が痛みを感ずる感覚、システムはどうも単純でなく何層かの階層構造となっているようである。恐らく何かが起こった瞬間、この日のように、人間に身構えて備える時間を与え、破滅的な損傷を逃れるように人体のシステムができ上がっているような気がする。

痛みには二種類あり、二種類の痛みの信号の伝わる速さはかなり大きく異なっているようである。丁度、直下型地震でもない限り地震で最初に小さくグラッときて、次にしばらく経って大きな揺れがグラッ、グラッとしばらく続くのと形の上では似ている。地震の場合は早いのが縦波、遅いのが横波と云って波の進む方向と振動する方向との関係によって伝わる速さが異っている。縦波は伝わる方向と同じ方向に地面が振動し、横波は伝わる方向と直角方向に振動する。痛みの信号はこの地震の波の伝わり方とは原理的に全く異っており、電気的なシグナルの筈であるが、少なくともいろいろな速度のものがあるようである。

痛みを感ずる素子に対応する細胞組織がまず強い刺激を受けた時に信号を発生して、これが神経などを伝わって脳に至って痛みと知覚するだろう。まず、異なった痛みを感ずる細胞組織があって、それぞれ異なった細胞からの信号が別の経路を通って脳に至るのか、一つの細胞からの信号が伝わる速度の異なる二つの別の神経繊維のルートを通って脳に届くのか、一つの細胞が複数の信号を発生させて一つが早く、もう一つが遅く伝わっているのだろうか、一つの応答波形が周波数か波形が異なる二つの成分に分割できて同じ神経であってもそれぞれの波形の伝播速度が異なるのだろうか、何かものに触った時に感ずるいわゆる触覚の細胞と痛みを感ずる細胞は同じものだろうか、別のものだろうか、もし別のものであれば、触覚と小さな痛みと大きな痛みの三つの信号が伝っているのだろうか、などと興味のつきないところである。

ともかく、最初の小さな痛みの後、怪我をした部位を指などでグッと押さえて少し持続的な圧痛を与えて、やがてくる大きな痛みのショックを柔らげるように無意識のうちに自分は行っているようである。

痛みがなければ良いのにと思うこともあるが、痛みがあるからこそ人間が生存し続けられるのであろう。痛みがなかったら、ぶつかって怪我しても、動物に咬み付かれても気が付かないで放置しておくだろうから、生命が維持されないことになる。やっぱり痛みは必要ということになる。

心の痛みはどうか。これも瞬間に来る一過性の痛みと、後からじわっと来て長期に続き重くのしかかるような痛みがあるように思う。メカニズムはどうであれ、ともかくこの心の痛みがあるからこそ人間が存続しているような気がする。

でも短いか長いか別にして、とにかく与えられた一生、肉体的にも精神的にも痛みは最小であって欲しいものである。とにかく、あせらずあわてず気楽に楽天的にやのに限るとやっと気の付いたこの頃であるが、しみついた習慣はなかなかなおらないようである。駅に着いたら、タクシーに乗らねば次の約束に間に合いそうにもない。

二十七 囲 碁

時計を見ると四時五分前である。七月といっても四時前後はまだ外は真暗。いつもならもう一寝入りというところだが、四時四十五分にタクシーを呼んでしまっているから起きざるを得ない。顔を洗って軽く朝食を済ませるともう予定の時間である。いつもと違う様子にチビはけげんそうな顔をしていたが、妻に首輪を握られたポチは後を追って門から飛び出しそうな風情である。

関西新空港がオープンする平成六年九月までの一年余り、外国出張の度にこんな早起きを余儀なくされる。何しろ成田行きの全日空機の伊丹空港出発時間が七時四十分過ぎであっても、大阪市内を通り抜けなければならぬから、余裕を見て、相当早めに家を出ざるを得ないのである。交通渋滞に巻き込まれたら万事休すである。ところが土曜日だったからなのか、運転手さんの腕が良かったからか、なんと五時半過ぎには空港に着いてしまった。早く着き過ぎて、六時にドアが開くまで空港の建物内に入れないので、外で待ちぼうけになってしまい、だんだん腹が立ってくる。

〝もっと早くドアを開けたらいいじゃないか。何十人もの人を外で待たせて、中の人は良心がとがめないのか〟

〝大阪－成田間の便数が余りに少な過ぎる。〟

〝成田経由で外国へ行くことがわかってるのに、なぜ伊丹で出国手続きができないのか〟

〝なぜ、荷物が伊丹から目的地まで直接チェックインできないのだ。〟

どうも官僚的体質と航空会社間の縄張り争いが極めて不便な接続にしているような気がしてならない。その気になれば、こんなことはみんな簡単に解決できる筈である。

それでも成田空港から電話をすませて飛行機に乗り込んでしまうと気持ちが落ち着いてくるのは、ＫＬＭが好みのフライトの一つであるからかも知れない。幸いなことに、通路横の私と窓際の二十七、八の若い外人の間の席が一つ空席なので、エコノミー席にも関わらずずいぶんゆったりと座れる。

離陸して間もなくどちらからともなく雑談を始めたが、若いにもかかわらず、或いは若いからなのか仲々面白い男である。いくつか興味深いことを知ることができた。

彼は日本で既に一年半ほどコンピューターソフト関係の仕事をしており、出身はオランダと云う。

「オランダ（Holland）と云う人もいるし、ネザーランド（Netherland）と云う人もいるけど、どちらが正しいですか」

「両方とも正しいです。昔はオランダと云いました。ネーザーランドの一部にオランダがある形になっていますが、オランダと云ってもいいと思います」

「ネーザーランドと云うのはドイツ語のNiederlandと同じ、低い（Nieder）土地（Land）という意味ですか」

「そうです。オランダのかなりの所が海面以下ですから」

「そうか、わかったような気がする。オランダ(Holland)は真中で分けてＨｏｌ、ｌａｎｄということですか。穴と土地とになりますか」

「そうかも知れません。Ｈｏｌはホール、穴という意味ですから穴の土地、穴の国ということでネザーランドと似た意味になりますね」

どうやら彼もＨｏｌとｌａｎｄを分けて考えたことがなかったようである。

日本で何の仕事をやっているのか聞くと、囲碁のコンピュータープログラムをやっていると云う。オセロや五目並べに比べて囲碁をコンピューターでやるのは相当難しく高度なようである。

「やっと六級くらいの腕前のコンピューターとなりました」

と遠慮がちに話していたが、どうやら世界でトップクラスのレベルのようである。囲碁の本場の日本で囲碁のプログラムをやろうとする人が少ないのを不思議がっていたが、聞いてみると彼自身、十六歳の時から囲碁を始めて今は六段（アマチュア）と云っていたから相当の腕前である。外人に聞くのはおかしな話しだと思いながらも尋ねてみた。

「囲碁の高段者が対局終了後、完全に記憶していて何も見ずに再現して見せますけど、驚異的ですね。よくもあんなことできるんですね」

「それぞれ、一手づつに理由があって打っているから、記憶するのは意外に簡単です」

そうであれば、私のように囲碁を余り知らなくて、理屈もなく、論理的に妥当と思われない、定石通りじゃない打ち方をする相手との時は記憶が難しいに違いないと思いながら、相づちをうつ。

「そうですか。凄いもんですね」

「それでも、碁盤をクルッと百八十度回転させると途端に忘れてしまうし、対局している一方の人の後ろから見ていて急に相手側の後ろへ廻って見ると、場面が全く別のように見えてきて、いろんなことに気付くこともあります」

と感慨深そうに話す。

物事を一つの側面から見るだけでなく別の視点からも見ることが極めて重要で、それによって新しい発見や反省があるということである。私がいつも学生に云っていることと一緒である。

「囲碁をやって見ると相手の性格や人格がよく分かるし、囲碁は人間社会そのもののようで、ドンデン返しがあって本当に面白いです」

大した若い外人である。並の日本人より遙かに日本人的発想もできるようである。

シャープの電卓辞書を出して

「毎日持ち歩いて、これで大分日本語を憶えました」

と云った後、面白いことを教えてくれた。

「日本語の中にオランダ語がいっぱいありますね。たとえば、医者の使うメス、それに〝おてんば〟は女の子に対して使っていますが、おてんばはオランダ語で Ontembaar と書きます。英語の untamable に当たります。それでも、外来語なのにカタカナで書かずに平仮名で書くんですね」

平仮名どころか、お転婆（おてんば）と漢字まで書くものだから、私だけじゃなく殆どの日本人が、もともと日本語と思ってる筈である。尚、untamable というのは〝ならすことができない〟という意味である。何となく転と婆にその意味をひっかけてるような気がする。酷い話しである。ふと思ったが、もしかして、今の若い日本人で〝おてんば〟の意味そのものを知らない人もいるかも知れない。

マーク、Mark Boom と名乗ったこの若い青年、仲々面白い男である。

「大阪へ来たら是非大学へ寄りなさい」

と云っておいたが、十二月にはオランダに帰ると云っていたから無理かも知れない。

おかげでアムステルダムまでの十一時間余りのフライトが長い時間には感じられなかった。長いどころか、面白くてアッという間に時間が経ち、うっかり睡眠をとり損なったから後が大変であるが、やっぱり旅は道連れである。

二十八　ＵＳＯ

およそ物質の電気的性質、ましてや超伝導とは縁があるとは思われない石英の会社の社長さんである片岡忠孝さんが、数枚のコピーを握りしめ、肩をゆらしながら教授室に飛び込んできたのは大分以前のことである。

「先生、面白いもの見つけましたんや、素人が見ても面白いですよ。これ先生にあげます。一回読んでみてください」

なるほど面白い一文である。ＵＳＯとはうまく名付けたものである。当時、従来に比べて非常に高い温度で電気抵抗が完全にゼロになる超伝導現象を示す物質、高温超伝導体、を発見したという情報が頻繁に流されていた。どれが本当で、どれが間違っているのか、どれを信じて良いか判断がつかないような状況であったことから、このように次から次と現れる物質を、例のＵＦＯ(Unidentified Flying Object：未確認飛行物体)になぞらえてＵＳＯ(Unidentified Superconductive Object）と名付けたようである。名付け親はセラミック超伝導体研究が爆発的に拡がり大きく進展するきっかけとなる非常に重要な研究を行った一人、東京大学工学部の北澤宏一教授である。UFOはよく知られているようにユーホーと読むが、どうもUSOはユーソーかユーエスオーよりウソ（嘘）と読む方がいい、というような気持ちが込められているように思える。若い女学生さんが、他人の話を聞いて、〝ウソッ〟と連発するのを思い出させるからである。

以来、チャンスがあれば北澤教授に一度このUSOについてじっくり語って貰いたいと思っていたのであるが、いい具合にその機会が巡ってきた。関西を中心に持たれ、四十年以上も継続している伝統のある電気材料技術懇談会の特別講演を、私が超伝導をテーマに企画することになったのである。早速の依頼の電話に一寸とまどわれたようであるが、結果的には承諾して貰えたのである。いきがかり上、司会も私の担当である。

超伝導というのは、ある種の物質の温度を下げていくと、ある温度以下で突然抵抗がゼロとなる現象で、その温度は臨界温度と呼ばれる。この超伝導現象を利用すると電気がロス、損失無しで送られ、超高速度の磁気浮上列車（超伝導列車）、超伝導船を始め、様々な画期的な応用が期待されるが、実は、臨界温度が非常に低いため、物理の基礎研究や医学応用に用いられているNMRやSQUIDなどにその応用が限られていた。従って、もし、臨界温度が室温以上の実用的な超伝導材料が開発されると、産業はもちろん、社会が一変する可能性があるのである。それどころか、たとえば、氷点以下であっても、もし使いやすい液体窒素温度（七十七K：氷点下百九十六度）以上の温度での超伝導体が実用化するだけでも、極めて大きな影響が出ると考えられていたのである。そんな背景があったから、室温超伝導を見いだしたという報告があると、一般大衆紙やテレビのニュースになるほどだったのである。

平成五年秋の北澤教授の講演を聴いてみると、当時の熱病にとりつかれたような世界中での高温超伝導体発見の先陣争いが、まるで信じて良いかどうか分からぬUFOのように頻繁に現れ、まじめな研究者にとまどいを与えていた面もあった様子が手に取るように分かり、久し振りに聞いた面白い講演であった。

その上、時には間違った発表がきっかけ、刺激となって、関連研究分野にたくさんの人が参画し、大幅に進展が見られ、結果としてその分野が大きく発展することがあるが、まるでその見本のように、この超伝導フィーバーは、本当の新しい超伝導発見に繋がり、物理学や化学、工学の世界で大きな変革の芽をもたらしたのである。だから、

「時には嘘から出た真（まこと）もありまして」

と云う先生の話からも分かるように、USOには〃嘘〃という意味もかなり込められていたように思われる。

ところで、好評であった講演の後、北澤教授と電気材料技術懇談会の小林倫明会長、関西電力総合技術研究所の砂原洋一副所長さん、幹事の中村郁氏ら数名の関係者と一緒した会食では、独特の話術で軟らかいながらも率直な意見をはかれる小林さんと、真面目ながらもユーモアのある北澤さんが向かい合ってるわけであるから、講演以上に話が弾んだ。中でも次の話は多少は私自身もそう思ってはいたのであるが、なるほどと感心し、大いに反省させられることとなった。

「吉野先生、私が私の先生に習った最も貴重なことはなんだと思われますか」

「さあ、何でしょう」

「それはですね、学生に〃教授はいいな〃と思わせることなんです」

いかに若い人に活発に、意欲的に研究に取り組んで貰うかを話し合ってる途中で出てきた話である。

「いつも学生の前では、顔が引きつりようなことがあっても、ニコニコしていることですね。ゆったりとして、余裕があって、楽しそうで、皆から尊敬され、いかにも幸せそうに見せるんですね。そうしますとね、学生さんは〃教授はいいな、助手や助教授の時は確かに大変かも知れんけど、それを辛抱して頑張っていい業績を上げて乗り切ると後はいいな〃と思うでしょう。そうすると学生はどんどん大学院に、博士課程に残って研究しようとするでしょう。それに講義の時もそうですね。以前、我々の学生の頃、ある先生は必ず講義の途中で、十分間ほど休憩をとられて講義室を空けられたんですね。学生は二時間も講義時間があるもんですから、もちろん、休憩があると嬉しかったですよ。ある時、一体休憩中に教授は何をしているか興味を持ちましてね、見てみようということになったんです。ある学生

が何か理屈を付けて教授室をノックしたんですね。そうしたら、教授はソファーにゆったり掛けて美味しそうに温かいコーヒーを飲んでいたと云うんです。それからしばらくたってからの講義の時、同じような休憩になったので、もう一度見てみようというんで、また覗きに行ったんですね。今度は美人の秘書と楽しそうに談笑しておられたそうです。こんな様子を目のあたりにすれば、若い学生達は頑張って勉強、研究して業績を上げ、大学に残ろうとしますでしょう。先生のところも秘書さんいますでしょう。どうですか」

「北澤先生、是非、一度私の部屋に来てください。楽しみにしておいてください」

確かに百分～百二十分の授業は受講する学生にとっても、ずいぶん長いものである。だから途中で休憩をとるのは教官のみならず学生にとっても効率の上で極めて有効であろう。

この話には私自身大いに教えられるところがある。毎日毎日、汗をかきかき、何かに追われるように忙しく走り回り、身にまとっているものも余り上等でなく、経済的にもゆとりもなさそうであれば、現代の学生が羨ましがらないこと請け合いである。コンパや一寸した機会に学生におごったとしても、〝先生というのは金がかかって大変だな〟と思わせるようでは逆効果かも知れない。

大学の教授が実際にそんなにゆとりがあって豊かな生活ができるわけはないのは当たり前であるが、せめて〝アヒル〟にならなければならぬのかも知れない。

川で泳いでいるアヒルは、一見、のんびりゆったり気持ちよさそうに浮かんでいるが、実は、水の中では絶えず必死に足を動かしている。顔は引きつり、瞼はピクピクしそうでも、いつもニッコリが基本のようである。

しかし、もし女子学生さんでもいれば、いかににこやかにしたつもりでも、私の顔を見てやっぱり、〝ウソッ〟と云われそうであるが、幸か不幸か電子工学や電気工学系には女子学生さんは希である。

二十九　ドーピング

　私のグループでは未来のエレクトロニクスの基盤となる物質や現象の研究を行っているが、その中の一つに電気の流れるプラスチックスである導電性高分子というのがある。不思議なことにこの導電性高分子にドーパントと呼ばれる原子、分子、イオンなどを微量入れる操作であるドーピングということを行うと、電気の余り流れない絶縁体から電気のよく流れる金属に突然変わる。これは可逆で、ドーパントを抜くと元の状態に戻る。この現象は基礎科学的にも応用という点からも極めて重要で、ドーピングというのはまるで魔法のように思える手段である。こんな研究は、実は昭和五十年代から始まっている。

　ところが、昭和から平成に替わった頃からこのドーピングという言葉は非常に有名になって、殆どの人に知られるようになった。もちろん、もともと我々の使う場合の意味ではなく、むしろよくない意味でである。だからドーピングというと何か悪のイメージに繋がるようになってしまった。要するにスポーツに勝つために特殊な薬品や物を注射したり、飲んだり、食べたりすることをドーピングというようになったのである。国際試合などで時々問題になっていたが、特に、ソウルオリンピックの頃から広く知られるようになり、これの検査にひっかかる件数も急激に多くなったようである。ドーピングをする目的は個人や団体、国の名誉のため、賞金、賞品のためであろう。しかし、スポーツをやる人はすべてこんなことを思ってはいけない、という要求は一寸無理というか、可哀想な気がする。何しろ生身の普通の人間の筈であるから。

　ドーピングの手段は何かの薬品や飲み物、食べ物などを注射したり、飲んだり、食べたりすることであろう。その結果、期待されていることは、恐らく肉体そのものを改造する、肉体の働きを活性化する、精神面を変化させる、たとえば、興奮させる、集中力を与える、精神を安定化させる、苦痛を減らす、恐怖感を減らすなど、いろいろなことがあるに違いない。また、ドーピングには長期的にやって効果が次第に現れ長く続くもの、短期的に用いるものなど様々なタイプがあると思われる。

　確かに、このようなドーピングによって、心身の健康上に悪影響を長期にわたって及ぼす、または半永久的に残す、或いは遺伝という面から弊害が出るなどのことがあれば大変な問題であるから禁止するのは当然である。しかし、どうも話しは単純でなく様々な難しい課題を含んでいるように思う。

　スポーツ選手は試合前に風邪薬を飲めないそうである。ドーピング検査にひっかかるから。風邪だけじゃなくて他にいろいろな病気や怪我にたいする投薬や処置を誤ると必ずドーピング検査にひっかかるだろう。難しいところである。食べ物だって、調味料だって、飲み物だって検査基準次第では難しかろう。漢方薬を飲んでる人はもちろん、案外、昔から有名な健康食を長期にわたってとっていてもいけないかも知れない。どこで違反の線を引くか、極めて難しそうである。世の中には裏や抜け道をあくどく探す人があるから、それを防ぐためにだけ徹底的なことをやるというのが一番いいのだろうか、少し疑問も感じる。

　ともかく、スポーツの世界では厳正、公正が徹底して行われるべき、ということになっている。それでいいと思うが、世の中すべてこれを徹底的にやられたら息苦しくてたまらなくなるだろうし、実際、不可能に近いような気もする。たとえば、入学試験を考えてみる。入学試験の日、頭のスッキリするドリンクや薬を飲んだから、目が冴える薬を飲んだから、朝にお茶やコーヒーを飲んだから、元気のでるものを飲んだり食べたから、日頃から何か薬を飲んでるから、頭の良くなるという食物を食べたり、調味料を使ってるから、何かそんな薬を飲んでるから公正を欠く、という理由でドーピング検査をやるという話しを余り聞いたことがない。

　もともと低血圧であるから、朝、何か飲まないと午前中は眠くて頭が働かない人もいるかも知れないし、風邪をひいて熱が高くて頭が全く働かないので解熱剤を飲まないといけない人もいるかも知れないし、様々である。恐らく、今後共、入学試験に際して一斉にドーピング検査をやることなどないと思うし、やったらおかしいと思う。しかし、公正、厳正をとことん進めればこうなってておかしくないのである。原理的には相手を失格させるために、意識的に相手の食事の中に何か薬品や要注意物質を混入させることもできるだろうから、いろんな形で新たな問題も発生する。何だかスポーツ選手が可哀想な気がしないでもない。

そんなとりとめのないことをふと思ったりしながら、厳正な入学試験の監督を行うため壇上から受験生達をながめてみると、我々の頃と違って服装がみんなマチマチである。学生服を着ている男子学生は全くいない。世の中ずいぶん変わったものである。これだけいろんな服装をしているところから見ると、これからいろんなタイプの学生、いろんな考えを持った学生が自然と育っていくかも知れない。もちろん、いい面もたくさんあるのは間違いなかろうが、難しい面もあるに違いない。いずれにしても、全てが多様化していく中で教育はますます難しくなっていくのだろうと考えながら、また少し違う思いもいだく。

いろんな色と形、材料の服を着て多様な学生のように見えるが、見掛けは少し違っても、皆、実は全く同じような、比較的同質で個性がない可能性もあるかも知れない。教育の一つの面はこの人達の中に微量のドーピングを行って、この若い人を活性化させることかも知れない。ドーピングによっていろんな異なったタイプの人間に変化するかも知れない。ドーピングを有効にするにはドーパントとして何を選ぶか、どういう方法でドーピングするかということなのだろうとつい思ってしまうのも、導電性高分子の研究過程でドーピングに好意的なイメージを描いてしまったからなのだろう。

一日の終りに少量のお酒をドーピングするのも決して悪くない筈である、ギョウザも焼肉も悪くない筈、とすぐに自己弁護する私である。

三十　虎　1　絵

　私の教授室の壁の真中には小さな虎の絵が掛かっていた。だから訪問客の三分の一は部屋に入るなり
「先生、阪神タイガースのファンですか」

と尋ね、途端に雰囲気が柔らいで和やかになる。絵に全く気が付かなかったように見えた人も大抵、帰りがけに遠慮がちに云う。

「先生、タイガースですか」

　これでまた次回も来やすくなるようである。なんのことはない、虎の絵は阪神タイガースの小さなペナントであり、更に壁の両側には、一方にタイガースの小さな縞の旗、他方にはタイガースのカレンダーが掛かっているのだから、阪神タイガースの熱烈なファンと思われても当然である。

「おたくも阪神ファンですか」

という私の問いに
「そうなんです」

という答えがあれば話しがますますスムーズに運ぶのは間違いない。しかし、大阪といっても、巨人や広島、その他いろんな球団のファンがいるし、来客も大阪の人に限らず東京や九州からもある。どうやら巨人ファンらしいとわかると始めて説明するにしている。

「いや、実は私の友人、同級生が阪神電鉄の電気部長をやってて、タイガースのカレンダーや旗なんか持って挨拶に来るんですよ」

　同級生の長井仁郎君や先輩の廣井恂一さんらである。

「ところが、次に来た時にこれを掛けておかないと〝吉野君あれどこにやったの、見当たらんみたいだね。いいけれ

ど〃って叱られるんですよ」

これも本当の話しである。

一年前まで、しばらく阪神は強くなかったので他のチームのファンにも大目に見てもらえていたが、この平成五年は一寸違うかも知れない。それでも阪神は常勝チームでないから、やっぱり大目にみてもらえるに違いない、と勝手に判断している。大体、普段弱くて、時々びっくりするような勝ちかたをするのが阪神らしくて良いと云う人もある。毎年、毎年どうにもならないぐらいに強くて憎まれるくらいより、今の方がずっと良いと思っている人が案外多いかも知れない。

九月の中頃のある日、栄光社の片岡さんが部屋に来るなり云った。

「先生、この虎もいいけど、もう一寸先生の部屋にふさわしい立派な虎を置いたらどうですか。何年か前に中国へ行った時に安くて気に入った虎の絵があって買って来て、日本へ帰ってから額に入れて会社の部屋に飾ってるけど、いいですよ」

「いいですね。いつか中国に行かれた時に一つ買ってきてくれませんか」

この片岡さん、全国の光や放射線、電子スピン共鳴関係の著名な大先生や研究者とずいぶん親しくて、関連する国際会議でしばしば外国へ行かれているようであるが、特に中国が好きなようである。

「この頃いいのが少なくなりましたよ。特に大都市では日本人が値をつり上げてしまったんですわ。今の話しの虎の絵は千円ほどで買ったんですわ。今、そんな値段でとても手に入らないですよ。むしろ地方へ行ったらいいのがあるみたいです。特に、深山幽谷の名勝地へ行くと有名な画家なんかが民家に泊めてもらって、そこで絵を書いてお礼に一枚置いて行ったりするから、ずいぶん良い絵が埋もれているみたいですよ。まあ、今は難しいかもしれませんが、また、機会があったら見ておきます」

「片岡さん目がいいし、不思議な能力を持った人だから。よろしくお願いします」

「大事なのわね、そこそこの人に紹介してもらうことですわ。そうすると家の奥から立派なのを出してくることがありますからね」

　面白い話しを三十分程やって、例の調子でサッと引き上げられたので
「片岡さん頼みますよ。忘れんといて下さいよ」

と見送ったが、考えてみると肝心の仕事の話しは余りしなかったようである。ともかく、少し遅いが昼食をとると午後はなんやかやとまた猛烈に忙しかった。

　夕方五時頃である。突然ドアがパッと勢い良く開いた。

「先生、持って来ましたよ。これ、これですわ」

　私の部屋をノックなしで開けるのは片岡さんと秘書の金子千恵子さんだけである。なんと一メートル近くもある大きな額縁を持って来られ、その真中には崖っ淵で王者の風格で睨みをきかす虎の姿があるではないか。

「先生、貸してあげますよ。今年の間だけですけど。タイガースが優勝するまで」

　私が大いに喜んだのは云うまでもなく、部屋の品位がぐっと上がったのである。

　〝もし、阪神タイガースが優勝しなかったら来年も借りられますか〟と悪い冗談を云いかけたが、それは失礼である。

　お陰で私の部屋はぐっと落ち着きと風格を増したようである。それからしばらくタイガースは連勝を続けて、トップに立って、一時は二位のチームに二ゲームも差を付けていたようである。

　ところで、外したタイガースのペナントはどうなったか。

「代わりにこれ貰って行っていいですか」

という片岡さんに
「阪神の友達に悪いからもうしばらく置いときますわ」

と虎の絵の横に改めて貼り直したのである。

人間気遣いも大事である。この気遣いが自然にいい方に跳ね返ってくることが多いものである。

参考までにここまでの話しと関係ないが私の経験をひとつ。

人にお世話になって、何かを戴いて、或いは気遣いしてもらって、翌日或いはその後、〃昨日は有り難うございました〃、或いは〃この間は有り難うございました〃、と以前あったことのお礼を云うのは日本人の言動、振る舞いの特徴の一つのようである。

だからこれが身についてしまっているから、外人に対して何か世話をした後、〃この前は世話になりました〃などとお礼の言葉がないと少し妙な気がするようであるが、外人さんにはこんな習慣はないので気にしないがよい。世話をしてもらった時、一杯に感謝を表しているし、その後もその気持ちであることには変わりないが、逆のぼって何度もお礼を云う習慣がないようなのである。

だから、逆に云うと、こんな習慣が日本人にあることに気が付いて、同じように振る舞われると、その外人が見掛けは違っても途端に日本人のように親しみが感じられてくるから不思議である。

三十一　虎　2　旗

片岡さんの虎の絵の一件があって一ケ月くらいたってからである。まるで虎が呼び寄せたように、例の阪神電鉄の長井仁郎君と廣井恂一さん、それと本庄義信さん、浜田真希男さん、杉浦克典さんをはじめ若い方数人、誰だったのかはっきり名前は憶えていないが計七、八人が顔を出された。長井君が壁の虎を見るなり開口一番。

「なんや、負けてるやんか」

「これ、一寸借用してるんや。阪神タイガースが優勝するまでという条件で」

「これはあかん、負けてちゃいかん。おい×××君、いけるやろ。すぐ手配しといて」

「はい、わかりました。すぐやります」

「というわけや。吉野君一週間ほど待ってな」

丁度一週間後に持ち込まれたのは見事な阪神タイガースの旗であり、これが虎の絵と並んで更に部屋を見事なものとすることになった。例の甲子園球場の応援席で熱狂的な応援団の団長らしき人が振っている、真中に大きな虎の顔の絵がある二、三メートル四方の大きな旗である。どうやら使用中のものをクリーニングして持って来てくれたようであり、一、二ケ所タバコの火のせいか小さな穴があいているところがあって、これがまた良い。

それから二日程たった夕刻六時頃やって来て、じっと虎の旗を見ていた片岡さん、ただ一言。

「本物みたいですな」

それからまた二週間くらいたった夕刻の片岡さん、

「先生、いい絵を見つけました、中国の。今度は虎が二匹、洞窟から出て来たところですわ。案外、シンプルですけどいいですよ。中国の虎の絵たくさんあるけど、本当にいい顔した虎の絵少ないですな、これはいいですよ。一つ先生買われたらどうですか。二匹だし、この阪神の虎に負けませんよ」

お陰で、片岡さんから借りた虎の絵を返して、代わりに大きな二匹の虎が洞窟から出てくる件の絵が真中に掛かっている。右隣りがタイガースの応援旗であるのは以前と同じであるが、左には片岡さんにあげたタイガースのペナントの代わりに、私自身が中国武漢で買ってきた掛け軸がかかっている。学生さんにもってこいのものである。もしかして、私の反省にもぴったりかも知れない。

少年易老学難成　一寸光陰不可軽　未覚池塘春草夢　庭前梧葉已秋聲

三十二 紅葉狩り

珍しく前夜の予報が外れて爽やかな快晴の朝である。一昔前は天気予報はなかなかきっちりとは当たらないものと相場が決まっていた。ところが、人工衛星からの映像が利用されるようになったのと、コンピューターと世界中に張り巡らされた情報網が高度に発達したせいか、結構上手く当たるようになって有り難い反面、勝手なものである、一発逆転を期待する楽しみが減って残念でもある。こんなこの頃であるので、ハイキングに行けないかも知れないと、ガックリしていたものにとっては、この日の予報の外れの嬉しさは特に大きい。この土曜日は恒例の紅葉狩りなのである。紅葉狩りと云うよりも、紅葉の下での焼き肉大会と云った方がよいかも知れない。いや、紅葉が無くても良いのである。

研究室に四ヶ月ほど滞在中のウズベキスタンからのザキドフ教授が、〝日本に来てから羊の肉を食べることが殆どないので、だんだん体力が落ちる。やっぱり脂のたっぷりある羊肉を食べないと駄目だ〟、と云っていたことを思い出し、勝手知ったる阪急淡路界隈の肉屋さんを捜したが見つからなかたので、結局、諦めざるを得なかった。ザキドフさんの喜ぶ顔を見たかったのに残念至極である。それでもお願いするものはお願いしておいたので、朝、淡路駅で電話でお願いしていたキムチを高山さんから受け取り勇んで高槻に出かけた。

平成に入る頃から、急激に交通量が増えているので、この年はJR高槻駅から途中までバスに乗り、車が少ない山のかかりまで行って、そこから歩くように計画されていた。どうも、年々参加者が増えて四十人を超える大人数になったのは、ザキドフさん、中国ハルピンからの雷教授の他に、ザキドフさんの日本語の先生高津さん、それに中尾君夫婦、阿川君、野上君らの卒業生もたくさん来てくれたからである。もちろん、留学生の殷さん、魯君と奥さんの鄭さんらも参加していた。

〝かじか荘入り口〟と書かれた大きな案内板を越えると急に周囲は田舎らしいたたずまいになり、農家の庭先には筵（むしろ）に大豆が広げて干され、軒先の木には紅く柿の実が熟れている。

人影のない公園の横を通り抜けると摂津峡に入り、谷底の岩の間を流れる水の音がのどかさを増す。ザキドフさんも雷さんもこの雰囲気が大分気に入ったようであり、どうやら国際的にも合格のようである。

大分遡ると、ずっと谷底に見えていた川が道と殆ど同じ高さになる。一寸、水に手をつけてみると、大分歩いて火照った体にはひんやりして心地よい冷たさである。

目的地の河原に着くと、早速、石を積んで竈を築く。近くの農家のおばさんに貰った炭に火をつけて、竈の上の大きな金網に肉とぶつ切りにしたばかりの野菜をぶちまけると、豪快な野外焼き肉パーティの始まりである。

焼き肉大会を始めるのに少し手間取ったのは、火のおこし方を学生さんたちが良く知らないからである。一昔前であれば、ほとんどどこの家でも炭を使っていたものだから、どの学生さんでも何の苦もなく火をおこしたのである。それでも、どうにか全部の竈の火がそれらしくなった頃、ビールで乾杯である。乾杯の音頭はいつも私の役である。

学生さん達は焼けるのも待ちきれずに肉を口に入れ始めるが、今日は不足になりそうにもない量である。早めに高山さんから貰ったキムチを配ると、手作りのキムチを持参されていた鄭さんも出されたので、合わせると大量のキムチである。

ザキドフさんがウオッカと赤ワインを持って来ていたので恒例のロシア式乾杯である。全員のコップに少しづつウオッカをついで、〝ナズドロヴィ〟と云って一気に飲み干し、すぐに何かを、この日は焼き肉かキムチを飲み込む。こうしないとウオッカはきつ過ぎるのである。

何せ、このウオッカをザキドフさんが次々とたくさんついでくれるものだから、私はすぐに酔いが廻ってきて気持ちが良くなる。面白いもので気分が良くなると酒も食も進む。いつにもなく赤ワインがうまい、ビールもうまい、焼き肉もキムチもうまいで一気に食と酒が進んでしまった。

気分が良かったのは周りの自然の環境のせいもあるかもしれないが、肝心の紅葉の方は殆ど記憶になく、楽しいパーティの模様だけを思い出す。

酒が入るとすぐに誰かが歌い出す。奈良高専の京兼教授は奈良高専出身の学生と一緒に高専の歌。童謡を歌い出すものもいる。少し前から北海道出身の不破君がなかなか面白い男であることに気付いていたから、

「不破君何かやってくれ」

とけしかける。

「やるんですか、ほんまに」

とニコニコしながら出てきてやるのはロシアの歌に合わせてのコザックダンス。上手いものである。みんなの歌と手拍子の中、例のコザックダンス、腕を胸の前で組んだまま、片足を膝のところで折り曲げ、もう一方の足を地面と水平に前方に延ばし、次に逆の足で同じことをやる動作をリズム良く繰り返す踊りである。これにはヤンヤの喝采である。彼は簡単そうにやっているように見えるが、実際にやってみると結構難しい。続いて、水泳の飛び込みのまねをする水泳部の森嶋君、バレーのジャンピングレシーブを演ずるバレー部の藤井君など愉快な運動部系の学生さんが多いせいもあるのだろう、研究室の雰囲気が明るいのは。

みんなの拍手に催促されて、またまた明神、小林コンビの剣道の型である。二週間ほど前にあった研究室の五周年記念パーティで真剣と見える模擬刀を使って、元阪大剣道部キャプテンの明神君と現役四段の小林君が見事な剣道の型を披露してくれたのが記憶に新しい。

ここで何を始めるのか見ていると、なんと二人はそれぞれ短い人参を一本ずつ握って真剣な眼差しで剣道の型を始めたではないか。人参と見事な体さばきの対比が面白くてヤンヤヤンヤのこれまた大喝采である。前回の高尚なのが記憶にまだ残っているがために、余計に面白さが引き立ったようである。しかも最後に、明神君がその人参を小林君の口の中に突きの型で突っ込むのである。小林君はそれをかじる。

いろいろ出し物が続いて、最後はいつもの通り私に何か歌えと催促がある。仕方がない。一人で広場で歌うほどの

自信はない。秘書の金子さんに〝青い山脈、知ってますか〟と聞くと、〝一応知ってます〟と云う返事である。それじゃあと彼女を引き出し、みんなを引き出し、全員で大合唱である。歌いながらさっきのコサックダンスをやるのもいる。ともかく、楽しい、楽しいパーティであった。

翌日、中国へ帰国した雷さんにもきっと良い思い出になったに違いない。どんなに楽しい雰囲気であったかを証明するため、数日後、高津さんから届いた礼状を無断で載せさせて貰おうと思ったがやっぱりやめにすることにする。

ところで、この間、ザキドフさん、雷さんらが無言であったかというとそうではない。どこで見てきたのか、ザキドフさんの歌舞伎の物まね、声色まね、日本語にはなっていないが、歌舞伎の例の声の張り、調子はそっくりである。不思議な能力の男である。雷さんは恥ずかしそうに中国の歌を歌ったような気がするが、どんな曲だったのか、殷さんも一緒に歌ったのかはっきり憶えていない。魯君と奥さんの鄭さんは韓国の歌だったような気がする。何しろ、魯君は歌手になろうと思っていたのが、いつの間にか研究をやるようになったようなのである。さすがに歌唱力抜群。

国際交流は何も形式に従って話し合いをすることでも何でもなくて、むしろ、こんな一寸お酒の入った非公式というか、ざっくばらんな普段のつき合いが真の理解と交流が生まれてくるような気がして、こんな集いが大好きな私である。

三十三 人 口

当たり前のことであるが、我々の生きている地球は無限に広がる宇宙空間の中にポツンと孤立している極めて小さな存在で、当分、この地球を離れて人類がどこかに移住することは不可能と云ってよい。地球を一歩離れるとそこは我々が生存することが不可能な領域に取り囲まれている。

しかも、この人間に厳しい無限に広がる空間の中で、人間に適する極めて小さな地球の中でも、本当に人間が存在できる優しい空間は、この地球表面の極めて薄い層である。地球の半径が約六千四百キロメートルであるのに対し人間の存在可能な大気の存在している空間、大気圏の厚さは約百キロメートル、地球表面の地殻の厚さは三十キロメートル余りと極めて薄い。私の好きなさつま芋の皮の厚さを大体五十ミクロン（〇、〇五ミリメートル）くらい、さつま芋の直径を十センチくらいとすると、地球の地殻の厚さと半径の比はさつま芋の皮の厚さと太さの比より少し大きいくらいだけである。このことから考えても、極めて薄い層で人間が生存していることが分かる。しかも、この極めて薄い層に植物、動物など全生物が共存しており、殆どの生物がせんじ詰めれば太陽エネルギーを植物を介して取り込んでいることを考えると、植物系を乱すことは致命的な生態系に対するダメージ与えることになりうる。

何が植物系にもっとも大きな混乱を与えているかと云えば、人間の存在そのものであるだろう。この地球表面上に五十億人もの人間が住むのは、既に、それだけで異常の域に近づきつつあるのではなかろうか。人間が遙かに大きさの小さいものであればともかく、五十キログラム以上もある大きな生物が五十億も、しかも、地球表面上あらゆるところに住んでいれば、たとえ、工業、産業を抑制したとしても、食料、燃料、住居、衣服を得るという人間の生存にとって基本的なことを満たすためだけであっても、森林伐採など、大きな破壊を引き起こすことは避けれられない。

エジプト、メソポタミア、中国など古代文明の花開いたあたりは大抵砂漠ということも、砂漠のように厳しい環境に人間が住んで文明が進んだというよりも、人間の存在が周辺を砂漠化したということを意味しているのだろう。逆に云うと、地球上、砂漠のある当たりを探れば古代文明が見つかるということになるかも知れない。人間が五十億を越えるということはこの点からも大変なことである。

別のことを考えてみても理解される。たとえば、地球上に象が何頭生存可能かである。はっきりは分からないが、直感で云うとあんな大きな象が一億匹も生きられるわけがない。十分の一の一千万頭も無理ではないかと思える。食料だけでも無理なような気がする。もし、同じ重量の生物を支えるのに同じ食料が必要とすると、三トンの象一億匹と六十キロの人間五十億人は等価である。しかも、植物だけ食べる象に比べて、動物も食べる人間は恐らくもっと効率が悪いに違いない。鯨の生存可能数の議論も同じようになる。

この人間の生存にとってどうしても避けられない自然の破壊の上に、さらに余分な不必要な破壊をやっている可能性がある。しばしば先進国の贅沢な嗜好が指摘、批判されたりするが、それは当然である。それどころか、自然に親しむとして推奨されるマリンスポーツやゴルフも過ぎれば大きな問題と思う。

もちろん、比較的少数の一部の人が楽しんでいるうちは良かろう。五十億人皆んながやるようになったらどうなるか考えてみたらよい。そんなに多くの人がやればいかに広い海洋といえ、一気に汚染が進むに違いない。しかも、広い海洋でも真に海藻や魚などがたくさん住んでいるのは比較的浅い沿岸部である筈である。この沿岸部がまたマリンスポーツの主要な舞台となるはずである。

ゴルフ場も殆どの立木を切り払った草地となっている。しかも背丈の低い芝生である。この芝生を一寸切り除けば下は土か砂である。ということは、ゴルフ場は荒れ地に極めて近い所と云わざるを得ず、また現状のような草地を保つためには大量の農薬を使用せざるを得ないであろう。一種類の草、芝では病害も出やすく拡がりやすい筈である。しかも、プレーヤー一人当たりの占める広さというのはゴルフが他のスポーツに比べてべらぼうに広い。五十億の人間がみんなゴルフをやったらどうなるかを考えたら自明で、途方もないことである。

もちろん、ゴルフやマリンスポーツを全くやるべきで無いというのではなく、何かに煽られるように皆んなが皆んなやることはない、ということである。皆んながいろんな異なったスポーツを好むようになるのが良く、またそれが自然である。特定のスポーツに人気が余りに集中するのは異常である。ゴルフは米国ではかなりやられているようであるが日本ほどの熱ではなさそうであるし、ヨーロッパはそんなにやらない。毎週末どころか、平日さえ、しかも日本を離れて近隣諸国まで大挙してゴルフに出かけるというのは、少しやり過ぎじゃないのかとも思う。ゴルフ場の輸出で野山を削り取り、近隣諸国からやがて日本に非難がくる時がやってくるような気がする。

そもそも、あらゆる動物の中で、目的もなく運動をする動物は少ない。大抵、必要な時に食べ、獲物を追っかけたり、逆に逃げたりの必要な時に走り、後はゆったりしている。自然に親しみ楽しむのは良い。特定のスポーツに過度に集中することは感心しない。私の友人にも、身内にもゴルフを楽しんでいる人が結構いる。それはそれで良い。私の友人、身内の中にやっていない人もたくさんいるし、私もやらないからである。私は当分やるつもりはない。でも、誰かに云われそうである。

「吉野君、上手い理屈を考えたな。君がスポーツに適正がなく、やってもへまばかりやるのは誰の目にもよく分かってるよ。特にゴルフはね。弁解せんでもいいんじゃない」

三十四　フラクタル　（読まない方が無難）

〝朝です、窓です、光です、小鳥の声に目が覚めて、若く明るい街並木、皆んなで、皆んなで木を植えて、緑明るいこの町だ〟

町が村だったかも知れないし、街並木じゃなかったかも知れない。しかし、ともかく、この歌を教えてくれたのが大分年の離れた姉、迪子だったか、従姉妹（いとこ）のミキさんだったのか、あるいは別の誰かだったのか全く思い出せないが、今でも時折この歌のメロディを口ずさんでいることがある。余り深みのあるわけでもない、明るいだけの単純な歌詞なのかも知れないが、なぜか私はこの歌が大好きである。

東京への日帰り出張の帰りの新幹線の中で、ふと、この歌が頭に浮かんだのである。何がきっかけだったのか全く分からない。突然である。

何で思い出したんだろう、変だなと思ったのも束の間、次に気が付くと、〝それにしても樹木というのは凄い、面白いもんだな。動きも感情もない単純な生物じゃないみたいだな。常識的な生物学的な視点でなく、物理や数学的な見方も加えて考えてみても面白いかも知れない。案外、電気という立場から調べても何か出てくるかも知れない〟と全く別のことに感心していた。

電気破壊や高分子の研究で少しフラクタル（Fractal）の勉強をしてから、冬場、大学の我々の建物の玄関前にある落葉したプラタナスの木の、コツコツと枝分かれし、枯れて折れ曲がったとも見えるような枝振りと、春になってそれに新緑が芽吹くのを見るたび、毎年、新鮮な驚きに感激するようになってしまった。これも年のせいかも知れないし、本当の自然、緑が失われていくのを悲しむ気持ちがそう感じさせているのかも知れない。こんな背景が〝朝です………〟の歌を頻繁に思い出させるようになっている可能性もある。

こんな話を、確か、どこかで親友にすると、すぐに〝フラクタルて何〟と質問が帰ってきた。当たり前である。多少とも理系と関係のある人じゃなければフラクタルなどという言葉を聞いたことが無くて当たり前である。

太い動脈を通って心臓から送り出された血液は、やがて木の根のように拡がった極細の毛細血管に至って、そこから細胞中に滲み出し、役割を果たし、やがて静脈に繋がる毛細血管から滲みとられた、吸い取られた少し汚れた血液は太い静脈に集められ心臓に戻ってくるように思う。このように動脈と静脈は毛細血管で、結局、実質的に連続的に繋がっていて、各組織や臓器の所にある毛細血管にはその場所、機能に従って、適当な分子、イオンなどが選択的に漏れ出たり、吸い込まれたりできるように、目的に応じた極微小の穴が開いており、穴によったら閉じたり開いたりできるようになっているかも知れない。濃度差やその他の条件に応じて酸素やいろんな分子を細胞中に出したり、逆に、炭酸ガスや不要な分子を血管中に吸い取るようになっているのだろう。医学について全く勉強したことのない人間がいい加減なことを云うと、専門家から〝素人が無責任なことを云うな〟と叱られるだろうが、人間の体について大多数の人は私と同じように思っているような気がする。

ともかく、こう考えると、毛細血管そのものの極微構造に何か神秘めいたものを感ずるが、それにしてもよくも細かな血管が網の目を張り巡らすようにうまく形成されているものだと感心させられる。

このように張り巡らされた毛細血管の構造は、木の根や枝の構造とよく似ているし、同じように川の上流の支流の分布パターン、下流の分流パターンにも似ている。

これらは全く異なったものであるのに、なぜか形の上で極めてよく似ている。これらと類似のパターンは放電を始め自然界に至るところにあり、形成される個々のメカニズムはともかく、何かそのような構造ができる原理には共通性があるかも知れないと思って不思議はない。実際、近年になって、これらが数学的には共通の取り扱いができることが明らかとなり、フラクタルなる概念で論じられるようになったのである。

特徴の一つとして、フラクタルには自己相似性があると云われる。すなわち、フラクタル構造をしていると云えるものでは、そのどんな局所部分を取り出しても全体の形と相似性があり、その局所部分の中の更にその一部を選び出してみても、元の局所部分構造、全体の構造と相似性があるという特徴がある。要は、どんな大きさをとってみても形が相似で、全部を見ているのか、局部の小さいところを見ているのか、大きさの違いを無視すれば分からないような構造なのである。

たとえば、私自身が関連している研究分野では、ある種の高分子を電気化学的に、即ち、溶液中で電流を流して成長させるときに形成されるパターンや、逆に、高分子に高い電圧をかけた場合に少しずつ劣化が進展して形成されるパターン、また同じように高分子に一瞬に高電圧を印加して形成される放電のパターンなどもこの毛細血管のパターンと酷似している。（＊1）

このように様々な事象に伴って現れるパターンであるから、その発生のメカニズムが同一ではあり得ない。しかし、いずれも進展、成長する過程で現れるパターンであるので、何がどういうメカニズムで成長するかの詳細は別として、成長する種となるものの動き方、それが重なって成長するその形成プロセスそのものには共通点があるであろう。

共通に云えることは、特定の成長の芽のみが選択的に直線的にはドンドン成長するのでなく、少し成長した幹に枝が発生しやすいこと、この発生した枝もドンドン真っ直ぐに成長するのでなく、少し伸びて太くなると、更にこの枝に枝が発生する。この枝にもまた次の子枝が発生するということが繰り返し起こっている。

このような成長は、何かが偶然やってきて到達した点を成長点として、そこから伸び始めると見られることが多いようであるが、そこにやってくるものの速さ、拡散の速さ、濃度などで成長が律速されている時などに見られる成長パターンであることが分かってきており、拡散律速モデルなどと呼ばれているものである。とにかく、何かが拡散で動き廻っているうちに枝にひっかかれば、そこから新たな成長が始まるという簡単なモデルをたててコンピュータで計算して見ると、容易に網目状のパターンが形成されることが分かる。実際は枝の方からも何かが供給されて始めて成長する場合もあろう。これは、たとえば、何かが枝のところに拡散してきても、それがそこにピタッとひっつかなければ成長のきっかけとなる成長点にならないし、それが成長するのには何かが幹から補給されないといけないことに対応していると見ることができる。従って、幹、枝の方からもそれを助ける何らかのものの供給が不充分である場合にも成長は止まることになる。

たとえば、木の場合であれば、水や養分の供給ということもあるであろうし、また、幹、枝に沿って電流が流れないといけないような場合には、電流が何らかの原因で減れば成長は止まることになる。また、電圧をかける場合などでは電界がどのように分布しているかということが、拡散にも枝に沿っての電流の流れにも影響を与えるので、電圧の大きさ、その時間変化などに成長のパターンが依存することになるだろう。恐らく、同じ電圧でも成長しつつあるパターンそれ自体が電界分布に影響を与えるだろうから、事情は複雑な筈である。

血管が網目状になるということは、細胞のほうからのなにかの拡散と血管に沿っての血液の補給自体の両方が相まって血管が成長するというモデルを考える必要があるかも知れない。もっとも、素人のこんな単純な発想は全く違っているかも知れない。

人間の神経のパターンも、もしかして同様に成長しているのかも知れない。これも、細胞からのなにかの補給と、神経そのものに沿っての電圧パルスの伝搬の両者が成長に関与している可能性があるかも知れない。すると、学習効果も何となく分かるような気がする。私のグループで電気化学的な方法による導電性高分子の成長パターンが電圧で制御できることを見いだしたが、これにも学習効果があり、何となく人間の神経、脳内での学習効果と対比できるような気もする、という粗っぽい話を無責任に周りの人達にやったりしていたことがある。私が何となくフラクタルが好きになってしまったからである。ソフト、システムとしてのフラクタルとしても考えてみたら面白いかも知れない。

　何でもフラクタルに無理矢理結びつけてしまう、子供のような私の性格自体も何かフラクタル的な側面を持っているかも知れないという気もしている。不完全な記憶の中で、当時、誰が私にこの朝の歌を教えてくれたのかは分かろう筈がないが、私の記憶のネットワークそのものがフラクタル的になっていて、いろいろ考えていると、あるいは考えなくとも偶然にそれに行き当たって、それを思い出すこともあるかも知れないが、これも余り期待できなさそうである。

　フラクタルはともかく、この頃どうしても、〝朝です窓です………〟の歌が正式にはどんな歌詞の歌で、いつ頃、誰が何のために作った歌だったのかが知りたく、知っている人がいたら教えて貰いたいと思っている。

　目標めがけて一直線、まっしぐらも良いが、私のように、時々横道に入って、そこからまた横道に行くのも悪いことではない、本来、自然はそうなんだ、本能的に自然はそうだ、と落ち着きのない、いい加減な性格を正当化している私である。

　そんな弁解はよろしい、それは吉野君の定見のない、落ち着きのないという性格に由来するだけのことであって、自然の本質をはまったく関係がないと、誰かに一喝されそうである。

注＊1　吉野勝美：自然・人間・方言備忘録、信山社（一九九二）一八七

三十五　怒りを抑える方法

小学校、中学校、高等学校、大学、大学院と長い学生期間中に、また社会に出てからの三十年間にも、ずいぶんたくさんの先生、講師、先輩などの方々から、様々な機会にいろんなお話を頂いたが、申し訳ないことに殆ど話しの内容を憶えていない。しかし、時々、話しの内容の本質的でない事柄であるのに妙に印象に残っていることがある。私など社会と云っても大学が職場であるので特殊であると云えるかも知れないが、何も私に限らず、なぜか一寸した言葉の断片を憶えていることがあるという人は多いと思う。

大学四年か大学院修士課程かを卒業する時、先生方を招いて謝恩会をやったことがあり、その際、先生方全員にお話しをいただいた。ところが、その中のお一人の話しだけが記憶に残っており、話される大きな姿、身振りさえ目に浮かんでくるが、憶えているところは次のところだけである。

「君達はこれから実社会に出ていろんな人に出会い、一緒に仕事をしたり、かかわりあったりしなければならないわけですが、時には面と向かって一方的に強烈に怒られ、罵倒されることもあると思います。そんな時には誰とて、〝何を！〟という気持ちになり腹が立つものですが、腹をたててはいけません。私はこんな場合は〝この人は何と心の小さな気の毒な人だろう。心が小さいから、こんなに怒っているのだ。もっと心が大きければ何でもない筈だ。誠に哀れな気の毒な人だ〟と同情することにしています。これで気持ちは落ち着いてきます」

何だか皮肉をこめて誰かに聞こえるように意識的に話されているようにも聞こえたが、もっともなことである。話しの本意はともかく、私は大変良いことを聞いたと思っている。できるだけこのように思うように心がけてはいるつもりであるが、時として、私より私の学生さんの方が心が大きいかも知れないと思うこともある。

私は本来、心の小さい人間であるためなのか、もう一つ印象深く心に残っている話しがある。これはある禅宗の本か何かに書いてあったと思う。澤木興道禅師の本だったような気がするが不確かである。

ある非常に怒りっぽい男の人が、どうしたら自分が怒らずにすむのか、あるお坊さんに相談に行ったそうである。お坊さんはただ一言

「〝待ったり、待ったり〟を肝に命じ心で唱えなさい」

と教えられたそうである。この男は、こんなことでは自分の怒りっぽさは克服されない、と不満に思いながら帰り道についたそうである。ところが、我家の近くまで来ると、家に灯りがともり、障子に妻と親しそうに話している男性の影が映っていたそうである。この男は、誰か男を引き入れていると思い、〝カッ〟となって家の中になぐり込もうとした途端、たった少し前聞いたばかりの〝待ったり、待ったり〟を思い出したそうである。

しばし、〝待ったり、待ったり〟と唱え、辛抱して気持ちを抑え戸を開けて家に入ると、何と一人残る妻を心配した妻の父親が留守の相手に来ていたのであった。この男は早まって怒鳴り込まなくて良かったと、改めてこの〝待ったり、待ったり〟なる言葉を教えてくれたお坊さんに感謝したそうである。

私のような小物に向く話しをついでにもう一つ。

平成の始め、めまいで体調を少し崩していた時、無理してある会に出席した。何のことはない、私が司会者なので無理してでも出なければならなかったのである。たいした議題でもなかったのであるが、私の提案に対して私より大分先輩のある教授がしつこく、無理というか屁理屈というか、ともかく、言い掛かりとも思えることを云い出したのである。いつもの私であればカッとなって激しく反論するところであるが、その時、一瞬思った。

〝こんな男の、こんな暴論に対して私がカッとなって血圧でも上れば、めまいがもっと酷くなるかも知れない。こんな馬鹿なもの分かりの悪い男のために、私が同じ次元に下りて興奮して体調を悪くしたら丸損だ〟そう思った途端、スーと気持ちのたかぶりが収まってしまったのである。

そのせいかどうか、お陰で今もって快調である。

昔から〝〇〇殺すに刃物はいらず〟とかなんとか云う言葉があったように思うが、刃物を使わなくても、怒らせて、

興奮させればいい、ということである。要するに、怒ったら負けである。

三十六　電車の乗り方

正直なところ、阪大の電気工学科に入学しながら専門教育のない教養課程で失望していたので、専門科目が出てくる二年後期、三年の授業を大いに期待していた。この最初にあった専門科目の講義の中に〝直流機〟というのがあった。しかし、これとて、いわゆる直流モーターや直流電圧の発生装置の話しが主体であり、何となく古典的イメージがあったので、残念ながら初めは期待外れであった。実際、水銀整流器に至っては博物館のお話しを聞いているようであり、やっと最後の方で出てきた半導体を用いた整流素子のところで面白くなってきたが、ほんの一寸で終わってしまった。〝直流機〟の講義の最後のところで半導体の話しが出たのは、講義を担当された山口次郎教授が従来の研究テーマに加えて半導体の研究を始められた時期でもあったからであろう。ともかく、最初は直流機の話で始まった。

当時、直流機がよく使われているのは電車であったので、話しの上手な山口先生は、時折、電車の話しも交えられた。しかし、憶えているのは本質と関係のないことばかりである。

「今日は君らに電車に乗る時の注意事項を教えてやろう。まず、先頭車両と最後尾の車輌に乗ることは避けたがよい。追突した時や追突されたとき一番危険なことは分かると思う。意外に前から二両目も大きなダメージを受けることがある。次に、パンタグラフの下に立っていてはいけない。何らかの過電流が流れた時、パンタグラフを支える屋根も破壊されて落ちたら危ないからである。また、床に四角い板のある所の上には乗らないほうがよい。板をあげるとモーターのある床の下に出られるようになっているから、万一、板がはずれたら下に落ちて轢かれてしまうからである。もっとも、こんなこと云っている自分自身も、こんなこと忘れてうっかり気がつくとパンタグラフの下に立っていることもあるけどな。まあ、多少気にしておいたら良かろう」

単なる冗談と聞き流していい筈であるが、意外にも私自身も無意識にこの先生の教えを守っていると思える時がある。

それにしても、この大先生はこんなことにも気配りをされているからか、大変な長寿で既に八十八歳を越え米寿の祝いをされている。今年の正月の新年交礼会でも来賓として挨拶され、我々後輩の教官に激を飛ばされた。

〝皆は長寿の秘訣を聞きたかろうからこれを話そうと思ったが、ここに来て皆んなの声を聞き、顔を見てつい激を飛ばしてしまった〟、とジョークを交えて良く通る大きな声で話された。

この山口先生の講義以来、自分ではさらにいろなことが気になって、結構、気を付けるようにしているようである。たとえば、電車のドアには絶対にもたれかからない。それに高い所、高架を走っている電車の安定がとても気になってしようがない。時々、曲がり角で、今、落ちたらどうしようなどと思うこともある。

ホームに立っている時も、同様に少し注意深くなった。ホームの端には立たない、電車が高速で通過するとき圧力で引き込まれる可能性があるからである。風圧で飛ばされるのでなく、引き込まれるのである。

しばしば、駅のプラットホームから少しだけの距離の所に踏切があることがある。そんな所では、プラットホームの踏切に近い方にはいない方がよい。踏切で通過列車と自動車などが衝突すれば脱線した電車や車がプラットホームにまで飛び込んでくる可能性があるからである。

こんなずいぶん昔に教えて貰って感じたことが、平成になった今も同じ状況のように思える。見方によったら、案外、安全性などの点から進歩していないとも云えなくもないような気がしてくる。

まあ、こんなことを心配するより、もっと睡眠をとって、食事を質素にする方が自分にとっては、はるかに重要なことは百も承知しているが、そうするには余りに意志の弱い自分である。

三十七 美 人

この頃、テレビにしばしば登場し、美人、美男であると云われている人達の顔をじっと見ていると、私にはどうしてもそうとは思えないということがしばしばある。とりわけ男前と云われている人達に疑問を感ずることが多い。なんとなくマスコミにおどらされて、流行にのってそう思っているに過ぎず、なんでこんなのに熱をあげるのか不思議に思えることが結構ある。私の判断基準がおかしいと周りの人は云うかも知れないが、どうもそうとは思えない。

美人と思うかどうかは、人によって、置かれている状況によって、また、それまでの生き方によって異なるのは当然だろうが、何か共通項もあるかも知れない。要はどういう顔立ちの女性、男性が多くの人に好ましいと感じられるのか、好ましいと共通認識されるのかということが本来、美女、美男と判断される基礎になっている筈である。

他民族と接触する機会が多く、しかも情報があふれ、それが瞬時にゆきわたるようになり、世界中均一化が始まりかけているとも思える現代でも、やはりもの珍しさ或いは力を有し優勢である者に対する憧れなどが美女、美男の認識に影響を与えているのだろう。しかし、何がもの珍しいのか、どんなグループが優勢であるかは時代と共に大きく変化するのは当たり前である。今の若い人が奈良、平安朝の絵はもちろん、近くは明治時代、更には第二次世界大戦直後に美人とされた女性の写真を見て〝なんで、こんな人が〟と云うのは当然であろう。しかし、万人が時代を越えて美男、美女と感ずる共通項はないだろうかと考えると、私にはあるような気がしてならない。

答えは赤ちゃん、幼児の笑顔を思い起こさせる顔立ちであるように思える。澄んだ優しい目、大きな目、目尻の少し下がった笑顔、笑みのこぼれるような口元、少しぽっちゃりするくらいの顔だちの筈であると思う。要は赤ちゃん、幼児のような顔立ちと顔の動きである。小さな子は我々の目をじっと覗き込み、大人のようにさっと目をそらしたりしない。

なぜ赤ちゃん、幼児の顔立ちが好ましいと感じられるかは明白である。これも私の暴論〝拡大解釈した慣性の法則で大抵のことは説明できる〃が人間に適用できる例であり、人類が存続するのに都合が良いからである。

赤ちゃん、幼児は自分で食べものはとれないし、危険から身も守れないから自力では生きられない。親、大人の保護の下でなくては生きられない。従って、人類が生存し続けるには、大人にとって赤ちゃん、幼児が好ましく感じられる必要がある。好ましく思えるから親が本能的に大事に育て、また幼児は本能的に好ましく思ってもらえるような顔、動きに自然になっている筈である。即ち、赤ちゃんの愛らしさを親が愛するようになるのが自然である。だから赤ちゃん、幼児のような顔立ち、仕草、姿を示す女性、男性を美女、美男と好ましく感じるという背景が人間の中には基本的に備わっていてもおかしくない。

また、男について云えば、逆に、守ってくれる、養ってくれるようなパワーを感じられる男性が女性にとって好ましく思われ、女性について云えば、健康的でふくよかな方が男性にとって好ましく思われた時代もあって当たり前、というのも〃慣性の法則の拡大解釈〃から頷かれる。人類存続にはその方が都合がよかったのである。

従って、共通の根本にある赤ちゃんに繋がる美男、美女についての無意識の認識の他に、健康な赤ちゃんの安産が期待できそうな女性の雰囲気、男性の力を必要とする時代、社会にあっては男性の力強さも重要な魅力の因子となろう。男女の力関係が対等、あるいは逆に逆転し女性上位の時代であれば、たくましい女性や愛らしい男性が美女、美男の判断要素に加わるかも知れない。それにしても無理してガリガリに痩せて不健康とも見える女性が、誇らしげにテレビに登場し、それが煽られているように思えるのがなんとも納得できない。

改めてそんなアホなことを考えてテレビに出てくる男女を見ると、なんだかマスコミの力で、流行という形でかなり強烈に感情が外部からコントロールされているような気がする。美男、美女と云われる人が決して美男、美女とは云いきれないことに気づく。中にはじっと見ていると何とも気持ち悪くなるような顔もある。

印刷されて活字となって出廻ると途端に真実性が高いような錯覚に落とし入れられがちであるから、学生さん達には

「新聞報道は元より教科書さえも盲信してはならない。時には疑って見ることが大事です」と普段から話しているが、テレビも当然。〝この人、本当に分かって話してるのかいな。本当にそう思って云ってるんかいな。本当かいな。嘘ちがうか。〟と冷静に批判的に見てみると、時には面白いことが見えてる。美男、美女の思い込みも同じこと、錯覚が大きいような気がしている。

まあ、美男、美女はともかく、相性の良し悪しは初対面で直感的にわかる、お互いに。これは一体なんだろう。

三十八　タクシー　しし犬

人は犬好きと猫好きの二つに分かれると聞いたことがある。そんなにきっちり分かれるわけではなかろうが、どちらかと云えば私は犬好きである。何しろ、小さい頃から我が家にはポチという雑種だがとても賢い犬が放し飼いにされていて、子供の私にとてもなついていたから犬好きになっても当たり前かも知れない。だから、犬の話題が出るとすぐに口を挟むし、聞いた話もよく耳に残る。それどころか、ガヤガヤうるさい中での消え入りそうな小声の会話でも犬の話だけは選択したかのように耳に入り、残る。

電気系の建物の玄関前で待っていてくれた阪急タクシーの運転手さんは、つい四日ほど前韓国へ出張のため大阪空港へ急いでもらったときの運転手さんと同じである。車に乗り込むなり、行き先を告げる前にまず声をかけられた。

「先生、あの本もう届けてもらったみたいですね。平野さんが今朝、〝あれ、もう届けてもらってる〟と云ってましたから」

「寺谷さん有り難う。あれ金曜日の午後だったでしょう。韓国へ行って土曜日の朝講演して、午後すぐ帰って来たんですよ。昨日、月曜日、京都へ行くのに車呼んだら結城さんが来てくれはったんで、〝平野さんに渡しておいて下さい〟って頼んどいたんですよ」

私の非学問的な個人メモ〝雑音、雑念、雑言録〟が出版されていることを知った平野修介さんが、同僚の阪急タクシーの寺谷さんが私を迎えに行くことを聞いて、私から貰ってくるようにお金を託されたのである。それを受け取った私が数日後乗せてもらったやはり同僚の結城さんに、その本を平野さんに渡して貰うように言付けたのである。全てことが順調に、アッという間に進んだようである。

「〝早く届けてくれはった〟と云ってましたよ。先生、今日は千里中央ですか」

「そう、千里中央へお願いします」

「帰られますか、久し振りじゃなですか」

「いや、いやそんなことはないですよ。土曜日の夜家に帰って、日曜日一日家にいて、月曜日の朝家を出て、今日、火曜日家に帰りますから結構家にいますでしょう。片道二時間以上もかかると通うの結構大変ですけど、この頃は、できるだけ出張も減らしてよく帰ってますよ。それに大体、世間で〝亭主元気で留守がいい〟と云うでしょう。疲れて帰って図体の大きいのがゴロゴロ寝転がっていたら邪魔でしょう。なんかしてやらないといけないかと女性陣も気にかかるでしょうからね。だから、あんなに云われてるんじゃないですかね。こまめな亭主で料理が上手で掃除や洗濯なんかもどんどんやるんなら別でしょうけど」

「私なんかも料理はてんで駄目ですわ。焼きそばなんか、インスタントを買ってきても、私がやると食えんようになる時もあるんですわ」

「私はね、寺谷さん、焼き飯なんかはうまいですよ。自称プロ級ですよ。これだけですけどね。いろんな中華料理屋さんで鍋をふってる人と仲良くなって、いろいろコツを教えてもらってますねん。もっとも子供の頃はあんまり焼き飯なんかは食べなかったですけどね」

「そうですね。先生、私も丹波の田舎ですから、焼き飯なんか殆ど食べたことなかったですよね、子供の頃」

「それに、大体肉も余り食べなかったですよ。たまに鶏の料理を食べるくらいでね。そうでしょう」

「そうですね。牛肉なんか殆ど食べなかったですね。鶏かたまに兎か猪（いのしし）でしたわ。野兎もうまかったですね」

「そう、肉が少し固くて、甘みもあってね」

「うちは山でしたから、よく猪や兎も食べましたよ。兎なんか獅子（しし）犬が獲ってくるんですね」

「えっ、犬が勝手に獲ってくるの、自分で食べずに」

「そうです。獅子犬もの凄いですから。勝手に捕まえてきますよ」

「そうですか。飼い犬だから自分でそのまま生肉を引き裂いて食べるんじゃなくて、持て帰って主人に料理して、分けてもらって食べるんですか」

「そうです。少し分けてやるんです」

「変な話ですけど、有り難い犬ですね」

「兎や猪なんか捕ってきたときは凄いですよ。もの凄く吠えますし、そんなときに友達でも来たら、ガブリとやられますよ。自分の家に大事なものがあると思って守ってるんですよ」

「凄いもんですな。獅子犬ってどんな犬ですか、柴犬の大きいようなのですか」

「柴犬と紀州犬の間くらいですかね」

「柴犬の色は茶色だけど、紀州犬は白でしたかな」

「色はね、焦げ茶で頭は真っ黒ですよ。すばしこくて力が強くて元気ですよ」

田舎の我が家にいたポチより大分勇ましそうであるが、似たところもある。一度、宍道湖畔に連れて行ったとき、湖岸で体を洗ってもらっていた大きな雄牛に吠えかかって、抑えるのに大変だったことがあったことを思い出した。もし、あの時、あんな大きな雄牛を倒してたらどうしたんだろう。でかすぎて食べきれるわけもないし、それどころか飼い主に猛烈に怒られて大変な賠償金を払わされてただろうし、賠償金どころか申し訳なくて村で顔を上げて歩かれなかったかも知れない。

不思議なものである。千里中央に着いたとき、前のタクシーを止めて下りてきた運転手さんは偶然にも結城さんである。私に気づくなり一言。

「あれ、先生ですか、偶然ですね。あの本、平野さんに渡しときましたよ」

〝噂をすれば陰とやら〟とはよく云ったものである。もしかしたら、結城さんらも私のことを話していたのかも知れない。

ふと思い出した。前に酒を飲みに云ったとき、私に云ったけしからん先客がいた。〝あっ、吉野さん、久し振りですね。今、噂をしてました。〟噂をすれば禿とやら〝云ってね。時には帽子もかぶっているそうだから〟上をさすれば禿とやら〝と云っている人もいましたよ〟

それにしても誰かの噂話をしていたら当の本人が来たとか、ふとある人を思いだした途端電話が鳴って、出たらその人本人だった、と云うことは私自身もしばしば経験したように思う。科学者が非科学的なことを云っているように思われるかも知れないが、この予感、直感に通じるどうもまだ未知の能力が人間にはあるような気もしている。

三十九 子 犬

吹田の桃山台であった通夜の帰りだったから、恐らく夜十時頃と思う。平成六年の秋のある日、JRに乗り換える天王寺の地下鉄駅でハッと目に付いた。

壁にもたれかかって座り込んだ初老のホームレスの男の前に、二十歳過ぎと見える若い女性が向かい合って中腰になり何か話しかけている。女性の顔は見えなくてよく分からなかったが、酔っぱらっているわけでもなさそうで、なんだか親しそうに話している。男の表情も柔らかいが、それにその女性の後ろから、生まれて一、二ヶ月と思われる白い子犬が、しきりに左足を女性のベルトの下の所にかけるようにしては、じゃれている。甘えている様子である。こんな場所でこんな組み合わせ、珍しく暖かい雰囲気である。特に、子犬が良い。もちろん、通り過ぎる一瞬だから細かいところは見えなくて分からないが、何となく穏やかな感じがする。一瞬、いろんな思いが頭をよぎった。

〝この子犬はこの若い女性の犬だろうか。そんなことはあるまい。こんな地下道を子犬を連れて歩いている女性がいるわけがない。恐らくホームレスの男の飼っている犬だろう。〟

時々見かけることがあるが、小さな荷車にわずかの薄汚れた生活道具一式を乗せて、公園の片隅で日向ぼっこしているホームレスの人の周りに、五、六匹の犬が寄り集まるようにして眠っている。みんな安心しきった表情で、野良犬の警戒心一杯の目つきと全く違う。もっとも、大抵、寝ていてその目がよく見えないからそう感じるだけのことかも知れないけれど。恐らく、この人はホームレスだろうが、この子犬にとっては間違いなくここが、この人と一緒にいる所がホームなんだろう。

子犬にとってはこれで充分に幸せであるに違いない。犬には人間の肩書きや、学歴なんか全く分からないし、関係がない。犬は自分とその人間との間の関係だけで裸の人間として評価しているに違いない。逆に見ると、人間というのは本質ではないものにとらわれがちな、妙なものである。偉い肩書きの重要人物に、たまに紐に繋いで散歩に連れ出して貰ったり、時折、頭を撫でて貰うだけなのと、ここで体を寄せ合っていつも一緒にいるのと、犬にとってどちらが幸せか自明である。

ところで、この日は、ふと、こんなところにも外国との違いを感じたのである。どんな国に行っても、大抵、ホームレスの人を見かけるが、日本でもこの頃少し多くなったんではないかという気もしている。原因、理由は様々だろうが結果としてホームレスの人はずいぶん多い。しかし、どうもここで話したホームレスの男と子犬から受けた印象と、外国の場合は大分違う気がする。もちろん、たとえばアメリカのホームレスの人の多くは英語を話しているから、英語の不得手な日本人の私には余計違っているように見えるのかも知れないけれど、どうも少し違う。

ホームレスの人がいるのは日本だって今に限ったことではない。戦後間もない私の子供の頃には今と違って田舎の村にもいたのである。いた、と云うよりも廻って来るのである。故郷の出雲の村にも時々ホームレスの人がやってきて、一ヶ月くらい橋の下に、しかも決まって同じ所に住み着き、また去っていった。それが、大抵、子供連れ、家族連れであって、私だって一緒に遊んだことが何度もある。

車の少ない頃だから、橋の上が結構良い遊び場になる。それも幹線の国道九号線の橋の上である。ホームレスの男の子は、遊んでいる私たちを最初は少し離れた所から見ているが、だんだん近づいて来て、こちらから声をかけるとすぐに仲間に入ってくる。私らも半分それを期待して近くで遊んでいたような気がする。子供がいたせいもあるのか、結構、近所の人が皆んな食べ物を運んだりしていたように思う。ところが、不思議なことに、大抵、一ヶ月くらい経つと知らぬ間にいなくなってしまう。時には何となく寂しく感ずることもあったのである。もちろん、時には得体の知れない男が一人住み着いて、子供達も近づかないこともあったが、時には何となく、今から思うとほのぼのとした出来事もあったのである。

しかし、何で、いつも一ヶ月前後でどっかへ移っていくのか子供ながらに不思議でならず、いろいろ考えたことがあった。もしかすると余り長らく住み着いていると、やがて、それまで比較的親切だった人達からも、すこし、迷惑がられ始めるのかも知れない。それを予測して、あるいは経験で知っていて、本格的に嫌がられる前に去っていくのかも知れない、というのが結論であった。次に来るのは別の人である。

ところで、外国に比べて、ホームレスの人数は比較的少ない。しかし、日本の置かれる状況によってどうなるか将来は分からないと思う。特に、やがてくるだろう、とてつもなく大きくて安い中国の労働力が市場に反映されるようになると、日本が難しい状況になってくる可能性が極めて高い。そうなるとホームレスの人があふれ、橋の下や、河原、公園がたくさんのホームレスの人の寝泊まりする場所になってしまうという状況になってくるかも知れない。そうなってくると表向きはともかく、内心では迷惑がって面白く思わない人も多くなり軋轢が増してくるだろう。今から、簡易宿泊の施設をある程度準備し、無理のかからぬ範囲で入居して貰い、逆に、公共の場を占拠するのはいけない、という社会ルールを作っておく必要がある。手遅れにならないようにしなければならない、という気がしてならない。ところで、大阪のような大都市でホームレスがどんどん増えるのに対し、出雲地方には殆どいない。なぜか。

中国の話が出たところで、もう一つ日頃から気にかかっていることに触れておこう。それは、必ずや大変な食糧難の時代がやがて来るということである。確かな根拠があるわけではないが、それは三十年後くらいではないかという気がする。ということは二十一世紀に入ってからであるが、二千二十年―二千三十年頃から始まるような気がする。これは中国の経済発展の速さとも関係するだろう。そんな気がするわけは、恐らく、中国は当初は安い大量の労働力を背景に急激に経済成長するであろうし、ある程度これが進んだ段階で質的にも大きく向上し、技術的にも日本の優位性が失われてしまう可能性があることによる。その頃には、中国の生活水準も大幅に向上していて、しかも十数億の民がいるのだから、必要とする食料の量は膨大となり、質的にも高いものが要求されるだろう。その時点で、中国は食料輸出する余裕は全くなく、むしろ大きな食糧輸入国になっているだろう。アジア地域全体がそれに準じた状態になると思える。

一方、アメリカからの食料輸入は極めて制限されたものになってくるだろう。というのは、日本の工業力が落ちるとともに外貨も減り始め、高い食料輸入をする経済的な力を失っている可能性がある。アメリカという国が、慈善国家的に、これまで関係が良かったからという理由で日本に善意で食料輸出を続けるとは信じられない。たとえ、政治家の一部がそう思っても、一般国民がそんなことを許す筈がない。どこの国でもそうであろう。国際関係は極めてクールと考えざるを得ない。また、突然、変化することがあると思っておかなければならないと思う。

このことはヨーロッパやアメリカに行って現地の地図を見ると自明である。日本では世界地図の真ん中に日本があるが、外国で見る地図では日本は東の端、まさに極東であり、地図をコピーすることがあればコピー用紙の端から外れてコピーされないような位置付けである。今、外国でも日本が結構知られているのは、日本が経済的に強いからであるだけの理由であると思った方が良い。地球から日本が消えても、一時的にはともかく、いつまでもそんなに驚きと悲しみを持ってみて貰えるとは期待しないが良い。

実は、防衛だって同じこと。どこかに攻められたとしても、犠牲を払って日本を助けてくれる国があるのが当然、と考えていない方が賢明である。日本が消えて喜ぶ、あるいはせいせいする国が絶対にないとは云えないのが現実だろう。利害を考えて、助けた方が自国にとって得策であると判断された時は、救ってくれるだろうが、救うメリットがなければ期待は全くできない。歴史がそういう現実を教えてくれている。

たとえば、アフリカのどこかの国が攻められて消えて、名前が変わったり、何かとんでもなく悲惨な状況が始まっているということをニュースで見ても、〝気の毒になあ〟、〝大変だなあ〟と思う程度だけの人が多いはずである。これも世界全体から見れば日本の位置付けと基本的には同じである。国連の場で、正義からと見られる激しいやりとりがあっても、深くよく読んでみると、やっぱり国益中心に動いているところが殆どである。後になってみるとそれがよく分かる。残念ながら、太平洋戦争後、今まで、日本はアメリカの保護下にあるため無事で来ただけのことと思わざるを得ない。

この子犬と一緒のホームレスの人を見たとき、ふと小さな子供の頃のことが頭をよぎり、思い出されたのである。同時に将来に一寸不安がよぎったのも事実である。

この子犬の姿を見て、あらためて感じた当たり前のことではあるが、名誉も地位も、仮の飾り。人にとって一番幸せなことは、どうやら好きな人の近くにいて好きな時に好きなことが出来て、しかも、これが人に迷惑をかけない、むしろ喜んで貰える、周りを幸せな雰囲気にすることのようである。こんな思いになったのは、これがお通夜の帰りだったからではなく、やっぱり五十を超えたからかも知れない。

四十 礼服

桃山台であった平成六年十月に亡くなられた犬石嘉雄先生の葬儀は正午過ぎからであったが、自宅の岸和田は何しろ遠い。家を出たのは八時過ぎ、天王寺で乗り継いだ地下鉄が新大阪止まりであったので、千里中央行きに乗り換えようと並んだ私の前に、私と同じように黒い礼服の男性が数人立っていた。

〝ああ、この人達も同じ葬式に行かれるのかな、もしかしたら知ってる方がおられるかも知れないな〟と思っていると、急にそのうちの一人がパッと振り向いた。

〝あっ、違う。結婚式だ〟

白いネクタイだったのである。私は黒いネクタイ。

そっくりの服装でありながら、このネクタイの色だけで慶弔が区別されている。白黒ですべてが表現されている、その人の心も含めて。色だけでできる、考えてみると、すごい約束事である。

別のことも改めて思い知らされた。後ろから見る限り全く分からないが、反転してみてはじめて真実がわかる。それもすべてが一瞬にしてわかる。

人には外見だけでは分からないことが多いし、人にはどんなことがいつ突然起こるのか、どんな状態に突然変化するのか分からない、はかない不安定なものだということを強く感じさせてくれた。

でも、逆にもとれる。悲しいこと、困ったこと、苦しいこと、悩みことがいっぱいあって、つらいやりきれない毎日で暗い気持ちに沈み込んでいたものが、何かをきっかけに、一瞬にしてすべてが好転、パラダイスということもあるということである。

時々、〝一寸先は闇〟などと云ったりする。しかし、一寸先の向こうに見通しがきかないという意味も込められているとすると、一寸先からその先に至るまでは暗闇にいることになるから、一寸先に似合う言葉はむしろ〝一寸先の先は光輝である〟と思いたい。どんなことがあっても、いつかは必ず光明が見えると信じているのである。

四十一　パソコン生物

研究室の休憩室をのぞくと珍しいことに誰もいない。少し遅くなりそうな学生さん達はうち揃って夕食をとりに学生食堂か生協へ行っているようである。

「出来るだけ朝早く来て夜早く帰れよ、安全のためにも。行き帰りの交通事故にも気を付けや、特に、夜は怖いから。それに単車や自転車なんかは余り乗るなよ」

といつも学生さん達には云っているが、学生さんは自分のパターンというものを持っているようである。それに、卒業研究の追い込み時期である一月、二月にはどうしても遅くまで残ってしまうことが多いのである。

休憩室ではパソコンの画面で熱帯魚がヒラ、ヒラ、スイ、スイ、右に左に泳いでいるだけであるが、これを見ていると飽きることがない。どうやらよく見ると熱帯魚だけでもなさそうである。綺麗な魚がいろいろいるが蟹もいるし、タツノオトシゴまでいる。数年前に比べるとずいぶん綺麗になったし、動きも複雑でスムーズになったものだなと感心しながら、握った湯飲みもそのままにお茶を飲むのも忘れ眺めているところに学生さん達が帰ってきた。森田成紀君に、尺田周二君、吉本賢治君、小林健太郎君、多田和也君らであるが、みんな今年、平成六年が卒業である。

「森田君、改めて感心してるけど二、三年前と比べるとずいぶん良くなったね。スムーズだし、複雑な動きをするし」

「よくなりましたね。本当に」

こんな小さなパソコンで、よくもここまで出来るようになったものである。

「もう十年もしたら、もっと滑らかな自然な動きと色になって、本物と見分けがつかなくなるんじゃないかね。有り難いようで有り難くもないような気もするね。そんなになったら喫茶店やいろんな所にある金魚や熱帯魚の水槽が無くなって、そのうち全部ディスプレイで置き換わるんじゃないかな。遠方から見たら本物に見えるだろうし、餌（エサ）をやることも水を変えることも、温度を気にすることもいらんしね」

「そんなになるかも知れませんね」

「そのうち、子供達はディスプレイの方になれてしまって、実際の魚を見ても生きていることの意味がわからなくなるかも知れないね。怖いような気がするな」

「もう、すでに一寸そんな傾向があるみたいですよ。小学校の子供が買ってもらったカブト虫が死んだ時云ったそうですよ。〝お母さん電池が切れたの〟って」

と云う森田君の話を聞いて、遠慮がちに尺田君が云い出した。

「僕も聞いたことがあります。カブト虫の足が折れたのを接着剤で繋げようとした子供がいるそうです」

恐ろしい限りである。生命の意味合い、重要さ、尊さが分からなくなってくれば、とんでもないことが起こる可能性がある。パソコンの画面の魚だけでない。今に犬のペットの本物そっくりがでてくるに違いない。画面の中だけじゃなくてぬいぐるみのような犬である。形や色、動きだけでなく、超高感度、高性能のセンサを備えていて、臭いをかぎ、人を識別し、飼い主の顔色や動きを読みとり、それに応じて走って来たり、吠えたり、嬉しそうに尻尾を振ったり、悲しそうに目や耳を動かしたりする犬、あげくの果てには食事をする犬まで出てくるのかも知れない。人間にとって犬に餌を与えることも喜びの一つだからである。そんなになったら、本当に生命の意味合いがわからなくなってくる人が多くなるに違いない。

人間そのものにそっくりのぬいぐるみ、人形さえできて、動物としての人間と区別がつかなくなってきたら大変である。この頃、時折街角で見かけるパントマイム、生きた生身の人間が、造られた人形のような静止ポーズを取るあのパントマイムの全く逆が出てくる可能性があるかも知れない。末恐ろしい限りである。

四十二　片岡物語　土佐犬

　ドンドンとドアをノックし、誰かが黒い影を写して立っている。音を聞いただけで石英の会社をやっている片岡さんと分かる。五時過ぎにこんなノックをするのは一人だけなのである。どこかに〃ドンとノックするや否やパッとドアを開けて入ってくるのは…〃と書いたものだから、それを読まれた奥さんに〃返事があるまで外で待たないと〃と助言されたようなのである。電話を耳にあてながらドアを開けて迎え入れる。電話が終わるのを待って、早速の問いかけである。

「電話、外国からですか」

「そうです」

「ヨーロッパですか」

「そう、ドイツです。片岡さん、去年ヨーロッパへ行かれたのはスイスとベルギーでしたかな」

と逆に問いかける。確か、平成五年の夏、片岡さんはヨーロッパに行かれたはずである。その時、スイスの有名な橋が燃えてしまうという大事件があったと話されていたような記憶がある。

「そうですわ。ほんまにえらい目にあいましたで、あの時は。〃英語のできる人を一緒に行動してもらうから、奥さんも一緒に来たらどうですか〃と云うんで、家内を連れていったら、その一緒に行動する筈の人は、〃私は後、行きたい所がありますので〃と云ってどっかへ行ってしまって、酷いもんですわ。何を考えとるんですかね。英語なんかわかりますかいな。大変だったですよ。嫁さんも大変だったと思いますよ。何とかやりましたけど」

と云いながら、どうもタクシーに乗って博物館かどっかへ行って、運転手さんと楽しく会話（?）したり、あちこち見て廻ってきたというから、偉い人である。余り英語ができないようであるから、恐らく、あの人柄と堂々とした態度でやり通したに違いない。大したものである。

「外人さん凄いパワーでしょう」

「すごいですね。体もでかいし、パワーの固まりみたいですな。あれと比べたら日本人は話しにならんですな。かなわんですよ。食べ物が違うんですかね」

「そうでしょう。彼ら何代も前からバリバリ肉を食い続けてますからね。米と野菜と魚を食ってる日本人と大違いですよ」

「肉食人種と草食人種ですかね」

「たとえたらいけないかも知れんけど、もし犬でたとえたらシェパードと柴犬の違いくらいあるかも知れませんな、大きさだけは。どんなに凄い柴犬だってしょせん体の大きさはシェパードにかないませんからね。それでも、日本人も肉や牛乳を食べ続けていたら、何代か後にはあんなになってるかも知れませんけどね」

「仏教の教えもあって、日本人は長い間肉を食べてませんでしたからね」

「片岡さん、そんな見方すると、どうも、高知の土佐犬、あれは純粋の日本犬かな、と思う時もありますよ。もしかして江戸か明治の頃、外国犬の血が入ってるかも知れませんよ。あんな凄い犬がもともと日本にいたとは考えにくいですからね」

「凄いですよ。うちの家内の姉さんなんか、いつも〝可哀想だ、可哀想だ〟って云うんですよ、土佐犬が」

「どうしてですの。働かされてるんですか」

「そう。高知ではリヤカー、知ってますでしょう先生なら。あのリヤカー、大八車みたいなのを二匹で引っ張らせるんですよ。馬や牛みたいに。大きな土佐犬がハアハア、ヒーヒー云いながら車を引くのを見て、可哀想だと云ってるんですわ」

「そうですか。それは確かに可哀想ですね。もともと力仕事をさせるために改良されたものですかね。大きいとかえって大変ですな、期待されるから、力を。それで分かりましたよ。あれ岡山ですよな、桃太郎の話。鬼が島で宝物を大八車にのせて、犬が引っ張って猿が後から押して、雉が空から道案内するという話し。土佐犬みたいな犬だったんですな。闘犬のためだけじゃないんですね」

「土佐犬は人間にはもの凄く従順でおとなしいですよ。それでも、犬同士になると途端にもの凄い争いやりますからな。高知城の所の土佐犬の話ししましたかな」

「さあ、聞いてませんが。何かいい話しでもあるんですか」

「大分前ですけどな、家内と高知城へ行ったんですわ。そしたら、城門の所に大きな土佐犬が眠ってるんですわ。横綱のまわしをつけて、たすきのようにかけて。貫禄のあるやつでしたよ。これはいいと思って家内を横に立たせて写真をとろうとしたら、突然、どっかからおっさんが出て来て〝私が撮ってあげましょう〟と云うんですな。私と家内を犬の両側に立たせて。うまいことに犬もちゃんと座ってくれるし、私のカメラを渡すとそれで写真をとってくれたんですな。そこまでは良かったんですよ」

「それで」

「その後でサッと手を出して〝ハイ千円〟と云うんですな」

　思い出して大笑いしている片岡さんである。

「そのおっさんの犬だったんですか」

「そう。それで人が来たら写真をとって儲けてたんですな。あれ賢いですよ。立派な犬だから写真とりたくなるし、カメラはお客のものだし、自分は一銭もかかりませんからね。あれで写ってなくても責任とりませんからな。それにあの犬も賢い。時が来たなと思ったら、寝てたのがパッと座ってポーズをとりますからな。親戚へ行った時にその話しをやったら、伯父が大笑いして、〝お前もやられたか〟と云ってましたよ」

　またも大笑いする片岡さんであるが、肝腎の写真がうまく写っていたかどうかを聞くのを忘れてしまった。

　それにしても、こんな堂々とした片岡さんが引きつけられるほど堂々とした土佐犬も大したものであるが、この立派な土佐犬を従えて貫禄十分の片岡さんにいっぱいくわせたおやじさんは、さらに大したものかも知れない。土佐にはとんでもない凄い人間もいっぱいいるということかも知れない。

四十三　電気材料技術懇談会

関西には電気材料技術懇談会なる伝統、由緒のある会があって、月に一回講演会を開いているが、この会の前身である絶縁技術懇談会から通算すると、平成六年十月の会合が第五百回目にも近い。この回数からしても、その活発さ、歴史がわかると思う。しかし、私自身は毎回、毎回出席するわけではない。ところが、通常の例会では一般講演として四、五件の研究発表があるが、年に一度特別講演が一件組み込まれることになっており、この年はこの日がそれに当たって京都大学の竹原善一郎教授をお迎えして開かれた。私はそのディスカッションリーダーとして司会、進行をやらされたわけである。こんなことになったわけは私がこの会の幹事で、この十月のテーマ〝電池〟の提案者の一人で、しかも、教授との打合せをやった張本人だからである。

会が盛況裡に終わると、夕刻七時頃からは会食である。出席者は竹原教授、会側からは会長の小林倫明氏の他、砂原洋一氏、辻康次郎氏、中村脩氏、平田喜義氏、それに私の計七人であるが、話しの面白い人達なので大いに盛り上がったのは云うまでもない。もちろん、この人達は面白いだけではない。

忘れてしまったが、何かを私が会長に云った後である。

「先生、そんなにきびしいご意見を頂きますと、先生の弱点をとりあげないといけませんな」

冗談には冗談が返ってくるが、私の弱点とはゴルフである。私は全くゴルフをやったことがないので、小林さんが私に手ほどきをしてやろうというのである。

「ゴルフに夢中になることはありませんよ。でも少しくらいできた方がいいですよ。結構面白いし、健康にもいいですよ。先生、何もスポーツやってませんでしょう。先生の体格見てると必ずうまくなると思いますよ。そうだ、今度、燃料電池の研究施設が完成して運転が始まったら、是非ご見学戴いてご意見を伺いたいと思ってますので、その時、まずどうでしょう。中村君いいね。先生のご都合のいい時をお聞きして機会をつくってくれますね。（中村さんが快諾したのは云うまでもない。）施設の横にゴルフの打っ放し練習場があって夜でもできるんですわ。先生のことだから、仕事以外は夜しかできないとおっしゃるでしょうから。丁度、夜できて都合いいと思いますよ」

という話しに、うっかり

「それじゃ、是非」

と乗ってしまったのであるが、〝都合がつかない〟、〝忙しい〟とかいろんな理由（本当）で一向に実行しようとしないから、面白おかしく話題に出されるのである。

「先生は右利きだから案外左で打った方がいいかもしれん、と云っておられましたね。先生が空振りするのを見たら面白いだろうな」

という小林さんに、辻さんがタイミング良く呼応する。絶妙の掛け合いである。

「右でも、左でも同じでしょうが、生きているボールを打つのと死んでいるのを打つのとは大違いで、死んでいるのは難しいですよ。長嶋はゴルフボールを打つ瞬間、前の足を一瞬、一寸前に出すそうですね。野球と同じように」

ここでまた何にも知らない私が口をはさむ。

「そうですか。ピチャーが投げてくるボールに合わせるタイミングと同じようにタイミングをとろうとするんですかね。それで止まってるボールは打てんのですかね」

私は長嶋がゴルフが上手いか下手なのか知らない。まして空振りすることがあるかどうか知るわけがないが、有名人はこんなところでも面白く話題の種になるから、話しがどんどん大げさになるのだろう。もう酷いものである。砂原さんの

「案外ポンとトスしたら良く打つんじゃないのかな」

というのに、また私がつい調子にのってしまう。

「そうですか。全く反射的にやってるんですかね。単純な条件反射でやっているということですかね」

こんな話しをやってることを知ったら秘書の金子さんは悲しむに違いない。なにしろ、大の長嶋ファンで、阪神－巨人の試合を甲子園に見に行っても、試合も見るけど、双眼鏡で巨人ベンチを見ていることの方が多い、という話しもあるのだから。ここでまた私が下らないことを云う。

「小林さん、辻さん、それじゃ王は片足あげて一本足で打ってるんでしょうか」

「まさか」

残りの竹原先生、中村さん、平田さんはニコニコ笑って楽しそうに聞いている。

「私はやってみなければわからないけど、左打ちがいいのかなと思っているんです。右腕だけ滅法力が強くて、左が弱いので、柔道なんかと同じように引き手が大事かも知れないから」

「先生、私もそう思ってそうしている人がいると聞いて右打ちを最初したんですが、やっぱり間違ってましたね。最初から左打ちしてたらもっともっと腕があがってる筈だと思ってますよ。私、子供の頃、左利きだったから、字を書いたり、箸を使ったり包丁を使ったり、ハサミを使ったりを右でも練習しましたから、一応両方使えるようになりましたけど」

という小林さんに、また辻さんが答える。

「字は左手では右手で書くのと裏返しに書くんですか。左手では裏返しには書き易いといいますけど」

その通りである。私自身、右手と左手と同時に字が書けるが、左手では裏返しである。丁度、鏡で写したように書ける。

「いやいや、私の場合は左手でも右手でも同じように、ちゃんと読めるように書けますですわ。子供の頃、人におだてられて、よく黒板に左手と右手で字を書きましたよ。上手、上手と云われて、今考えたら恥ずかしくなりますけど」

「小林さんは右でも左でも打てるんじゃないですか、スイッチヒッターみたいに」

と辻さんか砂原さんが云うと、すぐに私が馬鹿な応対をする。

「そうでしょう。私もね、余り上手じゃないですけど、卓球だけは右でも左でも大体同じようにできます。小林さんも左右打ちでやられたらどうですか」

ここで、さすが辻さん、また一言が出る。

「左、右同じように上手にやりこなすようになると、少しども（吃）りはじめるそうですね。どうしてですかね」

　ここまで話がくると、途端に張り切って珍論を展開するのが私の悪い癖である。もっとも本人は珍論とは必ずしも思っていない。

「そう、それは辻さん当然ですよ。左、右同じように使いこなせるようになると頭がよくなるんですよ。両方の手を充分自由に思ったように動かせるのは、個人差もあるけど大分訓練が必要で、こんなことをやってる過程で脳も刺激を受けるんです。それで、よく働くようになって頭がよくなるんですよ」

「へえーそうですか。そんな話しは初めて聞きますね」

私以外、全員が納得のいかない表情である。

「それじゃ、なぜ頭がよくなって吃るんですか」

「それは当たり前でしょう。頭の回転がどんどん良くなって、先へ先へと考えていくのに、口の動きがついていけないんですよ。だから、つい慌てて吃り始めてしまうんですよ。だから頭が良すぎるからなんですよ。私の友人、特に高等学校の友人には結構頭のいいのが多いから、吃る人も案外多いんですよ」

「そうか。なるほど、それはもっともだ」

皆さん、この奇説にすっかり感心した様子である。

「これはいいこと聞きました。なるほどよくわかります。今日の最大の収穫です。あした会社へ行って友達に話してやります」

相変わらずニコニコしながら辻さん、少し大げさである。

ここまで調子にのると、さらに余計なことを話してしまう、馬鹿な私である。

「本を読む時、吃る人があるでしょう。あの人もやっぱり頭がいいんですよ。頭がよく回転するから目と頭はもう大分先を読んでいるのに口のほうはまだ五字も十字も遅れたところを読んでるので間違えたり、詰まったり、吃ったり、おかしなことになるんですよ」

さらに駄目押しをする。

「逆に云うと、声を出して読むとそれに引きずられて速く読めないから、速く読むには目だけで読む、目読、黙読だと思います。でも口で読まなくても、頭の中でやはり一字一字声を出して読んでも遅くなりますから、目だけで追うことだともいます。固まりを目で見るだけで読む。慣れたらできると思います」

「なるほど、なるほど、よく分かります」

久しぶりに全員一致して私の持論を支持していただいたようである。それでも、もしかすると家に帰ってからよく考えて、やっぱりおかしいと思われるかも知れない。小林さんあたり、夜になってから、電話して来られそうである。

〝先生、でもやっぱり納得できませんな。…………〟

「実は、こういう話しをしてます。私自身、子供の頃はよく吃ったんですよ。でもこの頃お陰で吃らなくなりましたが、やっぱり頭の回転が悪くなったのかも知れませんね」

ここで、誰かに云われた。

「先生、頭の回転が悪くなったんじゃなくて、口の回転も良くなったんじゃないですか。先生の講演を聞いてるとちっともわかりませんから」

そう云えば京大の林宗明教授に云われたことがある。
「吉野先生の話しは、三度聞いたら良くわかる」

四十四　自己意識　（読まない方が無難）

私にはどうも妙なところがる。電車に乗っていたり、歩いている時、突然それまでの状態とまったく関係ない、変わったことが思い浮かぶのである。こんなことは何も私だけでなく、誰にでもあることなのかも知れないが、どうも不思議でしょうがない。平成七年の一月、東京からの帰りの新幹線ひかりの車中でも、突然変なことに気が取られてしまった。〝自分という意識〟に関してである。

今、自分には自分という意識がある。誰とも違って、すべての周囲の物、人、自然を背景として、一人だけ特殊な立場の自分がある。今、この自分は確かにあるが、この今の自分というのはこの瞬間だけの自分であるのだろうか、今というのはどのくらいの間のことなのだろうか。例えば、はるか昔の私の子供の頃の自分が頭に浮かんでくると、何だかその頃の自分の姿とその自分の思考が、今の自分から客観的に観察できるような気がするのである。ということは、昔の自分と今の自分は同一でないということになるのかも知れない。そう考えると、次はどのくらいまでの自分が今の自分と同じでなく、どの時点から今までが本当の自分ということになるか、という問題になる。極限までつきつめれば、その境界となる過去のある時点と今の時点との間がゼロである時が本当の自分、ということになるのかも知れない。即ち、自分という認識は過去からこれまでを考えると、今の瞬時のみということになる。

逆に、今度は未来の自分はどうだろうかと、次々いろんなことが思い浮かんできた。もしかすると、未来の自分と今の自分とは同じでないのかも知れない。どのくらいの時点までが今の自分と同じで、どのくらいの時点以後が今の自分ではないのか、別のものとして見ることができ他の自分だろうか、ということである。そのある未来の時点をよく考えてみると、現在とその未来の時点の間隔は限りなくゼロに近いのが自然のように思えてくる。要は未来を見ても、自分は今の瞬間だけということになる。結局、過去、未来を考えてみると、自分というのは今の瞬間しかないということになる。

そもそも自分という認識、意識はどこで、どうやって、どう判断しているのだろうか。頭の中のどっか一点の働きで、自分という意識ができ上がっているのだろうか。頭の中のどこかに、自分という基準があってそれと対比して、これは自分である、と自分を意識しているのだろうか。どうも、一点と云うよりも脳全体とはいわないが、かなり脳の広い領域にわたる総合的な協調的な作用の結果、自分という意識が発現しているような気がする。

それでは、なぜ自分という意識そのものが存在しているのかということが気になる。これも、やっぱり私の持論〝大抵のことは慣性の法則を拡大解釈すれば大体理解できる〟から云うと簡単である。人間にとっての慣性の法則というのは、自分自身或いは人間という種が生き続ける、存在し続けるということである。従って、〝拡大した慣性の法則〟から云えば、人間が存在し続けるのに自分という認識があった方が都合がよいからだ、ということになる。自分という意識が消えて亡くなるのを恐れて、必死に生きようとすることになるのである。恐れという感情自体も〝拡大慣性の法則〟からすると当然存在しておかしくないのである。

こんないろんなことを考えると、自分という意識の存在には、感覚による外界の情報の把握、検知が極めて重要な意味を持っているような気もする。とすると、もちろん、脳の働きが意識の存在に最も重要であろうが、何か感覚器官神経系も含めて人間の体全体にわたる総合的なものの統合の結果として、意識というものが存在しているような気がする。さらに云うと、感覚器官、神経系を考えると、周りの環境を含めて、即ち、自分を取り巻く周囲、雰囲気をも纏めたものとして、さらには過去の経緯が織り込まれた総合的なものとして自己意識があるかも知れない。

こんなことを云ってみても、やっぱり意識の本質というのは分かったことになっていないことに気がつく。しかし、自分という意識の存在そのものが自分の、さらには、人間の存続を可能とさせている最も重要なものであるという気がする。自分という意識のない生物の存在が、即ち、自己を他己と区別することが不可能な生物が世代を越えて存続し続けることは、どうも不可能なような気がしてならない。

ともかく、自分という意識、自己意識は生命系にとっては程度の差はあろうが、不可欠の重要なもののように思える。しかし、そもそも、人の意識でもって自己そのものを理解するのが容易であるわけでなく、可能かどうかわかったものでない。

こんなことを考え出すと際限なく考え続ける馬鹿な癖があるが、どうせ私にこんなことが分かるわけがなく、同じところをぐるぐる回っているだけの無駄をしているようである。こんなことを続けるよりも、今の自己意識の求めに従って、車内販売のお嬢さんが来れば駅弁でも食べようか、鰻弁当がいいな、幕の内にしようかな、それとも焼売でもあればビールにしようかな、やっぱりミックスナッツとウーロン茶にしておいて食事は大阪に着いてからした方がいいのかな、とすぐに別のことに意識が移ってしまう、やっぱり俗っぽい私である。

それにしても、在来線や地方の駅には結構うまい駅弁がいろいろあるのに、なんで新幹線の駅弁はこうも味気ないのだろう。食べる人の気持ちを考えて作ってるんだろうか、値段だけは結構いいのに。それに、安い駅弁ほどうまいんじゃないのか。どうも、こんなことになるとすぐに結論が出てくるということは、日頃からこんなことにだけ頭を使って意識を集中させている、極めて平凡な人間のようである、私は。

四十五　片岡物語　値打ち

阪神大震災の直後だったから多分平成七年一月二十日過ぎの夕刻のことである。片岡忠孝さんがいつもと同じニコニコ顔で部屋に現れた。随分貫禄があるのに、いつも私から見ると笑顔で温和そうであるが、人によったら怖く見えるかも知れない不思議な人である。筋を間違えたら大変かも知れないということは、もちろん私でも分かる。

「先生、この間の日曜日、瀬川君の結婚式があって、出てくれと云うから出席してきました」

瀬川君とは京都大学分子工学の清水剛夫教授の所の若い助手さんである。

「仲人は誰でした。清水先生でしたかな」

「そう」

「お上手ですか」

「なかなか上手くやられていましたよ。同じテーブルに本多健一先生と彌田君、それに私の隣には清水寺の名誉管長（？）という人が来てましたよ」

と出して見せてくれた名刺には名誉管長・・・・・・・・・・・・・・とあった。

「いろんな話ししましたけど、例の先生の本の話もしましたんや。読んでみたいと云ってたから送ってあげることにしてますんや」

こう云われると、友人に頼まれて大学院生の森武くんに生協から買ってきて貰っていた一冊を渡さざるを得ない。〝吉人天相〟とタイトルを付けた無責任な独り言集のような代物で人に裸を見られるようで恥ずかしい限りであるが、いろんな人に楽しく読んで貰ったら嬉しくもあるという矛盾した気持ちである。

「近々、来てくれと云われてますから、この本と掛け軸一本持って行ってあげてきます」

「本と掛け軸、変わった組み合わせですな」

「掛け軸の方はいいのがあると云ったら、〝くれませんか〟と云われるんで持って行くんですわ」

「たいしたもんだ。片岡さんは偉い。そうやって色んな人に気に入ったものをあげられているみたいだけど、それいいことですな」

「そうですよ。その人にも云われて、考えてみるとその通りですな。〝人にどんどんあげることはいいことです〟と云われるんですな。考えたらそうですな。自分でため込んでいても何の値打ちもない。残していてやがてそれがみんなそんなものに対して興味もない人に渡って、またしようのないところに流れていったら、折角の品が台無しですよ。それより、値打ちが分かって喜んでくれる人にどんどん差し上げた方がずっといいですよ」

さすがである。もともと大した人であったのが、立派な人に会ってそのいい面がすぐに乗り移って身に付いている。良いところがよく染まるようにできている人かも知れない。

もっとも、こんなことを本人に云うと、〝そんなことはないですわ、悪いところも一杯ガバッと乗り移ってますな、これまで〟と笑い飛ばされそうである。

「何で、瀬川君の結婚式にそんな偉いお坊さんが来られとるんですか」

「どうも、瀬川君のお父さんと東大時代の友人だったらしいですよ」

ほんとに不思議な人である。いろんな機会に巡り会った人とたちどころに良い人間関係になれるのは本人の努力というよりも、天性のもの、ご先祖様のお陰に違いない。〝袖擦りあうも多少の縁〟と云うが、本当に一寸した偶然の縁をなかなか大事にできるものではない。私は片岡さんには遠く及びもつかんようである。

それでも、どっかで誰かに似たような話を聞いたことがあるような気がしていたが、なかなか思い出せなかった。それが二月の半ば学生さんとの卒業研究の話で大分遅くなった日、夕食に立ち寄った淡路の味安の暖簾をくぐった途端に思い出せた。

数年前のことであるが、ここの高山さんが話されていたのである。

「先生、時計は上等されてますの」

「いいえ、普通のです」

「そうですか。こんなことを云うと失礼になって申し訳ないですが、先生くらいになられると、良いのをされたらどうですか。派手に飾るというわけじゃなくて、値打ちのあるのを」

「そうですか。ずぼらでなかなか気が廻りませんので。それに金持ちでもないし、身分相応のようにも思いますけど」

「〃これ、僕が愛用していたものなんだけと、君使ってくれますか〃って人にあげたとき値打ちがもっと上がりますよ。変な話ですけど、それに先生にはまだまだ関係のないことですけど、誰でも年がいってやがて亡くなりますから、その時家族や親族、親しい友人なんかが形見に何か頂きたいと云う人が出ますから、その時、もちろん普通の品でも分けて貰って大事にされるでしょうが、それなりの品ですと重みももっと増すんじゃないでしょうか」

質素は粗末に繋がるわけではなく、質素が一番と思ってそう心がけても来たが、もう少し深く考えてみることも必要でありそうである。大事なことを教えてもらったようである。

四十六　片岡物語　つえ

例年、二月から三月にかけては普段の業務の他に、卒業と入学に関連する仕事が重なるので猛烈に忙しくなる。しかし、これは何も教官だけのことでなく、学生も同じである。むしろ学生さんの方がもっと大変かも知れない。

この平成七年も修士論文の発表が三月一日、学部四年生の卒業研究の発表が三月三日となっているから、実験や論文の仕上げのため毎日かなり遅くまで大学に残っている学生さんが多い。〃毎日、朝は早めに来て、夕方は早く帰るように〃といくら云ってもどうしても帰りが遅くなってしまうようであり、その分、朝が少し遅めになり、また夜が遅くなるというのが続くようである。もちろん、私自身も毎日遅くまで残っているのは云うまでもない。多くの教官が同じである。

もっとも、残業手当など全く貰ったことがないから、恐らく、大学には入試の時の時間外手当を除いて残業手当が存在しないに違いない。そもそも、大学に残業そのものがある筈がない、と決めつけられているのだろう。教官が深夜まで研究や教育関連の業務をやるのは趣味と見なされているのかも知れない。確かに、本人にとって研究などは半分以上楽しみでもあるのである。

ともかく、二月、三月はこんな理由で熱心に研究が行われるものだから、それに応じて実験装置の故障はよく起こるし、ガラスや石英製の器具などもしばしばヒビが入ったり割れたりする。

「何よりも安全第一、装置は使えば古くなるし故障が起こるのは仕方がないが、体を故障させてはいけない、絶対に無理はするな」

と云っているせいではないが、装置や器具の故障は結構頻繁である。特に、十年くらいたった装置の調子はしばしば悪くなる。石英の英光社の片岡さんがいつも云っている。

「石英やガラス器具が全然割れないというのは研究やってない証拠ですよ。一所懸命実験やってたら、たまには割れることもありますよ。石英やガラスはもともと消耗品として書類上も処理されるでしょう」

「片岡さん、うちの学生さんはどうですか」

「先生のところはよくやってますよ。いい学生さんですよ、その証拠に今日も来たでしょう」

この日は石英測定セルの電極導入端子のところにヒビが入って、修理して貰おうと、電話で頼んだのである。見てもらった後は一寸雑談である。

「片岡さん、この間の地震本当にもの凄かったですね。五千人以上も亡くなられたなんて、なんとかならなかったですかな。気の毒でたまりませんね。私の知り合いも何人か亡くなられたし、家族を亡くされた方もありました」

「誰か云ってましたよ、〝あんまり人間が山を削ったり、海を埋めたりするから、自然の復讐の始まりかも知れん〟て、一寸、こんな云い方をすると気の毒で失礼のような気もしますけどな」

「削ったり、海や谷を埋めた新しい土地が本当に安定化するのには、もの凄く長い年月が必要かも知れませんね。片岡さん」

「復讐かどうかは別にして、能勢妙見や門戸薬師のある所、一寸おかしいと思いませんか。今でこそ道がつけられたから楽に行けますけど、昔は行くのは結構大変な所ですよ。あれは山を鎮めるためにおまつりしたものだと思いますよ。遠い先祖が、あのあたりが中心になって大地震か何かが起こったことを知っていて、それでそこに社（やしろ）をたてて神さんとして祈ったものだと思いますよ。あのあたり断層が多いでしょう。いっぱいありますよ。細い谷づたいに行ける所が多いけど、あんな細い谷は断層の所に水が流れ出して大きくなって谷になった可能性がありますよ。それに宝塚の近くの蓬萊峡のあたりも断層と思いますよ。大体、蓬萊峡のあたり、岩肌がいつも露出してるでしょう。あれ、おかしいですよ。普通なら草が生えますよ。草が生えないということは、いつも崩落をくり返して、生える間がないということでしょう。断層だと思いますよ、そんな所は」

「なるほど。それにしても、片岡さん、大したもんですね。よくわかりますね」

「そりゃ、生まれたあたり、近所ではよくありましたもん」

「高知ですか」

「そう、高知でもうちは山の深い所でしょう。仁淀川、四万十川の上流になるから断層がたくさんありましたよ。今で云う断層にあたるのを、〝つえ〟と云ってましたな。あちこちに〝つえ〟と呼んだ所があって、連なってましたよ」

「〝つえ〟てどんな字書くんですかな。〝潰〟ですかな。これなら〝ついえ〟だから、なんとなく片岡さんの云われる〝つえ〟に近いですね」

「そんなとこかも知れませんな。〝大引割れ〟という所もあって、あれも間違いなく断層ですよ。近くに、〝大渡（おおと）ダム〟がありますけど、あれも断層の所にある筈ですよ。あんな所にダムを造って大丈夫なのかなと思いましたよ。ダムに水を入れ始めてから、いつまでたっても崖崩れが止まらんで、多分どんどんセメントを入れた筈ですよ。入れても入れても崩れると思ってましたよ。そんな所ですもん。あれ断層の筈ですよ。それから去年愛媛の干ばつで有名になりましたでしょう、早明浦（さめうら）ダム、あそこも断層の所の筈ですよ。あれも近くで、四万十川の上流ですけど、ダム造っても水がどんどん吸い込まれるんじゃないかな」

「あれ、四万十川は高知の方へ流れてるでしょう。愛媛の方向、反対じゃないですか」

「そうですけどな。大体あの辺の大きな川はみんな石鎚から流れてるんですわ、面河渓もそうですしな」

「あそこには学生の頃、行って泊まったとまったことがありますけど、松山から行ったんで愛媛かと思ってましたけど」

「あれは大洲川の上流で、石鎚の麓ですよ。高知の県境からすぐですよ。吉野川もそうで、石鎚から徳島の方へ流れてるけど、あれも断層沿いに流れてると思いますよ。大体、昔、大地震が起こって断層でできた地割れに沿って水が流れ出してだんだん大きな川になったでしょうからな。吉野川の河口から海をはさんで、また和歌山で紀ノ川が真っすぐ伸びてるでしょう。あれも断層ですよ。大体、断層のあった所に、さっきの〝つえ〟とか、えらいことが起きたことを示すような地名がついてますな。あんな所にいろいろあるですよ、温泉とか、鉱山とか。別子銅山もそうですよ。山奥にいろいろある神社や社、あれ、やっぱり土地を鎮めるためもあって、あんな所にあるんですよ」

「学生の頃、同じ下宿に四国の奥地から来ていた学生がいて、確かサンナベとか云ってたような気がしますけど、平家の子孫だと云ってましたな。やっぱりあの辺はいろいろあるんですか」

「そう、いっぱいありますよ、平家も源氏も。安徳天皇のお墓がうちの近くにあったんですな」

「あれ、壇ノ浦で安徳天皇の入水があって、そこで亡くなられたんじゃないですか」

「いや、ちゃんと陵があるから、再興を願って実際には四国の山中に逃れたんと違いますか。九州の大分の奥地なんかも平家多いでしょう。平家だけじゃなくて源氏も多いですよ」

「そうか、片岡さんも醍醐（ダイゴ）源氏と云ってましたな」

「おかしなもんで、平家と源氏がすぐ近くですわ」

「多田源氏も能勢の奥、今度の地震の近くですな」

「そう、今はそう見えんけど、多田源氏の発祥の地というのも守りに適した土地ですよ。城を造って篭もるのに絶好ですよ」

「昔の人間は多分、どこは安全でどこが危ないかを云い伝えてみんなよく知っていて、住む所を上手に選んでいたと思いますよ。この頃は山を削って谷を埋めてしまったから、どこに断層があってどこが危ないか分からんし、昔の智恵が全然生かされんようになってるですな。今度できた阪大の医学部病院も、一部は谷を埋めた上に建っているでしょう。今度の地震で多少痛んだんじゃないかな」

「埋めた柔い地面の上もあかんでしょうけど、一部が固い地盤の上の建物でも、一部が柔い地盤の上だったら、いろんな振動が複雑にからむから変な力がかかると思いますよ。医学部もどっかこわれてるんじゃないかな。昔の云い伝えなんかをもう一寸まじめに聞いて、それに先住者の意見を尊重せんといかんでしょうな。私なんか、吹田も岸和田もあんまり知りませんからね。今、どこでも住んでる人、もともと地元の人じゃない人の方が多いでしょう。地元の人が半分以下になってから、先祖の智恵なしで、常識なしで建物たてたりいろんなことするわけで問題ですな。ともかく、そんなことも含めて人間、思い上ってるということでしょう」

それにしても片岡さんは物知りである。前にも寺の位置と鉱山の話、金山の話、いろいろ教えてもらったが(＊1)、もしかしたら片岡さんは山師の方に向いているかも知れない、とまたまた思ってしまった。山師と云ってもさぎ師まがいというわけでなく、本当の山師である。それにしても山師とは変な言葉である。山の師匠、山の仕事師、……どれが当るか知らないが、どれであっても片岡さんにぴったりである。

注＊1　吉野勝美：雑音、雑念、雑言録（信山社、1993）282

四十七　地　震　買い物

阪急淡路駅に下りたのは夕方七時過ぎである。一瞬どちらにしようかと迷ったがすぐに西側の商店街に走った。一月程前に完成した高いアーケードは明るくて綺麗だが、殆どの店のシャッターが下りている。〝一寸閉まるのが早いな、もしかすると定休日なのかな〟と不安をおぼえながらも〝もしかして〟とわずかな期待をもって商店街の真ん中あたりにあるグルメの〝いで〟に急いだが、残念ながらやっぱり閉まっている。ここにはいつもならおいしい持ち帰りのグルメ料理がある筈だった。すぐに方針転換、おいしいケーキのある〝アルムの山〟を探したがここもだめ。〝文具の渋谷〟もシャッターが下りている。ここのシャッターは下りると面白いカラーの絵が全面に現れるようなっているが、それを楽しんでいる余裕もなし。これだけみんな休みと云う事は恐らく定休日である。こんな困った時には焼き肉〝味安〟の高山さんに聞いてみれば全て解決の筈であるが、店を覗いてみてもおられない。

すぐに駅の反対側に走った。淡路駅前には西と東の両方に商店街があるのである。幸いなことにこちらはまだ大分電気がついている。二軒の魚屋さんを覗いたが遅いせいか殆ど売り切れである。欲しかったのは白身の魚であったがどだい無理である。それでも二件目の魚屋さんには赤貝と鳥貝がある。何とか刺身に使えそうなので買い込んだが肝心の刺身にいい鯛やマグロ、ブリはなし。ここも遅かったようである。ここにはこの時期には時々ホタルイカもあるがこの日はなし。すぐその足で斜め向かいの井上豆腐店を覗くと、いつものニコニコ顔の奥さんと息子さんがいる。

「いらっしゃい。今日は帰りですか」

「そうです。絹ごし四つとそれに何か他にいいものないですかな。この高野山ゴマ豆腐というのはおいしいですか」

「おいしいよ。高野山ではこれを四つに切って一切れ出すんや」

「そうですか、それじゃそれ二つ」

案外、智恵は好きかも知れない。

と渡された豆乳二袋も入れて貰って途端に目方が増えた。

駅近くまで戻って洋菓子屋さんで智恵の好みそうなケーキを探して買ったが、どうもまだ足りそうにない。どっかで何か買わないといけないが、時間がどんどん経って、もうどこに行っても開いている店がありそうにもない。

珍しく帰りがけに買い物に走り廻らざるをえなくなったのは単純な理由である。午後二時頃、大学へ電話があって、大学合格発表見に行ったら通ってたから、一寸美味しそうな物を帰りがけに買ってきて欲しいと頼まれたのである。三人娘の最後、三女の智恵が動物か植物関係のことがやりたいというので受けていた大学の農学部が通っていたというわけである。センター試験はともかく、本番の数学の試験が難しかったから駄目かも分からないと云っていたから大分喜んでいるに違いなく、特に美味しい物を買って帰らねばならないのである。

こんな時に突然良い考えがひらめくのが私の良いところである。

「そうだ、島根がある」

大阪国際ホテルの近くに島根なる地酒の店があって、全国の銘酒の他にいつも新鮮な魚をおいて上手に料理をしているのである。大分荷物も多くなったし、急がないといけないので、阪急淡路駅前からタクシーに乗る。なんと、この国際興業タクシーの運転手さんは以前にも乗せて貰ったことがあるのである。

「大阪国際ホテルの近くまでお願いします。運転手さん、久し振りですね。この前は帽子をかぶっとられましたね」

「はい、そうです。良く憶えていただいていましたね。郭さんとおっしゃってたんですかな」

運転手さんの方も良く憶えてくれていたようである。後は今年のいつもの会話である。

「この間の地震大丈夫でしたか。どこにおられました」

「えー、えらい目に遭いました。会社にいましたけど、家の方が大変でした」

「そうですか、お気の毒ですな。お家はどこですか」

「宝塚です。ペシャンコになりました。丁度あの時、淡路の車庫に入庫して洗車をすまして、ぼつぼつ帰るかと思って、事務所でコーヒーを飲んでいたところだったんです。えらいドーンと突き上げるようなのがあって猛烈に横揺れし出しましたから、こらえらい揺れるな、大丈夫かなと思ってました。怖いくらい揺れました。すぐに宝塚の家に電話したんですが、呼び出し音は鳴ってますけど誰も出ませんので、一寸おかしいと思いましてね。慌てて車で帰りました。一七六号線行きますと、宝塚に近づくにつれてどんどん道路の割れが酷くなりますし、崩れた家も増えてきましたから心配になりましてね。家の前へ来たら家が倒れてるんですわ。見た途端、家内が下敷きになってる、死んだと思いましたよ。かき分けて寝床の所まで来て、手を入れて見ると、どうもおったような様子じゃないんです。それで、また外に出て、家内の親が近くにいますので、そこへ行ったらそこに避難してました。助かったんですわ」

「良かったですね、助かられて。怪我はなかったんですか」

「怪我はなかったけど、火傷してました。両脚に。あんなの始めて見ました。足にげんこつよりも大きな水ぶくれが火傷でできているんですよ。私が帰る頃だから、ストーブをつけてヤカンを乗せてたみたいです。もの凄い揺れが来たんで慌ててやっとのことでストーブの所へ火を消しに行ったらしいです。揺れたら自動的に切れるようになってるのでしたんで、もう火は消えてたみたいですけど、上でやかんが跳ねていて、それが足の上に落ちて大火傷したみたいです。それですぐに玄関から出て近くの親の所へ行ったらしいですわ。親元は倒れなかったみたいで、私が行ったときは手当てして貰ってました」

「それは大変でしたな。病院には行けたんですか」

「近くの病院も無事で、私連れて行きました」

「それでもうまく家から出られて良かったですね。揺れ始めてから倒れるまで一寸時間があったんですね」

「そうみたいですね。あれでストーブ炊いてなかったら、そのまま布団をかぶっていて下敷きになったかも知れません。ストーブをつけてたんで、それを消そうと思って、そこまで出たんで、近くの玄関から外に逃げ出せたと思います」

人の運というのは不思議なものである。普通なら地震の時ストーブを炊いていたため火事で焼けてしまうことが多いだろうが、この人の奥さんの場合はそのお陰で逆に助かったようである。

「火傷したの本人知らなかったみたいでしてね。親の所に着いて始めて気が付いたみたいです」

こんな話をしていると、アッという間に大阪国際ホテル近くに着いてしまった。

「また、お願いします」

と云う声を後に、すぐ近くのビル一階にある〝島根〟を覗くと、お客さんが二組入っているが、私の座る席だけはありそうである。

「マスター、今日は食事じゃなくて、貰って帰るんで刺身お願いします。いいですか」

「いいですよ。何にしますか。今日はもう大分出てますので」

「そうですね。マグロ、ブリがありますね。それとタコお願いします」

新潟の地酒を一杯ご馳走になりながら待っていると、目の前のネタケースの中の甘鯛も美味しそうである。

「この甘鯛貰いますわ。焼いてくれる」

「先生、これ焼かずにこのまま持って帰られたがいいですわ。焼きたてが一番うまいですけん。すぐに焼けますけん」

彼は私と同じ島根県、嬉しいことにすぐに〝けん〟が出てくる。

「そうね。じゃそのまま貰いますわ。この間食べたキンキも見事で美味しかったけどあれは今日はないですね」

「今日は、済みません、ありませんですけん」

北海道産というキンキは見事な赤色で大きく、塩焼きがとてもうまいのである。

「えーと、その横の若狭ガレイですね。それもうまそうだな。それも貰いますわ」

うまそうでも私自身はカレイは食べられない。蕁麻疹（じんましん）が出るのである。それでも、この日は智恵が主役だからいいわけである。

　程なくできあがってビニール袋に纏めて入れて貰う。さっきのものと会わせると、またまたかさ高くなってしまい、天王寺までタクシーに乗らざるをえない。それに急いでるしと云う理屈を付けて乗ったタクシーは三菱タクシー。同じ会話がスタートする。

「天王寺までお願いします。運転手さん、この間の地震の時どこにおられました」

「凄い地震でしたな。丁度あの時仕事終わって事務所で一服してたんです」

「三菱さん、車庫どこでしたかな」

「門真です。丁度、近畿自動車道の下ですので、びっくりしましたな。ガチャーンと云うかドーンというか凄い音が頭の上でするんですわ。高架が動いたんですね。落下してくるかと思いましたよ」

「そうですか、本当に落ちなくて良かったですね。落ちていたら神戸みたいに命がなかったでしょう」

「そうですよ。凄い音だったから、何ともなかった筈ないと思いますね。もう少し揺れが続いたら確実に落ちたと思いますよ」

　本当にそう思える。我が家ももう少し揺れが長かったら潰れていたに違いない。一部壁は割れているし、板壁の中はどうなっているか見ようがないので何とも云えないが、板を外してみたら壁に大きな亀裂が入ってるような気もする。あの地震以来、車が家の前を通ったり、強い風が吹いたりすると今まで以上に家が揺れるような気がしてならないのである。

　程なく着いた天王寺からは関空快速に乗って、和泉府中で各駅停車の電車に乗り換え久米田駅で下車する。幸いに一台だけ岸和田交通タクシーが待っている。

「尾生までお願いします」

「はい、どこですか」

「久米中からお願いします。村のかかりです」

久米中というのは妻和子の卒業した久米田中学と云う学校、と云うよりも野球の巨人の清原が卒業した中学校という方が分かりやすい、ローカルには。

ここでいつもの質問をする単純な私である。

「この間の地震もの凄かったですね。運転手さん大丈夫でしたか」

「えー、私非番で家にいましたけど、家が潰れるかと思いましたよ」

「そうですね。岸和田の方も大分瓦や壁が落ちた所があるみたいですね」

「えー、一人亡くなられたみたいですしね」

「えっ、誰か地震の犠牲になられた方がいるんですか、岸和田に」

「臨海道路でトラックの運転手さんが一人亡くなられたようです。丁度あの時間、中井の近くの臨海で車を止めて仮眠してたみたいですね。地震が来て臨海が潰れたみたいでそれで亡くなられたようです」

中井と云うのは岸和田市の北の方の町であるが、臨海道路そのものが大きく壊れたと聞いていないので、もしかすると、関連する何かが落ちてそれの下になって亡くなられたのかも知れない。

岸和田にも死人があったとはこの時まで知らなかったが、私の地域の近くでも心臓の悪い方が地震のショックで悪化して数日後亡くなられたという話である。

こんな話からすると、新聞などで報じられている犠牲者数よりも実際にはもっとかなり多くの方が犠牲になられている可能性がある。大阪市内にしてもいくつもの区で、更には大阪府下では豊中、池田や吹田などでの犠牲者や被害者が相当の人数である。

もちろん、被害の中心は淡路島、神戸から大阪までの阪神地区の諸都市であるが、実際に相当広範囲に重大な影響が及んでいる。地震直後、兵庫県南部地震と発表されたが、新聞報道やテレビの報道では阪神大地震、阪神大震災と云っていた。兵庫県南部地震は恐らく気象庁か国土庁の公式発表に違いないし、確かにその通りであろうが、一般市民のセンスではむしろマスコミの命名の方が遙かに的を得ているように思う。

いろいろ説明を受けなければ、地震の起こる前には、兵庫県南部とはどこかと問われた時、兵庫県に住んでいる人以外は恐らく加古川や姫路あたりを思い浮かべるような気がする。

一年前の〝三陸遙か沖地震〟といい、どうも気象庁の命名方が実状にピッタリしていないように思うことがある。〝遙か沖〟などと云う言葉には、何か詩的な響きがあって、被災者には気の毒な気がする。余り深刻な被害があったようには感じられないのである。イメージが湧かないのである。

近畿一円に二千万人くらいの人が住んでいるだろうが、その人達が何をしているのかお互いに普段は全く知らないし、無関係のようである。一人、一人を見ると一日いろんなことを次々と変えてやっている。別の人は全く別のことをやっており、お互いに殆ど無関係でバラバラである。ところが、今回の地震は余りに強烈であったため、その瞬間のことをこの二千万人全員が憶えている。五時四十六分という大変な早朝ではあるが、その瞬間、人々が何をやっていたのかの調査、統計ができる。アンサンブル平均、エルゴード仮説と関係させて何かというわけではないが、地震の起こる一秒前までは普段と同じであるから、通常この時間帯に何を人々はやっているかが大変よく分かる。五時という早朝、大多数の人は寝ているが、既に一日の始めで動き始めている人もいれば、一日の終わりで眠りにつこうとしている人もある。特殊かも知れないし、ごく限られた範囲の人の話であるが、現代の都市生活の実相を知ることになったように思う。

それと、運のいい人と悪い人がいるものだということをあらためて実感したのである。

四十八　アホカシコ

ひかり八十号が静岡を過ぎても期待に反して曇り空である。それでも万が一を祈って左手を見ていると、丁度、富士川の鉄橋にさしかかったあたりで、ほんの少しだけ開いた雲のすき間に青い空をバックにした富士山頂がのぞいた。ほんの一瞬だけだったが、間違いなく雪をいただいた冬の富士山頂である。同乗の学生さん達の中にも気が付いていた人がいて欲しい、と思いながら新幹線三島駅を下りて尋ねると、残念ながら気の付いた学生は一人もいないようである。どうやら、どこでどんな方向に富士が見えるかをよく知っている私だけにしか見えなかったようである。折角、学生さんが喜ぶと思った計画だったが天候だけは思い通りにいかなかったようである。

この日は、平成七年度、電子工学科の学科長をやることになっていたので、その最初の仕事として、河合壮助手と一緒に四年に進学予定の学生さん四十二名を連れて、少し時間の余裕のある三月中旬に関東地方の工場見学に出かけた初日であり、ファナック(株)富士工場訪問のため三島駅で下車したのである。

有り難いものである、四つの見学先、ファナック(株)富士工場、(株)東芝府中工場、(株)日立製作所中央研究所、サントリー(株)武蔵野ビール工場、いずこでもずいぶん丁寧に迎えられ、詳しい説明を受けた。学生さん達にとっては学ぶところがすこぶる多かったようで、学校教育では得がたい貴重な体験だったに違いない。それに見学先の先輩達もかけつけて懇談の機会ももうけて頂いたから、学生さん達も気楽に何でも聞けたようである。

学生さん達と話している工場の方、先輩方の話を横から聞いていると、私にとってもなるほどと思うこともあるし、私と全く同じ考えで、そうだろうと意を強くしたりで、大いに勉強になった。こんなお世話になった方々、ファナックの川村英昭さん、小倉万寿夫さん、大家智樹さん、古橋直樹さん、東芝の安部可治さん、辰野恭一さん、山田富美夫さん、滝本秀明さん、田中史郎さん、日立製作所の江尻正員さん、斉藤徳郎さん、高木一正さん、吉村俊之さん、福原隆一さん、サントリーの今西正道さん、松尾良行さん、石場香さんを始め多くの方々の顔を思い浮かべると、夫々、面白い話しが思い出される。

そんな中から一つだけ、大阪から来てくれていたサントリーの今西取締役の話を紹介しておこう。今西さんは大阪大学卒業が私と同年だったこともあって気軽にいろんなお願いができたのであるが、最終日の午前中の訪問であったため、丁度、昼食時にビールをいただきながらの懇談となった。今西さんが〝いろんな種類のビールが飲み切れないほどありますから〟と云われたものだから学生さん、大いに盛り上がったことは云うまでもない。

今西さんはさすがに重要な立場にあって活躍中の身、いろんな経験も踏まえてだろう、途中での挨拶が極めてユニークで非常に面白かった。それが、しかも、私の日頃話している持論とほぼ同じ内容である。もちろん、表現は異なっているが。話の前半の趣旨は次のようだったと記憶している。

世の中で大成するのに大事なことに関してであるが、一つはHow to do（いかにやるか）ということではなくWhat to do（なにをやるか）ということである。前者は学校秀才型とも問題解決型とも云うことができて、与えられた問題を解決するのは得意で、またこれに努力するタイプである。もちろん、これも重要であるが、取り組んだ問題が小さければしょせん小さなことしかできない。もっと大事なことは後者の〝何をするか〟、〝何ができるか〟を考えることである。表現が小さくなるが、問題探索型とも云えるかも知れない。当然、両者とも必要であるが、特にリーダーとして力を発揮するには後者が不可欠であるということである。

もう一つの話しはアホカシコの話しである。

「……。それから私は時々こんな話しをします。アホ（阿保）、カシコ（賢）どちらが良いか、分かりますか。いつもマトリックスを使って話しをします。横にミカケ（見かけ）のアホとカシコ、縦にホント（本当）のアホとカシコの升目（マスメ）を入れた表を作って見ますと、この中でどれが一番いいかということです。

まずミカケがアホでホントにアホ。表ではI。これがいいとは云えないことはわかりますね。どんな人がいますかな。有名な俳優のジミー大西、皆さん知ってますね。彼がそうだと云う人もいますが、よく分かりせんけどね。もっとも、この人にはこんなエピソードがあると、聞いたことがあります。彼は学生の時、野球部で非常にうまかったそうですが、結局、正選手からはずされたらしいですね。野球で監督が送るサイン、ブロックサイン、あれはたとえば額に手をやれば一、肩に手をやれば三、ひじに手をやれば五などとあらかじめ決めてあって、選手はそれを足し合わせたり、あるいは引き算したりして、指示されていることを読みとるんですね。今のでは、足し算なら九で何をやるか、バントをやるか盗塁をやるかが指示されてるんですね。ところが、彼はサインの一つ一つの数字は憶えているけど暗算ができないそうですね。それで、いつも、〝待った！〟、タイム〟をかけて地面に一足す三足す五は九と書いて、〝分かった〟と云ってやるそうなんですな。これじゃサインがみんなバレてしまうんで選手に出せんようになった、という話しを聞きましたが、本当かどうか分かりませんが。

次にミカケがカシコで本当はアホ。即ち、表のII。これは良くないですね。普通の家庭では一所懸命これを育てるんですよ。〝そんなにポカンと口をあけてたらアホに見えるんじゃないの、ちゃんと口をきちっとつむいで〟、とアホに見えんようにカシコに見えるようにしなさい、と子供は叱られるわけです。これはだめですね。カシコく見えるから誰も何にも教えてくれないし、賢く見せるために人に聞くこともしない。だからどんどんアホになるわけです。

ミカケ ＼ ホント	アホ	カシコ
アホ	I	II
カシコ	III	IV

それから表IVのミカケがカシコでホントもカシコ、これはキザですね。好かれませんね。残ったIIIのミカケがアホでホントはカシコ、これはどうでしょう。アホに見えるから人に何を聞いてもいい。人もアホに見えるから親切に何でも教えてくれる。人にも話せない秘密めいたことやコツ、秘伝でも何でも、どうせアホだから分からんと思って何でも話す。ところが、ホントはカシコですからみんな分かってみんな吸収する。そりゃ、どんどん賢くなっていくわけです。ですからこれが最高なんですな、ミカケがアホでホントはカシコ」

　これは、〝偉そうにせず、頭と腰を低く、なんでも、誰にでも教えを請いなさい、偉そうに、賢そうに振るまってもなんにもよくない、むしろ悪い。人に好かれないし、警戒されるし、何にも教えてもらえない。これでは大成する筈がない〟といういつもの私の持論と全く同じ話しである。ただ一つ、リーダーとして人を引っぱっていく必要のある立場になったら、良い意味でのカシコに見えてホントもカシコということも大事になってくる。もちろん、柔らかいカシコである。それに、ジミー大西、彼はミカケがアホでホントもアホと云った人があるらしいということだが、実は誰から見てもアホに見えるのにホントのカシコどころか大変なカシコで、徹底してアホをよそおっているのかも知れない。今西さんの表には当てはまらないほどのカシコ。彼をアホに見ている人がアホということになる。

「大学にもいろんな先生がいますね。電子工学科に白川教授がおられましたね、今は情報システム工学科ですが。もちろん、みんな知ってますでしょう、すごいいかつい体でとても大学の先生には見えないという人もいますし、大学の先生にしておくのは勿体ないという人もいますが。あの方は私の一年上で、私もやんちゃでしたから、よく知られていたようでした。ある日学校へ行く時、後ろから声をかけられましてね、〝お前就職どうすんや〟、〝サントリーに決まりました〟〝アホかっ、お前〟。一喝されましたですが、あの方はどこになるんでしょうか……」

　さすがに大した人物である。アホ、カシコを学生時代から地で行っていたのだろうか。恐らくご本人、本質的に How to do より What to do に長けた能力を持ち、それを発揮してきたに違いない。もちろん、How to do も立派にできるだろうが。

　あらためて身のまわりの人、知り合いの人、政治家も含めてテレビに出てくる人、一人一人ミカケ、ホント、アホ、カシコで仕分けしてみるととても面白い。満員電車の中でも、どこでも、いつでもやれる。私も誰かにやられているかも知れない。

　ともかく、この年の見学旅行も得るところ最高で無事終わったが、考えて見ると学生のための見学旅行、と云いながら、なんだか自分のための見学旅行でもあるような気がしなくもない。

追記

参考迄に、私自身もジミー大西のファンである。

それから、この話しを三人の娘たち、瑞穂、香苗、智恵にしたところ、三人とも既に知っていたようである。

「その話、本人が話してたかも知れん」

ついでにこんな話しも聞いていたのである。

「ジミー大西、バッターボックスに立っていると、監督からサインが送られてきたんだって。一足す三足す五だったんで、ジミーさんは握った両手の指をたし算するため、一、三、五と開いていったので、バットをポロリと落としてしまったんだって」

四十九　地　震　五十川

平成七年は電子工学科の学科長をやらされることになったからであるが、四月始めから途端に送られてくる書類の山と頻繁な電話で全く息をつく暇もないほどである。

私にとっては何度目かのことで経験があるからそうでもないが、秘書の金子さんは突然の変化に驚き呆れているようである。それにしても前回と比較にならぬほどなのは平成八年四月からの大学院重点化に向けて大量の申請書類の作成が必要になったからもあるのだろう。そんなわけで遅くまで大学に残っていたところに旧知の生方さんの所の五十川さんがひょこっと顔を出され、廊下でバッタリと出会った。

「先生、お久しぶりです。本当に先生のおっしゃる通りになりましたですね。本当にびっくりしました。西宮の親戚にも電話ですぐに話しました。〝阪大の電子の先生がおっしゃってました。近いうちに必ず大きな地震が近くで起こるって。電子の研究だけで、まさか地震の研究までやられているとは思わなかったです〟って」

「そうですか。すっかり忘れてて、誰に話したのかなと思ったけど思い出せなかったけど、五十川さんに話してたんですね」

「そうです。一月の初め頃、生方さんと一緒におじゃました時に話されました。車の中で」

仕事で大学に来て帰りがけのお二人にバッタリ出会って駅まで車に便乗させてもらった時、私がいつものように独断から断定的な話をしたのである。

「思いだしました。そうだ、私が予言していたことを五十川さんから学生さん達にも証明しておいて貰おう。良いですね」

夕食時分であるから、集まってお茶を飲みながら談笑している研究室の学生さんの中に入って早速話してもらった。

「五十川さんが僕の予言を証明してくれますから、今から」

「ほんまにびっくりしましました。先生の予言通りでした。あれ丁度残り戎の日ですから今年の一月十一日ですけど、帰りがけに車の中で先生がおっしゃったんです。〝この前十一月の中頃、ドーンと一発突き上げるような地震があって、このビルが一瞬崩壊するかと思いましたよ。そんなのが二回もあったし、その後もう少し西の猪名川の方で群発地震が続いているみたいだから、必ず近日中に近くで大地震があるに違いない〟こうおっしゃったんですよ。〝どこで起きますか〟、と云ったら、〝多分、西、それも近くの筈です〟、とはっきり言われました。それから五日後の十六日早朝でしたでしょう、あの阪神大震災は、聞いたばっかりだったから、直後に思いましたよ。〝先生のおっしゃった通りだ〟と。先生電子の研究ばっかりやられていると思ってたのに、地震まで分かるんか、と本当に驚きました。すぐに被害にあった西宮の親戚に電話した時にそのことを話しましたから、そっちの人も知ってます」

「というわけなんや。確かに云ってたけど、誰に話したのか忘れてたんや。今日思い出したわけ。五十川さんと生方さん。それに地震の二、三日前、おかしいおかしいと大騒ぎしてたでしょう、私が。〝部屋のドアがずっと振動している。何かおかしい〟って。誰かこの中で憶えている人いる」

博士課程の森武洋君がすぐに答えた。

「そうです。先生、二日前、〝おかしい、おかしい、揺れてる。皆んな、分からんか〟とおっしゃって、ここの暖房機や実験室のモーターなんか全部止めて、〝これでも振動が止まらん、絶対におかしい〟と云われてました」

ともかく、これでも私が地震を予知していたらしいということを学生さんが信じたのかどうか分からないが、多少とも頷いた学生がいたのも事実である。もっとも、こんなのは学問的には予知でも何でもなくて私が単に物事に多少敏感ということだけなのかも知れない。

誰かが云った。

「先生の部屋、もの凄く不安定と云うことかも知れませんね。不安定だから地震予知には一番かも知れませんね」

「まあ、そうかも知れない。とにかく、この建物、万国博の時期に建てられたから、今の基準からみると多分予算不足で欠陥建築物と云うことかも知れんね。なんか今日は誉められた気もするけど、要するに僕が野生動物に近いと云うことかも知れんね。鯰（なまず）に一番近いと云うことか」

子供の頃の私をよく知ってる友達や近所の人には云われそうである。〝川や宍道湖で子供の頃、余んまりたくさん鯰をとったので、鯰の精が乗り移ってるんじゃないの〟。

五十　文明の利器　2 電話

例年なら盆をはさんで数日の休暇をとるのであるが、この平成七年度は電子工学科長をやらされているので殆ど休みがとれない。まわりの人達は、〝大学の先生らしいのに、なんでこんな暑い夏休みの最中も、毎日汗をかきながら重そうな鞄を持って学校へ行ってるんだろう〟と不思議そうに観察しているようである。

確かに学生さんは休みであるが、大学での研究は夏休み中もやってるし、大学院の学生さんも来てる。しかも、八月末の大学院入試に備えての雑務が多く、それに学生さんの就職の世話もこの時期になるのである。

そもそも〝七月頃まで、就職を目的に会社を訪問してはいけません〟などという通達が公的ルートで教官にも学生にも伝えられているし、企業の方も〝七月か八月頃までは電気系に対しては採用活動は自粛しよう〟などという約束がなされているようである。いわゆる就職協定である。しかし、実際にはどうかというと、マスコミの報道なんかからもわかるように、大学、学部、学科にもよるが、私学や地方の大学の一部で早いところでは、三月頃から動き始めて、四月、五月には内定しているなどということを聞く。〝まだ決まっていない学生が何社も会社を廻ってますが、今年は特に大変なようです〟などというニュースが七、八月に流れたりする。

ところが、不思議というか、馬鹿正直というか、阪大の電気系学科では就職の世話を規定通り七月頃から始める。阪大だけでなく、旧帝大系の電気系はそのようである。協定が九月開始だった数年前は、九月から始めたくらいなのである。実情は他学部、他学科、比較的新しい国公立大、私立大などでは、遙かに以前から動き始め、この時期はもうかなり結論が出ているようなのである。我々がこんなにのんびりやってこれたのは、電気系の学生は比較的いろんな分野で必要とされるだけに受け入れ口が多いのと、企業側もあそこはスタートが遅い、規定通りだ、と知っていて対応してもらえるからである。

ところが、この平成七年は事情が一寸違った。何しろ、とんでもない円高で殆どの企業が急激に苦しい状態に追い込まれてきたのである。いずれの企業も問い合わせに対して

〝今年は人数を減らして精選主義でやらしてもらっています〟

という返事である。それでも、純民間企業は窓口をちゃんと開けて七月でも待っていてくれておりフェアである。ところが、意外なことに、もともと税金もつぎ込んでいたと思われるような、今もって公的企業と思い込みそうなところや、もっとも公正で社会の正義のような顔をしているマスコミ関係のところがとんでもないのである。こちらも大体見当はついている。

次のような対応になるのである。

「今年、貴社を希望している学生がいますけれど、まだ門戸は開けておられますか」

「申し訳ありません、実は、今年はもう予定人数は全部決めました。受けていただいてもいいですけど、難しいかも知れません」

「本当は就職協定ではこれからしか採用できない筈ですね」

「はい、分かっていますが、すみません」

この人は正直な人である。それでもけしからん限りである。中にはそんなことを知らずに真面目に受けて、落とされる学生もいるだろう。そんな企業の方も早いもの食いで、貴重な玉を逃がした可能性もある。やがては業績に反映するかも知れない。それに、こんな企業には断じて学生を推薦したくない。

就職協定があることが正しいかどうかは別にして、それがあって、それを守るように云われている。そのことを紙面や、ラジオ、テレビで報道するなら、〝守れ〟と云いたいし、守らないようなら、〝報道するな〟と云いたい。

大学は公的には就職協定を絶対守るように、と通知している。だから、事務部からは学生の成績証明書や卒業見込み証明書は、七月一日まで、就職に関連する可能性があるとみると絶対に交付しない。皆んなが早くから就職について手を打たねば手遅れとなって大変だとわかりきっていながら、あくまで門切り方の対応しかしない。わざわざ念を押して、掲示、ビラ、本人宛の交付文書で、何度も何度も〝協定を遵守せよ〟という通知を徹底的にしようとしているのが、なんともわざとらしい。これに比べると弁慶、富樫の勧進帳の対応は立派である。こんなことがあっても阪大の電気系は全く問題ないが、他学部、特に文科系学部のことを考えると、こんな紋切り型の対応はけしからん限りである。

前置きが長くなるのが私の話の悪いところである。肝心なのは何の話しだったのか聞き手もわからなくなるだろうし、また、自身も何を話したかったのか忘れてしまうことさえある。ともかく、そんなわけで、七月から就職のことで学生との面談や実際の世話を始めるものだから、学科長の私にとっては七、八月が一番忙しいのである。もちろん、八月頃から会社訪問をして面接などを受けても合格通知が来るわけでないが、それでもあとで企業で対応される方々と電話で話していると、うまくいくかどうかの大体の感触はつかめる。だから、これを学生にも伝えてやるわけである。ところが、私と連絡がつかなかった学生さんは、折角の夏休みもおちおち楽しんでばかりもおられないことになるので、連日学生さんが部屋へ相談に来たり電話で話したりで、かなりの時間を費やす。

この年、某電力会社を一人の学生が受験した。試験面接が八月に入ってからであり、就職協定遵守の立派な会社である。どこの企業もほぼ協定を守っていたので対応が遅かったが、ここが一番遅かったので、地方出身の学生さんも安心して夏休みに帰省はできそうにもないように思われた。私とて同じである。会社との電話のやり取りで、どうやら感触良好、首尾も良さそうであるので、早く伝えて本人を喜ばせ、私も安心してこの件は一段落させたかったのである。そこで盆の直前というよりも、もう盆にかかっていたが、下宿に電話を入れる。学生の喜ぶ声を聞くのは嬉しいし、本人も気分良く田舎に、お墓参りに、報告に帰れる筈である。

「もし、もし、○○さんですか。」

と云い出しかけると、こちらを無視して向こうから話しかけてくる。

「・・・・・ただいま留守をしております。ピッとなったらご用件を・・・・・」

なんだ留守番電話である。ピッと鳴って用件を云うどころか、留守電とわかった途端ガチャンと受話器を置く。

無性に腹がたって仕様がない。こちらから願いごとのある時はそうでもないが、こちらが好意で何かをやろうとする時なんか、急にバカバカしくなってくる。周りの人に聞くと、私だけでなく殆どの人が同じ意見である。それでもこの日は気を取り直した。確か、帰省先の電話番号も分かっている筈である。六月頃に、電子工学科の四年生、大学院修士二年生全員の連絡先、帰省先を申告してもらっていたのである。すぐに番号がわかって、早速、電話をかける。

「もし、もし・・・・・」

話しかけると、すぐに応対があった。

「こちらは・・・・です。ただいま留守をしております。ご用件の方はピッと鳴ったら・・・・・」

ムカッと腹が立ったのは云うまでもない。再び〝ガチャン〟である。

親子だからか声まで似ている。

留守番電話は確かに文明の利器であろうが、これでは本当にいいのかどうかわからない。もっと人にやさしい対応が必要に思えてならない。もっとも、こんなことでムカッとなるようでは人間ができていない証拠で、むしろ人間自身をもっと人間らしく変えた方が早道かも知れない。

こんな話しを誰かにしたら、すぐに教えてくれた。

「先生、この頃もっと進歩した対話型のがありますよ」

対話型というのがどんなものか知らないが、こちらが話し終わるのを待って電話の向こう側で

〝ただいま留守にしております・・・〟

と始まるのかも知れない。そうすれば私のように〝ガチャッン〟と切る前にこちらの名前を云っているので、改めて受け手が後から鄭重に電話をかけることができる、というのだろう。

しかし、これも良し悪しで、会話の途中で対話型の留守電ということがわかったら、もっと腹が立つに違いない。

大体、世の中にはとんでもないのがいるものである。私の知っているある人なんかは、自分のペースが乱されないように電話はいつも留守電にしておくそうである。一旦、すべてを留守電に入れておいて、改めてこちらの都合のいい時にかけ直すそうである。けしからん話しである。それに、ややこしい話しがあるらしい人からの留守電が入っておれば、こちらからかける前にある程度考えを固めてからかけ直せると云っていた。これなんかは留守電というよりも居留守電である。

こんな輩もいることを知っているばかりに、どんなに説明を受けても、どうも商売人でもなく、人間も小さな私は、留守電にはいつも〝ガチャン〟である。文明の利器も使うのは人間、やっぱり、人と人とが直接接するやさしさが肝

要のような気がする。

　もっとも、〝文明の利器も、ハサミと同じで使いよう〟ということかも知れない。

五十一　土産品（みやげ）

　八月十一日夜の松江高等学校の同窓会に出席して、翌日お墓参りを済ませ、母の元気を確認してすぐに帰阪。学科長をやらされている平成七年はゆっくり盆休みもとれないが、わずか数日の帰省でも本能的にお土産（おみやげ）買をしてしまう。どうもこれをしないと何となく気が落ちつかないのである。

　どうせ学生さんも職員もあまりたくさんは来ていないだろうのに〝栃餅（とちもち）のお菓子〟に、〝どじょうすくい饅頭〟、〝鰻パイ〟、〝若草〟とついたくさん買い込んでしまう。出雲地方、松江のお菓子はお茶にぴったりでとても美味しいのである。

　案の定、十三日、十四日、十五日は大学の研究室に来ているのは少人数であるが、大事な電話や書類、期日の迫った要件がたくさん入ってくる。盆といってもこの頃は普段と同じように勤務している人がずいぶん多いのである。

　十五日の午後、長崎に帰っていた修士二年の吉田君が顔を出す、土産品を持って。何しろ北海道から九州まで全国からの学生さんが研究室に来ているので、帰省して帰って来る学生さんのお土産のお菓子が結構いろいろで楽しみなのである。

　吉田君の持ってきたのは〝麻花兒（マファル）〟に〝金銭餅（キンセンピン）〟なる中国風のお菓子である。同じものは昨年も持ってきてくれていたが、特に、麦の粉を練って太いひも状にしてねじった上、より合わせ、油で揚げたように思える麻花兒は、その味、歯触り、歯ごたえといい私の大好物でやみつきになりそうである。今年は手作りの唐菓子と書いたパンフレットもついていたが、どうやら蘇州村なる長崎の飲茶・ちゃんぽんの店の作らしい。

この中に面白いことが書かれてあった。一つは日本人好みで作られた最初の唐菓子が〝花林糖（カリントウ）〟だったらしいということ。もう一つ書かれていたのは〝麻花兒がソウメンのルーツであることは余り知られていません〟ということである。ソウメン（素麵）は何となくお寺で僧侶が食したような感じがしていたので、ルーツは恐らくラーメンの仲間で中国だろうということは察しがついていた。もしかしたらソウメンはその形からして草麵かも知れないしれないと思っていた。それにしても、この麻花兒と比べてみると、その形、色、歯ごたえからして、およそソウメンとつながらない。もし、たとえソウメンのルーツが麻花兒であるとしても、これだけ全く異なっているのだから、ソウメンはむしろ日本へ来てからの大発明と云った方がいいと思える。ソウメンがオリジナルな食品といってもいいと思えるのは、冷やしソウメンに至っては全くイメージも異なってしまうし、まして中国でお湯ならともかく水につけた麵を食べるとは思われない。

サイエンス、科学の世界で、しばしば日本人はオリジナリティがないと批判されたりすることがある。しかし、日本人自身がなんでもかんでも、何につけても、何か日本以外に、外に古い起源があるとして有り難がる、と云うか安心するようなところもあって、私自身そういう話しに納得がいかないことがある。日本で古くからあるもの、行われていることであっても、中国や韓国、更には東南アジアに少し似たものがあると、すぐに、そこから伝来したものとして説明したがるところがある。これなどは、そういう説明をすることによって、飯を食べている人、顔を売っている人、学者がいて、鵜の目、鷹の目でそんな話を探して、時には屁理屈をつけたりすることもあるからである。しかも、それが有り難いことのように宣伝する、何というか、外来崇拝者というか、舶来主義者というか、外来至上主義者というか、日本卑下主義者というか、そんな学者とそれに寄り添っているマスコミがあるからと思えることもある。日本にオリジナルがある筈がない、あって欲しくないというとんでもない思いが根底にありそうである。逆に、諸外国は、何でも自国にオリジナルがあるように宣伝するようなところがある。日本人も、もっともっと自信を持って客観的に考え、云うべきことは云うべきである。

どう考えても日本人の好味（このみ）の味で、しかも日本の風土、気候に適していると思われるものが、知らぬ間にどっかの国で大昔から食べられていたもので、その国のオリジナルであると説明を受けて貰うことがある。その国から来た別の友人に聞いてみると、〃そんなこと聞いたことがない、それ最近出だしたもので、日本のものをまねて少し味付けを変えて作ったものの筈ですよ〃という答えが返ってくることがある。こんなことでも数十年も云い続けているとその国のオリジナルと信じられてしまうのである。

世の中、全くヒントなしで新しいことがやられるケースは歴史的に見ても案外少ない。無いように見えても、大抵の大発見、大発明も先行する何かがヒントとなってることが多い。日本人にも案外結構アイデアがあってオリジナリティを発揮していると思えるから、もっともっと自信を持っていい筈である。

土産物や観光地、都市の宣伝も、○○のXX（東洋のXXなど）、◎◎銀座、△△から伝わったとか、□□に起源があるとか、不必要にやたらと人や他所のものや名前を借りたりして権威ずけ、イメージアップをやろうとしない方がいいような気もする。もちろん、オリジナルと称しているもの以下というイメージになるし、云った当人もそれを認めたということになる。本当はオリジナルと称されるものを見たり、現地に赴いてみて、たいしたことはないと少しがっかりして、これならXXの方が遙かに良いと思うことも多い。

〃虎の威を借りる〃じゃなかろうが、〃借り物もほどほどに〃と云いたいし、〃借り物を俺のものだ〃と云うのはいけないが、もっともっと自らに自信を持ちたいものである。何であっても、良く見れば夫々に固有の良さ、味わいがあるものである。

〃俺の物は俺の物、お前の物も俺の物〃ではいけないが、〃お前の物はお前の物、俺の物もお前の物〃では仏様や仙人じゃあるまいし必ず破綻がくる。〃俺の物は俺の物、お前の物はお前の物〃に徹するのが凡人には一番のように思う。

五十二　天神橋筋

　昼食は一時前にとることにしている。何しろ、十二時から一時の間は講義が終わって食事に来る学生で食堂が一杯なのである。この日もトレーに豚カツ定食をのせて、テーブルにつき、さあ食べようと顔を上げると、ニコニコ笑ってこちらを見ている人がいる。低温センターの脇坂さんである。

　大阪大学吹田キャンパスの低温センターには脇坂さんと牧山さんの二人の技官さんがいるが、液体ヘリウムを使って研究をやっている私の研究室はずいぶんお世話になっているのである。

「先生、いいですか、ここに座らせて貰って」

「どうぞ、どうぞ、久し振りですね」

「この前、先生の近くに行ってきました。島根はいいところですね」

「そうでしょう。そうか、脇坂さんの奥さんも島根県でしたね。確か、僕の玉造より少し西でしたね」

「そうです。太田のあたりです。一緒に帰ってきました」

「島根はいいでしょう。それに島根の女性もいいでしょう」

「そうですね」

　ニコニコ笑っている。

「脇坂さん自身はどこの出身でしたかな」

「僕は滋賀県です、生まれたのは。それから大阪に来て大阪で育っています」

「大阪は長柄のあたりと云ってましたね」

「そうです」

「僕も通勤で、天満で下りて阪急に乗りますから、天満から、長柄あたりのこと良く知ってますけど、昔と変わりましたの」

「大分変わりましたが、余り変わらないところもありますけど」

「あの辺、結構古くからの所でしょう。脇坂さんならいろいろ知っていますでしょう、いろんなこと教えてください
ね」

「はい、昔の阪急の天六の駅、知ってられます」

「知ってます。今、三共ストアかなんかになっているところですね」

「そうです。昔、その阪急ビルはハチキンと云ってました。名前昔から面白いんですよ。天神橋通りは十丁目筋でし
ょう、それから赤川の鉄橋は十八間橋と云ってましたね」

「そうですか、食べ物屋もいろいろありますでしょう」

「そうです、結構美味しい所がいろいろありますよ。また、先生一緒に行きましょう」

「どんな所がありますか、たとえば」

「たとえば、めし屋ですと与太郎、上川屋、鰻の天五屋、天五屋は深夜から朝までやってて売り切れたら閉めます。

寿司の奴や春駒、寿司屋はいっぱいあります。その他いろいろありますよ」

「楽しそうですね。またご一緒しましょう」

どうやら、天満市場の中の〝おたやん〟なるお婆さんがやっている飯（めし）屋さん〝お多福〟だけはご存じない
ようである。ここだけは私が案内できそうである。

私の良く当たる直感で云うと、天満から長柄にかけては下町であるが、相当古い土地であり、調べれば結構由緒の
あるものが出てきそうである。何しろ、長柄国分寺があるから、奈良時代より相当前から開けていた可能性がある。

それに、掘り出し物、美味しい物、美味しい店もいろいろありそうだし、人間もいろんな人がいそうで、中にはとて
つもなく面白い人もいるかも知れない。

どんな所も、その気になってよく見てみると興味深いこと、面白いことが、いろいろあって興味尽きないものである。そのうちに、天満から長柄にかけてもっとよく見たいと思っている。

思い出してみると、長柄の近くでは、天六の大ガス爆発というのがあり、百人を超す多数の犠牲者がでたことがある。都島方面への地下鉄工事現場でガス漏れに引火し起こった大爆発である。私が休暇で田舎に帰っていた時に起こったのだが、確か、〝長柄のあたりに久光君が住んでいた筈だ〟と心配したことを憶えているので、彼が修士課程の頃とすると恐らく昭和四十五年か四十六年頃のことである。

数日後、大学で出会った無事だった久光君に聞いた話は生々しいものだった。彼の話をおぼろげにしか思い出せないので、不確かだが、最初、消防車か何かが燃えているということで、地下鉄工事現場の所に見に行ったそうである。黒山の人だかりだったので、後ろの方から見ていると、突然、目の前で大爆発が起こったそうである。とてつもない爆発の轟音の瞬間、目の前の道路に巨大な穴が突如開き、自分の前に立っていた人達が、その穴にアッという間に転落してしまった。自分は必死に走って逃げたが、上から石やコンクリート片、金属などいろいろなものがバラバラ降ってくるので、逃げ切れずに、近くのガレージに飛び込んだ、と話していたように思う。ともかく、自分が無事だったのが不思議だったと云っていたが、とてつもない事故だったのである。

不思議なもので、この天六の大ガス爆発の事後処理に携わっていたのが、大学での同級生、大阪ガス(株)の峠達男君、その後友人となった松村雄次さんであった。本当に不思議なものである。

そのうち、天満から長柄あたりに、私の友人、直接、間接に関わりのある人がずいぶんたくさんおられて、ばったり出会いそうな気がしてきた。天神橋筋の商店街から一歩裏に入った露地あたりにさえ、縁のある方が出てきそうでえある。

そんな思いがだんだん強くなって、電車の乗り継ぎでＪＲ天満から地下鉄扇町や天六駅へ最短距離の道をとるのでなく、時々、入り組んだ露地をあっちに曲がり、こっちに曲がりで、結構、長い距離を歩くようになってしまっていることの頃である。

おかげで、これは健康にもいいんだと、万歩計の読みが一万歩を越えるのを確認して自己満足している私である。

こんなこともあって、この頃、本や雑誌の自己紹介の欄に、趣味として従来の〝里歩き〟に〝露地歩き〟が加わっている。

五十三　かずのこ

平成八年度の電気情報関連学会関西支部連合大会が立命館大学草津キャンパスで例年の通り十一月末の連休、二十三日、二十四日に開かれた。快晴で絶好の行楽日よりだったので、〝こんな紅葉の一番いい連休にやらんでもいいのに〟と一年前と同じ思いで出席した。休日に学会を開くのは、できるだけ経費を安くあげるため、授業がない日を選んで大学を借用しているからであることは、時々、学会を開く側にまわることもあって百も承知しているがやっぱり面白くない。〝皆んなも同じ思いに違いない〟と、変な話しであるが人にも同情してしまう。

初日の夜には必ず懇親会があるので、できるかぎり出席することにしている。近くにいながらも滅多に会えない他大学の先生、企業の方々、友人、かつての学生さんに会えて親しく話せるまたとない機会ともなるからである。だから懇親会と云っても、意外に食べたり飲んだりはしていないようである。もっとも、それは私自身が年をとったせいなのかも知れない。

この日の参加者の中に電気学会の本部からの招待者として小林道夫専務理事がおられたので、懇親会のあと関西電力総合技術研究所林幹朗所長、京都大学奥村浩士教授と一緒に琵琶湖の見える所で夕食をとることになった。遠路の小林さんを労うためであるが、林さんは電気学会の監査役、奥村さんは電気学会関西支部長、私は電気学会副会長であり、小林さんには日頃からお世話になっているのである。

　このようなタイプも性格も経歴も異なる者が四人も集まると必ず面白い話しが飛び出す。酒が入ると尚更である。

　話しは、琵琶湖名産の鮒ずしを注文したことから始まった。鮒ずしというのは琵琶湖名産のニゴロ鮒を米と一緒に漬け込み、発酵させたものである。鮨の起源とも云われているようであるが、何しろすえたような、かなり強烈な臭いがして、特に口にほおばった時それが口いっぱいに広がるものだから、よう食べきれない人が多い代物である。ところが、当の私はこれが好物の一つなのである。新潟生れで東京に住んでいるという小林さん以外の関西住まいの三人は、もちろん食べたことがある。

「鮒ずしというのはどんなんですか」

「口に合うかどうかわかりませんが、昔からある滋賀県で有名なものですから、一度試してみられたらどうですか」

　返答からすると、大津住いでありながら林さんは余り好きでもなさそうである。

「小林さん、関東で食べる〝くさや〟の干物と同じようなもので凄い臭いがするんですが、慣れると結構美味しいもんですよ。私は大好きです。〝くさや〟も美味しいですけど、あの臭いだけはなかなか慣れることできませんね。鮒ずしの臭いは一寸違ってますね。〝くさや〟は干物で臭いも干いていますけど、鮒ずしはジトッと湿った臭いですね。口に入った時にそれを感じます。〝くさや〟を焼いた時ほどそこら中に臭いがたちこめはしませんけど、とにかくこれも凄い臭いですよ」

　三井東圧化学(株)から来ていた東京出身の杉本隆一さんに貰ったのが最初で、それを家に持って帰って焼いた〝くさや〟の干物の臭いに家族みんなから総スカンをくったうえ、犬のポチまで不思議そうに臭いをかいでいたのを、十年以上もたつのに明瞭に憶えている。

　この日出された鮒ずしはずいぶん薄く輪切りにされて皿に十切れくらいがのっている。それにこの鮒の頭を潰して擦って、そのまま丸めたものも、これも鮒ずしに使われたらしい糀（こうじ）の丸めたものと一緒に添えられている。

「ずいぶん、上手に薄く切ってありますね。昔は丸ごと一匹輪切りにしたものが出て、発酵した米つぶがべったりといっぱいのってましたね。今は少量を上品にして出されてますね。これで高価でしょうね」

「そら、吉野先生、今は高級品ですからね」

林さんの一言に奥村さんが口を添える。

「吉野先生、今はもの凄い貴重品だから、一匹丸ごとだったら凄い値段ですよ」

「私も大島、伊豆大島のほうですけど、そこへ行って〝くさや〟食べてますから、好きなんです。臭いも大丈夫です」

小林さんはあくまで控え目である。

「鮒ずしはもともと保存食で大衆食用だったんでしょうね。多分、昔はそんなに高いもんじゃなかったんでしょう。確か、琵琶湖のニゴロ鮒を使ってますね。このニゴロ鮒が減ってきたんじゃないですか」

私の単純な質問に、林さんと奥村さんからていねいに答えが返ってくる。

「そうです。滋賀では海の魚が手に入りにくいから、琵琶湖の鮒を冬場の保存食用にしてたものですよ。昔は一軒一軒鮒ずしを漬ける樽があって、家毎に伝わってる味が違ってたそうですよ。今はその伝統を引き継ぐ人がいなくなって、だんだん味が伝わらなくなってるみたいですね。家に樽があっても、家で漬けるんじゃなくて、専門の業者が来て漬けていくんで、どこの家も同じ味だそうですよ。うちの森井さん、社長してた森井（清二）さんが滋賀支店長をしてたことがあって、近くの人から自家製の凄い臭いのをいっぱい貰われたことがあるそうですよ。家でよう食べ切れんからしばらく置いてたけど、放っとくの勿体ないんで近所の人にあげたら、後で〝もの凄く美味しかった〟ってずいぶん喜ばれたそうですよ。好きな人は好きなんですな」

「鮒もだんだんとれなくなるだろうし、作り方も伝わらんようになって、手に入らんようになってくると稀少価値が出だして値段もどんどん上って、大衆品が高級品に変るんでしょうね。そんなもんがこの頃いっぱいありますね」

「かず（数）の子もそうですよ。昔は鰊（にしん）がなんぼでもとれたからその卵の数の子も安かったんですな。親の鰊なんか田圃（たんぼ）にいっぱい立てられてましたな」

「あれ、奥村さん、鰊が田圃にまかれて肥やしにされてたと聞いたことはあるけど、立てられてたんですか。本当ですか。横に転がってるんじゃないですか」

「そうですよ。干されてコチコチになった鰊が田圃一面に刺されて立ってたんですな」

「なんで、撒かずに、わざわざ手間かけて刺したんですの」

「立ておいて下から順にゆっくり肥やしになるようにしたんじゃないですか」

「北海道の小樽なんかに、鰊御殿がございますね。あれもどんどん肥料用に鰊を出して儲けたんですね。とてつもない量とれたんですね」

「そうですか。あれは数の子で儲けたんじゃなくて、肥料で儲けたんですか」

「そうですよ。そこら中の田圃の肥やしに、鰊がた立てられたんですな。それで、数の子を正月に食べるんですな、〝親は田圃に立てられてるけど、子は正月に飾られてる〟って。親がいい加減でも子供が立派になるちゅうんでめでたいんですな」

「えっ、正月に数の子食べるのはそんな理由ですか。僕は〝数の子のようにたくさん子供ができて家が栄えますように〟という意味かと思ってました。そうですか、初めて聞きました。面白いですね、林さんも小林さんも知っとられましたか」

「いえ、初めて聞きました」

「奥村さん、京都生れですか」

「そうです。京都で生れましたが、滋賀に移りましたけど」

小林さんが新潟、林さんが尼崎、私が山陰の出雲地方の生れだから、〝親は肥やしで子は宝〟は、もしかして京都、滋賀のあたりでの解釈かも知れないし、かなり昔の解釈かも知れない。〝数の子は子孫繁栄〟と信じて疑ったことなど全くなかった私の常識を揺さぶってくれ、私にとっては正しいかどうかは別にして新鮮であった。

こんな面白い出会いと驚きがあるから懇親会はやめられない、とあらためて自分に云い聞かす私である。

追記

伝統の味が消えていくのは何も鮒寿司に限ることではなく全国的である。地域、家庭によっていろいろな形、味の少しずつ違ったものがあったものが特定の人や地域の人が作るものに限られたものになってしまうのである。出雲の田舎にもそんなものがあった。私の大好物の鯖の塩辛である。日本海でとれる鯖をぶつ切りしたものと塩を交互に重ねて壷の中に詰めていき、これを発酵させたものである。これを葱や茄子などと一緒にすき焼きのように鍋で煮て食べるととても美味しいのである。鯖は形を保っているのである。もちろんこれを長期間おいておけば発酵が進んでどろどろになってくるが、これはいわゆる魚醤に近いものと思う。最近はこの形のものが境港で作られて売られているので鯖の塩辛と云えばこんなものと考えられがちであるが、もともともっと多様で、しかも出雲地区いろんな所で作られるものである。

五十四　自　転　車

淡路の味安に着いたのは夜の十時過ぎ。昼の時間に会議があるということで、十二時前に学生食堂で昼食を慌ててかき込んでからずいぶんたっているので腹はペコペコ。久しぶりの焼き肉、野菜の漬け物の盛り合わせ、ナムル、ワカメスープに水洗いキムチですっかり満足である。やっと一息するのを待っていたかのように奥さんの高山裕子さんが、金網を洗いながら話しかけられる。

「先生、領二が帰ってきてますでしょう。毎日体を鍛えるって、淀川の堤防を走ってるんですけど、昨日、領二らしいことがあったんです」

次男の領二君は英国オックスフォードの高等学校に留学中であるが、休暇で帰って来ている間、体を鍛えるためということで淀川の堤防を日課として走っているようなのである。何しろ身長百八十七センチという長身で、運動神経も発達しているから、じっとしておられないのだろう。以前なら、長男の領君と格闘技と称して家の中で取っ組み合いをやっていたようであるが、領君も韓国の大学に留学して不在であるから、取っ組み合い手がいないのであろう。領君は〝子供に道場をひらいて柔道なんか格闘技を教えたい〟と云っていたし、領二君は〝皆んなに夢を与えるような仕事をしたい。プロレスなんかもいい〟と云っていたから本質的に格闘技好きのようである。領君も六尺（百八十二センチ）以上の大男で柔道の有段者である。こんな大男が家の中で組んずほぐれつをやったのでは家はたまったものではなかろうから、淀川の堤防のランニングは大歓迎なのだろう。実は、高山さんご自身も友人と毎朝淀川を一時間近くも散歩されているということだから、淀川家族なのだろう。

「そうですか、領二君も淀川を走っているんですか、そりゃあいいですね、健康にも良いし、気持ちも爽やかになりますね。私も大学院の学生の頃、淀川の対岸の今市、今の太子橋の近くに五年間ほど住んでいましたから、淀川が大好きなんですよ」

もっとも、淡路駅近くの領二君の自宅から淀川まではゆうに一キロ以上はあるのである。

「領二、淀川をランニングしてたら草むらに自転車が有るんですって。〝見たような自転車だなあ〟と思ったようですが、そのままランニングして一回りして来たようなんです」

恐らく淀川に架かるＪＲの赤川の鉄橋の横の板張りの小さな道を渡って対岸を走り、百円橋（通称）、或いは少し上流の太子橋または鳥飼大橋を渡って一回りしたんだろう。

「汗びっしょりになって一回りして帰ってきて、一寸気になったのでもう一度さっきの所へ行ったら、まだ自転車があったんですって。それで、よく見ると何と見覚えがあるどころか、妹の慶子の自転車だったんですって。盗られて、こんな所まで乗り逃げされてたんかと思って、担いで帰って来たんです」

最近、駅前などに放置されている自転車が時折わからなくなるようであるが、大抵は不法駐輪ということで大阪市がどっかに運んで保管しているのである。もちろん、印鑑を持って取りに行って、手数料か、保管料を払えば返してくれる。ところが、そうじゃなくて、結構、本当の盗難も多いようである。それも駅前じゃなくて、自宅の玄関前に置いてあるのまでも盗られるようである。

領二君が担いで帰ってきたところを見ると鍵が掛かっていたのであろう。力持ちの領二君であっても結構な距離だから重かったに決まっている。

「領二が汗びしょになって帰って来て云うんです。〃只今、お母さん、慶子の自転車が淀川にほったらかされていたから取り返して担いで持って帰って来たよ。酷いのがおるんや。慶子に盗られんように気を付けるように云っといて〃。領二が自転車を見つけて、腹がたつのと、見つかって嬉しいのと両方の気持ちで、汗びしょになって頑張って担いで帰って来たんです。分かりますでしょう領二のこと」

「よく分かります。さすが領二君ですね」

「そしてたら、暫くして、そっと戸を開けて慶子が帰って来たんです。これも汗をかきながら。それで云うんです。〃お母さん、酷いわ、自転車盗まれた〃、〃盗まれた自転車、領二がちゃんと見つけて持って帰って来てますよ。どこで盗まれたの〃、〃淀川に乗って行って、置いといてランニングして帰って来たらなくなってた〃、〃あれ、そうか、俺、淀川で見つけて担いで持って帰って来たんや。重かったんで〃、〃お兄ちゃんの馬鹿〃可哀想だったけど、おかしかったです」

全て明瞭。何と慶子さんもランニングに行っていたのである。盗まれて放置されてたのでなくて、置いていたのである。

そうか、皆んなが淀川家族だったのである。

ほのぼの家族の、私にとってはたまらなく楽しい話しである。めでたし、めでたし。

五十五　病　　気　　1 風邪

パッと目が開いた途端、反射的に時計を見る。いつもの通り六時一寸前であるが、どうも布団から出にくい。〝もう少しだけ〟と待っていると、ほどなく、どっかの幼稚園か教会の鐘のメロディが、こだましながらそこいら中に響きわたる。鐘の音からすると晴天のようであるが、体調は快晴ではなさそうである。どうも風邪を引きそうな予感がするのである。

私の場合、いつも鼻の奥の喉と繋がったあたりの、少しだけ詰まりかけのような、こそばいような、大阪弁か岸和田弁で、いがらいと云ったらいいのか何か妙な、いやな感触から始まる。この段階でうまく対応しないと本格的におかしくなって風邪をひいてしまい、一連の風邪に特有の症状、喉の痛み、鼻の炎症、発熱を経て治るのに一週間以上はかかってしまう。ところが、うまく対応するとそのまま治まってしまうのである。

以前は、この鼻の奥と喉の接点の妙な感覚に襲われると、もう風邪を引くものと諦めていたが、最近は一寸要領をつかんだと思っている。要するにチューインガムや梅干、仁丹などを口に含むのである。一番私に適しているのはチューインガムを噛み続けることである。これで唾液がたくさん出て、それを無意識に飲み込んでいるうちにこの不快感が軽くなって、ついに消えてしまい、風邪にまで至らずにすむ確率が五割以上となるのである。歯が少し痛んでからは、粘っこくてひっつくチューインガムより仁丹にお世話になることが多くなった。

この不快感はふと気が付くものであるが、前の晩、仕事から帰ってからの風呂の後などに、一寸、体が冷えたと思われる翌朝や、首の後ろ、頭の付け根のあたりが後ろから冷えた時などの後に始まることが多いように思われる。一種のアレルギーのようなものかも知れない。私にとっては、この鼻の奥のあたりが一番弱点であるため、まずこんな反応が現れるのかも知れないが、もしかすると、風邪そのものが、本来、この鼻の奥当たりから始まるものなのかも知れない。

風邪の原因が何なのか素人にはわかる筈がないが、恐らくウィルスとか細菌と呼ばれるものだろう。子供の頃、何も知らずにバイキンと総称していたものだろうが、これがまず空気と一緒に鼻から入る。入口のパイプ、配管に相当する部分は丈夫にできていて、せいぜい鼻毛がフィルターとなって、ゴミを取り除いたり温度を調節したりする程度の働きをするのであろう。ところが、その奥あたりから微妙な働きをする組織となっていて、この鼻の奥のあたりの組織の細胞にウィルスなんかがまず接触するのだろう。ここがもっと奥の重要な部分を守る一種の防波堤のような役割を演じている可能性がある。とすると、風邪の初期にまずここに異常が感じられて不思議はない。

異常は単にウィルスによって変化が生じただけでなく、積極的に細胞自らが変化してウィルスに対応しようとしているためかもしれない。もっと奥、さらには体全体にウィルスに対する対応態勢をとらせるための役割、そのための信号を発するなどの役割を演じているかも知れない。もしかして、風邪で熱が出たのでなく、むしろ熱をだすことで対応しようとしているのかも知れない。とにかく、体は長い年月を経て誠に巧妙にできあがっているから、外から入ってくる異物、有害物質、敵に対して対応するように自らを変化させる筈である。

この頃、私のような素人の耳にも入るようになった抗体とか免疫とかいうのもこれに対応するものだろう。何年か前に聞いた話では、たとえばヘルペスというのは麻疹（はしか）のウィルスと殆ど同じようなものであり、ほとんど全員が体の中に持っているそうである。ところが、何らかの原因で免疫力が落ちた時に体が負けてヘルペスのウィルスが体の表面に出てきて発症するものだろう、ということであるが、風邪も同じように考えられるかも知れない。風邪のいろんなウィルス、細菌などは常に空気に乗って鼻から入ってきている。通常は何も起こらないが、体力が落ちてる或いは極度に疲れているなどのため体の免疫力が落ちていると、ウィルスに負けて風邪をひいてしまうということかも知れない。ところでヘルペスが顔面に出た時などには、日光に少し当ったが良いと、九州の小関眞理恵さんから聞いたことがある。日光の紫外線で表面にいるヘルペスウィルスが死ぬということかも知れない。

それでは、体が冷えてなぜ風邪をひくか。もしかして、体温が下がると免疫力が落ちるのかも知れない。私のように後頭部と首の接する当たりが冷えるとすぐに鼻の奥のあたりがおかしくなるということが一般的な事実とすると、この部分が冷えることによって、特に鼻の奥と喉の接点当たりの血液かリンパの流れが悪くなって、局所的に急激に免疫力が落ちるのかも知れない。熱が出ることの一つは免疫力を上げるためかも知れない。とすると、安易に解熱剤は飲まない方がいいということかも知れない。

　こんないい加減な勝手な話をしていると、お医者さんに〝無責任なことを云うな〟とこっぴどく叱られるかも知れないが、とにかく、最初に話したチューインガムを噛み、仁丹をなめて唾液を出すような対応をし始めてから、風邪をひく回数がずいぶん減ってきたのは事実である。その後は風邪以外にも有効な筈と、小さな頃、喘息だった次女、香苗と一緒に人混みの中に出るようなことがあると、時々、チューインガムを与えるようにしていた。

　ふと思い出したが、風邪をひいて体調が少し悪くなる頃、口の中に口内炎ができたり、口のまわりに、熱の花と云う人もあるが、小さな〝でき物〟ができたりして、触れると凄く痛かったことがあった。これも風邪をひいたから或いは熱が出たからできたものでないのかも知れない。いつでも口内炎なんかのウィルスが体の中にいるけれど、通常は免疫力で抑えられていたものが、免疫力が落ちたために出てきたものかも知れない。要するに、免疫力が落ちたため風邪もひくし、口内炎もできるということかも知れない。逆に、口内炎ができる時は、免疫力が落ちており風邪を引きやすい状態になっているから気を付けた方が良い、というのが妥当かも知れない。

　ところで、チューインガムの効果は単に唾液が出て喉を潤す、あるいはウィルスを洗い流すという以外に、噛むということでリズミカルな刺激を与えて血液やリンパ液の分泌を促すという効果もあるかも知れない。

　いずれにしても、私のチューインガムや仁丹効果からすると、唾液などで湿らすということの意義は大きい筈である。ということは、三度の食事のほかに、間食を何度もするのが望ましいということになるかも知れない。就寝前にも過ぎない程度にお茶や牛乳を飲むのもいいに違いない。過ぎない程度というのは、過ぎたら眠れなくなるからである。

変な話であるが、風邪のひきかけや風邪を引いた時には、私は家の中でも寝る時でもマスクをするのが好きである。布団の中に入ってまでマスクをするものだから、子供や妻にあきれられるが、私にとってはこれでとても楽なのである。特に、少し微熱が出かけた時など、喉の奥がカラカラに乾いてくるとたまらなく辛くなってくるし、さらに鼻が詰まりかけてくると口からも息をするようになるのでよけい辛い。こんな時、マスクをしていると口の中の乾燥が抑えられるのか、とても楽だし、治りも早いような気がする。時には、お茶をたっぷり飲んでからマスクをして寝たり、枕元にミカンか水を置いて、夜中に目がさめるとこれを食べたり飲んだりしてはまたマスクをするという、妙な寝方をするのが好きである。

もともと、食べるのが大好きな私なんか、本能のままに食べたり飲んだりしてさえいれば、案外、余り酷い風邪をひかないかも知れない。しかし、残念なことに少し太り気味で血圧も高く、将来は糖尿の可能性も遺伝的にあるので、そうも好き勝手はできなさそうである。そんな私のような人間のためにはチューインガムが一番手っ取り早そうである。しかし、私のような人間のためにチューインガム会社は、もっともっと甘さ控え目のチューインガムを作ってほしいものである。案外、チューインガムでなくとも、スルメでもいいかも知れない。これももともと私の大好物であるのでいいことを思いついたと思ったが、やっぱり考えて見ると歯も大分痛んできたから難しいかも知れない。

また気がついたが、風邪をひく頃には歯茎が浮いて困ることがある。もしかすると歯茎の調子が悪くなるのも免疫の低下と関係があるかも知れない。何だか次々といろんなことが連想されるが、どの程度当たってるか一度お医者さんに聞いてみたい気もする。もっとも、〝それは誤りです〟、と云われても容易に信じない方だから聞く必要もなかろう。

いずれにしても、こんなことが気が付くということは、そこそこの年になって体力が落ち始めてるということだろう。

まあ、体力は精神力とも関係しているだろうから、気持ちだけでも若くなった方がいいだろう。そのためには多数の女性に囲まれているのがいいかも知れない。しかし、残念ながら私のいる工学部は殆どが男性。早く工学部も女子学生が五割とは云わないが、せめて一割くらいにはなって欲しいものである。もっとも、私には手遅れで間に合いそうにはないが。

体力、精神力と云えばストレスのことを忘れるわけにはいかない。ともかく、現代社会においてストレスは計り知れない悪影響を及ぼす。本来はストレスとそれに対する人体の応答は、人間が生きるのに重要な意味を持っていた筈である。ところが、現代ではストレスはもしかすると血流やリンパ液の流れ、体内での様々な場所での様々な物質の分泌などに影響を与えることなどが原因となって、体に大変な悪い影響を及ぼしているかも知れない。

従って、ストレスを吹き飛ばすことが一番で、それにはスポーツもいいだろうが、大きな声を出して好きなように大騒ぎをするのもいい筈である。そんなことを考えると、昨今のカラオケブームは一種のストレス解消法としてすこぶるいいのかも知れない。すると、風邪の予防にもカラオケはいい、という話になる。体のためにも、時々、誰かを誘うか、誘われてカラオケ屋に行きましょう、ということになりそうである。

風が吹けば桶屋が儲かるという話があるが、だんだん風邪から始まって桶屋ならぬカラオケ屋と、とんでもないところに話しが行き着きそうであるので、このくらいで妄想はやめて、カラオケにでも行って、すっかり忘れた方が無難のようである。

しかし、恥ずかしがり屋の自分にはカラオケもストレスになるかも知れない。

実は、昭和から平成に変わる少し前の頃、食事の際、何の躊躇いもなく、強く噛みしめた瞬間、歯がバリッと割れたことがある。見かけの通り、顎の力が強いことが災いしたようである。ご飯に混じっていたらしい小さな石粒が奥歯の小さな虫歯の孔に挟ったままで、思い切りよく強烈に噛みしめたためである。これを治しに行った病院で歯を抜かれた頃から、急速に歯が傷み始めた。その後、反省して阪大の歯学部病院に通うことに決めて、友人の和田健教授に治療してもらいだして数年後、和田君に云われた。

「吉野君、君の歯は難しいね。歯そのものは凄く丈夫だし、顎も強いけど、歯並びがもう一つなんで、これ以上治療しにくいな。自分も君と一緒で五十越えてるし、これが専門のもっと若い素晴らしい先生を紹介するよ」

と云って紹介されたのが前田芳信助教授である。

早速予約して、最初にかかって治療を始めていただいた時、云われた。

「吉野先生、歌、ずいぶんお上手でしょう」

「いいえ、うまくありませんが」

「そんなことはありません。この口の中の構造、特に上顎の天井が高いですから、素晴らしい声をされている筈ですよ」

「そうですか」

本当は、〝信じられません〟、と云いたいところだったが、そう云うと先生の見立てを疑っているということになるので、これは控えた。

しかし、後で、考えてみると、もしかして、前田先生は、私の歯から、顔、体の状況を見て、即座に、少しゆったりしてストレスを下げる必要があると判断されて、私が、カラオケに行くきっかけを与えるために云われたような気がしてきた。

さすが、素晴らしい先生である。その直後、前田先生は教授に昇格されたが、当然のことであると、納得し、嬉しくなったのである。

五十六　病　気　2 伝染病

私だけではないだろうが、子供の頃一番嬉しいのは夏休みであった。七月二十日から八月三十一日までの四十日間ほどであるが、学校に行かなくて良いし、魚取り、魚釣りが一日中出来るし、宍道湖で泳げる。一年で一番嬉しい時であったので、七月に入ると待ち遠しくて、待ち遠しくてたまらず、うきうきしていた。大抵、楽しい夏休みが続いて、最後の四、五日になって宿題が残ってることを思い出す。それに、休みが終わるので、少し悲しい気持ちにもなってくるが、その他は全てオーケーである。

ところが、何年かに一度、予期せぬことが起こってくる。魚取りや水泳が禁止されるのである。村の役場から突然流される赤痢発生のニュースは本当にショックであるし、悲しい、腹立たしい知らせなのである。特に、玉湯川の上流の地域である玉造地区や大谷地区で患者が発生すると、下流の私の湯町地区や、川口に近い宍道湖での水泳が禁止されてしまうのである。川筋が違う布志名地区や林地区の場合は魚取りが出来るのでさほどでもないが。

当時は何が元かは知らなかったが、口から入った赤痢菌が繁殖して赤痢に罹ると、これは消化器系の伝染病であり、激しい吐き下しと発熱で、死に至ることも珍しくなかったのでとても怖がられていたのである。この赤痢菌が川の水に混じって、川下に至るということだったのであろう。さすがに川での魚取りは人目に付くし、たとえ取っても家で食べて貰えないのでしなかったが、こっそり宍道湖では泳いだりしたものである。

その頃の感想は、赤痢菌というのは凄い繁殖力で、凄い寿命だなというのが偽らざるところである。しかし、その頃、それでもこっそり泳いでいたのは、次のように考えていたからである。

私達の玉湯村は小さくて人口が少ないから、赤痢患者が滅多に出ないんだが、大阪や、東京など大都会ではもの凄い人口だから、しょっちゅう誰かが赤痢にかかっている可能性があるだろう。そうすれば赤痢患者が出たからということで川や海での水泳なんかを禁止すれば、しょっちゅう禁止になっている筈だが、どうもそうでもなさそうである。

ということは、恐らく、少しくらい泳いだって大丈夫の筈であるという判断で泳いでいたのである。しかし、本当の最大の動機は泳ぎ、魚取りがしたくてたまらなかったということであるのは当たり前である。

赤痢の他、疫痢、チフスなどもあって、もっと怖がられていたようである。しかし、私たちが少し大きくなった頃、ペニシリンなど抗生物質が開発されて死に至ることが減ってきたようである。

しかし、本当に安全になってきたのかどうか、私には良くわからないというのが正直なところである。というのは、その頃から私が大きくなるに連れて、これらの伝染病と関係して、細菌とか、ウィルス、ヴィールスとか、バクテリアなどといろいろな言葉を聞いたが、それらの違いさえ曖昧だったからである。だからまして、抗生物質がなぜ、どう効くかもはっきり分かるわけもなく、何となくまだ不安があるのである。これらの言葉を聞いて、私にはどんな違いのように感じられるかというと、細菌はかなり大きくて普通の顕微鏡で見えるくらいの大きさで、バクテリアが少し小さく電子顕微鏡で見える大きさ、ウィルスはずっと小さいという感覚である。

どうも人間は少し油断しているような気がしてならない。少し専門が違うと全く様子が分からないものだから、私が分からなくて当たり前であろうが、私のいる阪大の医学部でもこんな伝染病などの研究が以前と同じレベルでやられているのだろうか。素人目でも結核関係の町の施設などが減っていることが分かるし、また、エイズや癌、心臓疾患、脳障害などが新しく大問題となっていることからすると、以前からあったこんな伝染病関係の研究室、先生が減ってきているのではという気がする。インフルエンザウィルスの話し以外は余り聞かなくなってきているような気がする。もっとも、私が不勉強だからかも知れないが。

自然がそんなに単純で、病原菌が完全に消滅するなんて考えれない。彼らも、環境変化に対応して、自らを変えながら必死に生きている筈であり、彼らにとっては人間は住みかであり、繁殖の場であり、餌である筈である。どっかで力のバランスが崩れると、抵抗力の落ちている人間はひとたまりもないように思えてならない。

まだ、まだ、油断することなく伝染性の病気の研究、その薬、治療の研究レベルを少なくとも維持して、何が起こっても即座に対応できるような体制、施設、人を残しておいて欲しいものである。

五十七　くんとさん

公務員の勤務形態が週休二日制に移行しつつある。まず、隔週土曜日が休日である。従って、国立大学の学生も教官も土、日は休日である。変な話であるが、私立大学の学生は土曜日でも大学で勉強しているのに、国立大学の学生は講義がないので土曜日は学校に来る必要がない。この土曜日、家にいても勉強しているわけではあるまい。それでも大学院の学生さんとなると、中には研究のため土曜日でも大学に来ている者がかなりいる。研究の場合、特に実験系の場合は長時間実験を継続せざるを得ない場合もあるし、限られた実験装置であるためマシンタイムと称して、互いに融通し合って使わざるを得ないこともあって、土曜日が実験日になることもあるのである。

〝できるだけ土曜日、日曜日や夜間は実験しないように〟といろんな機会に云っているが、現状では仲々そうもいかないようである。私自身の学生時代にも、研究が面白く進展したり、逆に、はかばかしくないのに研究発表の日が近づいてくると、どうしても深夜まで研究を続けていたものである。だから、〝土、日は大学で実験をするな〟とは余り強く云えない面もある。これも変な話であるが、大学の生協の売店などは土曜日も開いている。このような学生さんが相手だろうが、売店側としても赤字とならないためには現状では週休二日では苦しいのかも知れない。

教官の場合はどうか。いろんな教官がいるが、私なんか残念なことに土曜日も殆ど休んだことがない。忙しくて休んでおられないのである。もっとも、自分で勝手に忙しくしているようなところもあるので自業自得かも知れない。

北千里から乗った阪急タクシーの顔見知りの運転手さんに尋ねられた。

「先生、大変ですな、土曜日も休めないんですか。一体、何やってるんですか。学生も休みだし先生も休んだらいいじゃないですか」

世間一般には大学の先生は学生に講義をしているだけで、ずいぶん、暇なものと思われているので、私なんかは異常に見えるのだろう。

「いろいろあるんですよ。授業のほかに、研究が大きな比重でしてね。ちゃんと世界に通用するような研究をしてないと世間で〝あの先生何してるんだ〟って叱られますしね。その他にいろんな雑用があるんですよ。もっとも、私でなくてもできるような用事も多いでしょうけどね。研究をやりますから、当然、学会関係の用事もありますしね。私なんか境界領域にも足を入れているので、十以上の学会に所属していますよ。会費だけでも大変なんですよ」

学会の仕事もやり方によっても結構楽しい面もあるものである。昭和五十年代の中頃、電気学会関西支部の庶務幹事をやった時も大変ではあったけれど、いろんな新しい人間関係はできるし、いろんなことが勉強できて、ずいぶん有り難い経験だったと思っている。

「学会関係の仕事をしてみると面白いことや、びっくりすることがいろいろありましたよ。特に、電気学会というのは古くからある学会ですからね。何しろ、初代会長が例の江戸から明治に変わる時に登場する歴史上の人物、榎本武揚ですからね。ほら、北海道の五稜郭の戦いで有名な。特別講演会の時なんかの垂れ幕に大書する演者の名前、〝〇〇〇〇君〟と書きますからね。聴衆に紹介する時も〝〇〇〇〇君（くん）〟と云いますもんね。慣れるまで変な感じしますよ。〝先生〟とか〝博士〟とか〝教授〟なんていうのは楽ですけど、〝君〟と呼ぶのは抵抗感じますよ」

私達にとっては〝君〟は友人への呼び掛けに使うのだけれども、どうやら昔は〝君〟に尊敬というか、敬意の意味が込められていたようである。時代が変われば言葉が変わるということを示す典型的な例かも知れない。

ところが、最近、どうやら私自身の呼び掛け言葉に関する認識が過去のものになりつつあるようなのである。私が〝君〟とか〝さん〟を使う使い方と、今の若い人の使い方が大分違うようなのである。

私にとって〝君〟は同い年か少し年下の男の友人に対する呼び掛けの時に使う言葉であり、もちろん、女性には使わない。女性を呼ぶ時は〝さん〟である。〝さん〟には尊敬というか、少し丁寧な気持ちが込められているような気がする。女性の方は女性を呼ぶ時はもちろん、男性を呼ぶ時も全て〝さん〟である。同年輩でなくても、学校の女性の先生が男の子を呼ぶ時でも〝さん〟である。

ところが、この頃は違うようである。男の子が女の子を〝さん〟と呼ぶのは変わらないようであるが、女の子が男の子を呼ぶ時〝君〟と云っている。だから女性の先生が男の子を呼ぶ時も〝君〟である。ということは〝君〟は男性に対する呼び掛けであって、私の頃のように男の子だけが使う言葉でなくなっているのである。

いつごろからこんな風に変わったのだろう。

世界を見れば、地域によって、男女の区別、差別、老若の関係、尊卑の差異など様々であり、それに応じて言葉の使い分けも多様である。しかし、同じ地域を見ても時代とともに大きく変化しているところがある。現在、日本はその変化しつつある所ということだろう。社会がダイナミックに変化しているということだろうが、男女の力関係が大きく変わりつつあるのも一因だろう。これが話し言葉にも反映されているのである。いずれにしても、良い方向に変化して欲しいものである。

最初の学校週休二日制であるが、いろいろ説明がなされているが、本当のところ、どうも学生、生徒の側よりも、教職員の側の都合が優先されているような気がしなくもない。学生、生徒に本当にプラスかどうかよく考えてみる必要があるように思う。そのうちに、日本の学生、生徒の学力が途方もなく下がってしまわないで欲しいと思っている。どうも、個人的にはゆとり教育に納得しかねるところもある。手遅れにならないうちに文部省の頭が切り替わって欲しいものである。

五十八 バ ス

平成十一年初冬、歯学部に行くのに近道をして図書館、阪大図書館吹田分館の前を通った。吹田分館の前には小さな池がある。池と云うよりも水槽云った方がいいのかも知れない。何の目的のものか知らないが、美観のためにしては長四角で何とも味気がなく、防火用水にしては小さくて水が少なすぎる。何しろ、縦、横十メートルに五メートル、深さ三十〜五十センチ位、しかも、底はコンクリートなのである。

これができて何年か経った時ふと覗いてみると、水面にはアメンボ（水すまし）がおり、水中には小魚、鮒か鯉の子供がいる。魚の成長は早い。こんな小さな水槽でも数ヶ月するとずいぶん大きくなって、一目で鯉、鮒と分かるようになる。アメンボがどうしてここに来たのかはわからないが、鮒や鯉は分かる。事務所で工営関係の仕事をされている知り合いの方がとってきて放されたらしい。この方はしょっちゅう覗いている、心配そうに。面白いもので、ここで卵を生んで、それがめだって大きくなり、また卵を生み、少しづつ定着してきているようである。年に一度、水槽を空にしているようであるが、その時はどっかに移してまた戻してくる。とても可愛がっている。

この日は、池の隅の所で片手を水の中に突っ込んでじっとしている。

「どうされたの、薬でもやってるんですか」

「いや、餌をやってんですよ。小さな孔に皆んな隠れて出てこないから、孔の中に入れてやってんです」

時々こんな小さな池では魚が病気、伝染病になることがある。

「何で、皆んな小さな孔に入ってんですか」

「怖がってるんですよ。誰か、バスやブルーギルを放り込んだやつがいるんですよ」

「えっ、こんな小さな水槽に何でそんなもの放り込んでるの、どこから持ってくるの」

「近くの池で釣って、それを持ってきてここに入れてるみたいですな」

阪大キャンパスの周りには昔から農業用の溜め池がたくさんあって、鮒や鯉などの小魚がたくさんいて、時々釣りをしている人もいた。ロシアから私の所に客員研究員としてきていたヤブロンスキー（Yablonskii）さんが、私が気が付かない間に、釣って食べていたのは数年前である。当時はミミズや虫、芋などを餌にして釣っていた。ところが、最近はルアー釣りをしているようである。鯉や鮒はルアーでは釣れないのにと思っていたが。

「この近くの池は全部バスやブルーギルが放り込まれていて、鮒や鯉は壊滅です」

溜め池の中に放り込むのもあきれ果てるが、こんな小さな水槽もどきのものにまで入れるとは全く言語道断、常識のかけらもない。

考えてみると、最近では子供の頃から本当の自然に接する機会が減ってしまっている。都会では、あっても人工的な自然であり、生物は人間のおもちゃや、遊び道具ではない、人間だって自然の中の生物の一種である、共存している、ということが実感として身に付いていない。だから、優しさ、思いやりが欠如している。自分がやったことがどんな結果をもたらすかということが全く分かっていない、分かろうともしない。こんな状況になってしまったことの一因には、子供の頃から自然との接点を余り持たずに育ってきているということもありそうである。現代の日本社会で人の心の荒みが進んでいることと無関係ではない。教育の欠陥、何でも人のせいにする無責任体制、マスコミの影響の歪みなどが指摘されそうであるが、人だけの責任ではない、皆んなに責任がある。特に小生なんかのような教官の責任はとりわけ重大であろう。

もともと私はルアーは好きではない。たまにテレビでルアー釣りをやっているのを見かけるが、いつの頃からか余りいい感じを持っていない。魚に対して失礼である。（＊1）それに、ルアー釣りをやっている池や川の底が汚い。水垢がたまって、死んでいる。小魚が殆どいない。こんな所であれば本来、小エビや小さな魚がいっぱいいる筈である。水へドロが枯れ草にかかっているようである。そんな所にバスがいるということは、バスが入れられたため小魚がいなくなってしまい、小さな生物で水辺、水底を掃除し綺麗にするものがいなくなったということなのだろう。水中生物サイクルが止まってしまったということ、地球環境破壊の一つと見ることができる。

こんなことを何故思うかというと、大阪に来て既に四十年になるが、その前、子供の頃から高等学校を終えるまでは島根県の出雲地方、宍道湖のほとりに住んでいたからなのである。しかも、家の真横は宍道湖に流れ込む三十メートルくらいの幅の川が流れ、近くの田圃のあたりには用水のための五十センチから一メートルくらいの幅の小川がそこいら中に張り巡らされるように流れていた。だから、学校の思い出より、水の中に入って魚取り、魚釣りに明け暮れていた思い出ばかりである。遊び場は湖畔と川辺だったのである。そんなわけで、湖の岸辺の様子、川岸、川の中を熟知していた。

砂浜や岩礁の位置、川口の近くは砂地で、離れるに従って暫く砂地が続き、やがて岩場に至る様子、湖岸から沖合に行くにつれての湖底の様子の変化、一番瀬、二番瀬、藻の様子、石の分布、湖底に沈んだ石積みの半分くらい崩れた跡、水の流れの様子、波の立ち方、もちろん、魚の分布、魚の移動経路、風の向きと強さによる影響、これらの一日の変化、季節による変化、ともかく、多少は人に教わったこともあるが、殆ど自分で体験して知っていたのである。

冬場の晴れた日などは、湖岸の高い松の木に登って、しょっちゅう湖底を眺めて観察していた。そんな日は宍道湖の湖面は鏡のように全くの平面で、しかも水が凄く透明で底までよく見える。湖岸から、水中に没した石積みの突堤の崩れた跡が何本も沖の方に伸びているのを知っていた。これは父に聞いたところ、江戸から明治、大正の頃、いろんな物を船で送り出す時のためのものだったということである。船着き場の岸壁ということである。小学生の頃はまだしっかりした石垣の突堤が湖に突き出ていたが、やがて崩れだし、高校生の頃には先の方半分以上が水中に没した。

その変化の様子を眺めて知っていたので、父の説明は全くの納得であった。平成に入ってから帰郷した折りに見てみると、この突堤はすっかり崩れて完全に水の中に没していた。湖岸の様子だけでもこのように多様で、変化に富んでいたのである。しかも、これらが極めて短時間で変化することもある。昭和三十年代半ば迄は、今の宍道湖とその周辺の様子と全く違っており、今よりずっと良かった、と云って間違いない。

ともかく、湖岸は子供にとって遊びの場であるだけでなく、同時に、発見の場でもあった。

当時、余りに急速な変化で危機に感じていたことがあった。それは藻、藻ばの変化である。私達は藻のことを藻ばといっていたが、本来、藻葉あるいは藻の生い茂っている所、場所という意味で藻場ということなのであろう。この湖の藻は比較的細い藻であるが、底から真っ直ぐ上に水の表面まで伸びており、私達が入れる湖岸では、だから一メートルくらいである。この藻は密集してぎっちり生えており、その隙間からエビや鮒などいろんな魚が出てくるのである。藻ばは魚の住処、隠れ家であり、産卵場所であり、魚によっては捕食の場である。しかも、藻が生えている所の水は澄んでいる。

最近、この湖を訪れた人の持つ印象は訪れた日がどんな天候だったかで大きく違っている。風のない静かな晴れた日や霧のある日に行った人は素晴らしいと云うが、強い風のある日に訪れた人の中には余り良い印象を受けない人もあるようである。と云うのは、この湖は浅いし、しかも、底は土、砂なので、藻が殆ど減ってしまった状態では、波がたてば激しい水の動きが砂を巻き上げて水を濁らし(我々は〝おだつ〟と云った)、茶色に濁るからである。藻ばが無くなれば、住みか、隠れ家、産卵の場を失った魚が急激に減るのは目に見えていた。

ともかく、何歳の頃からか分からないが、物心ついた頃から、川や、湖の中に入り浸っていたのだから、水の中、底の様子は熟知していたのである。昔は、どんな所にも小エビや小魚がいた。ところで、子供ながらにエビの習性、動き方、跳びはね方を熟知していたから、私はエビ取りが巧く、魚屋さんでもびっくりするほどであった。案外、こんな小さな頃の経験は研究者として何かやるときに役立っているのかも知れない。何れにしても、これらのエビや小魚、水中昆虫などが綺麗にしているのである。藻や、葦、蘆が生えている所では、その間から小エビや、小魚が顔を出し、面白い。糠(ぬか)をまけばおびき出せる。そんな所は水、水底が綺麗である。

水と切っても切れない間の私にとっては、藻が無くなるということは大変なことなのである。この変化は何故だろう、なぜ、藻が減ってしまったのだろう、と無い幼い頭を必死に絞った。結果はその頃使われだした田圃の農薬に違いない、ということであった。農薬でも、直接虫や動物を殺す力のある殺虫剤の類でなく除草剤である。当時、田圃には農薬がずいぶん気軽に散布されており、その中に除草剤があったのである。我が家にも田畑はあったが少しだけ農薬も使っていたようでその散布などは誰かに依託していた筈である。除草剤はほとんど使わず手作業による除草で大変な作業であった。

私が子供の頃、米を作る農家の人の大事な作業の一つとして稲の間の草取りがあった。これが腰の痛い大変つらい作業で、しかも蒸し暑い梅雨の時期の作業であったからなおさらである。ところが、除草剤のお陰で草取りが不要になり、農家の人はこの作業から解放されることになった。これは大変に有り難いことで、そのためもあろう、殺虫剤はともかく、草殺しとも呼ばれる除草剤については殆どの人が当時余り不安に思っていなかったようである。

私のその時の直感はこうである。除草剤が田圃に撒かれると、田圃には水が張ってあるから、それに溶けて川に流れ出し、やがて湖に注ぎ、そのせいで藻が除草の対象になって枯れてしまう。その結果、小エビ、小魚や水中小動物がいなくなる。掃除屋がいなくなるということである。しかも藻がない底は砂地、波がたてば底の砂がおだって、結局、魚にとって良くない環境となる。これで魚が減るのは当たり前である。残るのはシジミくらい。

確かに子供の頃にも、水の中を歩くと足の裏が痛いくらいシジミがいたが、他の魚もいっぱいいて、宍道湖の漁獲の中でシジミは目立ったものでなく、その一つに過ぎなかったのである。さらに悪いことに、そのシジミを獲るため、ジョレンなる鉄でできた篭状の道具を湖底の砂の中に入れ込み、これをエンジンをかけた船で引っ張り、引っかき回すのだからたまったものでない。湖底はもっと荒れて、藻の生える余裕がない、良いわけがない。もっとも、今でも魚はいっぱいおり、他の湖に比べるとずいぶん多い筈であるが、その頃の湖とは比較にならない。それでも、幸いなことに、宍道湖にバスがいるとは聞いたことがないが、もしかしたら日本海から少しの逆流もあるので、汽水となっているせいかも知れない。

こんな子供時代があったからだろう。大阪に来て、すぐに瀬戸内海、淀川、琵琶湖を見て、暫くして天の橋立の方に行ってみて、とても安心で良い心持ちになったのである。

一寸足を伸ばせばすぐに水辺に至る。これが日本列島に住む人間にとって一番の特徴かも知れない。もちろん、海に面していない県もあるが、それでも遠くない。関西は特にそうであり、歴史的な風土と豊かな水辺との接点がある。この水辺が活きたものでなければならない。ところが、残念なことに今では大分状況が変わってきている。たとえば、大阪湾の水辺が随分遠くになって、人の住んでいる所から離れてきており、しかも、水辺は地域の人達さえ自由に、気軽に行って楽しめる所ではなくなってしまった。岸辺までたどり着けないのである。工場やいろんな施設があって自由にアクセスできなくなったしまった。

即ち、水辺と人の接点が失われてしまっているのである。これでは海の汚染、自然環境の悪化、汚染などを直接身にしみて感じられないだろう。汚染の原因作りの責任を感じなくなってしまう。もっと海辺、川辺に自由にアクセスできる所、ルートを多数作り、しかも多様な海岸線とすべきである。人にも魚にもこれが優しい。水辺は我々の生活の原点の筈である。そこの水辺を良く知っているから、それを大事に豊かにできるのである。

それにしても、十年くらい前に私の所に客員研究員として一年以上滞在したウズベキスタンのザキドフ(Zakhidov)さんの云った言葉が最近になってますます現実味をもって思い起こされる。ザキドフさんはモスクワで物理学を学んだ迫力満点の優れた学者である。

「私の父はタシケント大学の教授でしたが、カスピ海の水を周囲の砂漠に潅漑して綿花の栽培を促進するようにとの指令がモスクワから出た時、〝それではカスピ海が死ぬ、畑も駄目になる〟と大反対して、結局、左遷されて失脚してしまった」

と云っていたが、遠隔地からの現場を知らずに建てられた計画はしばしば大失態をもたらす可能性がある。十分に分かる人がやれないようであれば、要注意である。

日本が水に縁の深い素晴らしい所というのは、外国からの人を迎えて話してみるとすぐによく分かる。

かって、私のところの博士課程に西安交通大学から殷暁紅さんという女子学生さんが留学していたことがある。交通大学というのは日本で云えば工業大学であり、この西安交通大学は中国でも屈指の有名大学である。

「殷さん、生まれは西安」

「いいえ、常州です」

「常州というのはどこにあるの、海の近く、上海の近く」

「はい、近くです。上海から南京へ行く途中、南京の方が近いです」

「その名前はじめて聞いたけど、そう、上海から遠くないの。それで、そこでは何語話してるの、上海語、それとも北京語、普通語か、それとも南京語なの」

「どれとも違います。常州の言葉があります。上海から近いんですけど、ほんの五百キロメートルくらいですけど」

「それじゃあ、僕ら日本人のセンスではずいぶん遠いじゃないの」

「いいえ、中国ではそんなに遠くありません。でも、日本に来る時、初めて海を見てびっくりしました」

大分、我々日本人と常識、考え方が違うようである、

「何でびっくりしたの。それに魚はよく食べるの。魚いろいろ知ってる」

「飛行機から見た海が青くて大きくてびっくりしました。魚ももちろん食べますけど、海の魚は余り知りません」

考えてみると揚子江の水も、黄河の水も濁っていて青くない。

同じような話しは数年前、一年間、中国政府から研究生として派遣されてきた内モンゴル出身の通拉嘎（トンラーガー）さんの話からも聞いた。

「通さん、モンゴルでは何を食べているの、羊の肉。魚は食べたことあるの。海から遠いから食べたこと無いんじゃないの、いないんでしょう」

「モンゴルでも魚はいます。湖や池がありますから。でもモンゴル人は魚食べません」

「なんで、口に合わないの」

「いいえ、モンゴル人は魚は池の中の虫だと思っています。虫なんか食べないんです」

云われてみると、特にエビなんか虫みたいである。モンゴル人の誇り高さと地域による常識の違いを痛感させられたのである。それでも、この通さんの次の言葉にほっとした

「先生、もっとも私は今は魚食べます。おいしいです」

中国の話題になったのでついでにもう一つ最近の話し。通さんが帰国した千九百九十九年九月から一月ほど経って矢張り西安交通大学から封偉（フェン　ウエイ）さんが中国政府派遣研究生として私のもとに来た。封さんも非常に優秀であるが日本語は余り巧くないようである。従って、来日後二、三ヶ月経った頃の会話は英語である。

「封さん、昔、人に聞いてどっかに書いたことがあるんだけど、本当かどうか確かめたいんで一寸聞いてみたいけど良いですが。失礼なことを云うみたいですけど、悪意はないですからね」

「はい、どうぞ」

「封さん、知ってる、日本人は英語のｌとｒが聞き分けられないし、区別してしゃべれないんです。知ってました」

「知りません。初めて聞きました」

「そうなんですよ。どこの国の言葉にも、他の国では使っているのにその国では使わない音、発声なんかがあって、聞き分けられないし、発音できない言葉があるんです。それで、それぞれ苦労すると聞いてます。僕の昔聞いた話では、中国の人、特に南の方の人には日本語の　ナ行　の発音、ナ、ニ、ヌ、ネ、ノが難しいんですってね。だから日本に留学する前にナ行を勉強するため中国の北部、東北部の方に暫く勉強に行くと聞きましたけど、一寸、大げさな話しですよね」

「そうですか、知りませんでした」

「封さん、悪いけど、ヌ　と云ってみて」

「ズウッ」

「いいえ、ズウッじゃなくて、ヌ」

「ズウッ」

「ごめん、ごめん。ヌとズウッの区別がしにくいんやね。気にしないでね」

「はい、分かりません」

とニコニコ笑っている。

ここで、はたっと気が付いた。以前に、英語で云う日本の国名ジャパンはマルコポーロがニッポンをジッポンと聞き違えてそうなったと思う、とどっかに書いたことがあるが、この日、全てが分かったような気がしてきた。

恐らく、中国の人、多分、南方の人が日本人がニッポンと云うのを聞いて、ジッポンと聞き取ったのだろう。ナ行のニとジが聞き分けられなかったのだろう。それを伝え聞いたマルコポーロがジッポンと云って、それからジャパンであろう。そう云えば確かマルコポーロの頃はジパングと云ったと聞いたことがある。ングとなること、これも道理である。日本人にとっては　ン(n)　だけであるが、中国の人にとっては　ン(n)　と　ング(ng)　がある。日本人は自分で気がつかずに、ンと云ったりングと云ったりしているのだろう。中国の人がジッポングと聞いたのであろう。それに、外国語では　ア　と　オ　の間に日本人にとって曖昧な母音がいっぱいある。　ポ　と　パ　が間違えられることがあっておかしくない。

ついでながら、インドネシアからの博士課程への留学生ラフマット　ヒダヤト (Rahmat Hidayat) 君に聞くと、日本語の　シュウ　や　ショウ　が発音しにくかったということである。

これまた雑学として私の経験を云っておこう。当初、ラフマット　ヒダヤト君はラフマットが名　ヒダヤトが名字、姓と思っていたが、実はラフマット　ヒダヤトひとまとまりで名だそうである。伝統的にはインドネシアでは名字は使わないようである。モンゴルからのトンラーガーさんもトンが姓でラーガーが名と思っていたら、本当はトンラーガーでひとまとまりの名だそうで、やっぱり名字は使わないと云っていた。本人に聞くと、中国流にトン（通）とラーガー（拉嘎）に分けて記しているだけだということである。トンラーガーさんが来日したての頃、英語の論文原稿の著者のところにうっかりR. Tong（ラーガー　トン）と書いたことがある。

世界には名字、姓を使わないところが結構あるということである。確か北欧もそうだったとスエーデンからのケントスカープ（Kent Skarp）さんから聞いたことがあった。

こんな話しをすると、日本でも昔は名字、姓のない人が多かったという話しが出てくる。しかし、本当はこれは正しくなくて、もっとずっと昔は名字を持っていた人が多かったが、江戸時代長らく使用に制限がかかったため、その間に忘れた人が結構いたということである。明治に入って再び使用が許可、義務付けられたとき、この昔の名字を再び使った人が結構多かったといことである。ついでながら、名字、姓、氏の違いを説明できる人は意外に少ない。それに苗字もある。

ここで云っていることは、日本の常識が必ずしも世界の常識ではないということである。この程度の常識の違いは序の口で、世の中、驚くような、信じられないようなことが限りなくある。国際化、国際化と、なんだか良い方にだけ行くように錯覚されがちであるが、こんな常識の違いがあるのだから、これから日本の人にとって極めて難しい時代になることは明らかである。このことを若い学生さんにつとめて云うことにしている。

ともかく、日本が大変な時代に入りつつある。こんな日頃の思いがあるから、二千年の日本液晶学会誌第一号に巻頭言を頼まれて、次のような文章から書き始めた。

今年は二十世紀最後の年、まさに世紀末として先行き不透明、大変な時代になると盛んに語られているが、小生は新しい二千年代に入り、逆に、素晴らしい未来が開ける出発点になる年と、またそうしなければならないと思っており、液晶の未来もまた明るいものと確信している。小生は何でもポジテイブに考える質である。だから、〝あなたの研究のモットーは〟と問われると、〝脱常識、それに何でも楽しく、遊び心で、プラス思考で前向きに、と言うのが信条です〃と答えることにしている。そんなせいもあって、やたらといろんなことに興味が分散しがちな小生であるが、一番好きなのは液晶の研究である。しかし、そんな楽天的な小生であっても、今の世の中、特に日本が大変な時代に入りつつあるというのはよくわかる。

二十世紀から二十一世紀への世紀の変わり目の今、世の中は激変しようとしているが、これを千年代から、二千年代への千年に一回の変わり目であると捉えることもできる。ソビエト体制の劇的な崩壊による米ソ冷戦の終結によって、世界に平和と安定がもたらされるのではという大方の人々の甘い期待を裏切って、民族、宗教、南北問題を受けて、さらに大きな紛争が世界中で、それも広い地域に分散した形で起こっている。しかも、科学技術の著しい進展、情報化の波を受けて、人間活動の範囲と規模が飛躍的に大きくなり、従来、安定な活動の場、舞台と考えられてきたこの地球環境そのものにも著しい影響を与え、これが人間、生物の存在そのものを危うくすると考えられるほどになってきた。従って、今後、人間の活動に著しい制約が余儀なくかかる。地球の砂漠化、温暖化、大気、水の汚染の進展、利用可能な資源の枯渇、エネルギーの不足、人口爆発と相俟って、食料、水の不足が極めて深刻となることは間違いなく、これらの争奪も起因となって、上述の世界の紛争、軋轢はさらに厳しいものとなる。

その上、日本の場合、若年人口の急激な減少が追い打ちをかけ、日本の存在そのものが危機に陥る可能性がある。食料も、資源も、エネルギーも不足する我々には、環境に優しく、省エネルギー、省資源の新しい産業、それを支える科学技術の振興、発展が不可欠であるのは自明である。柄にもなく、最近、二十一世紀の前半、日本は何をやるべきでしょうか、と問われることがしばしばある。そんな質問には当たり前の返答をする。もちろん、ソフト面で、米国に著しい遅れをとっており、その方面の向上が不可欠であることも承知しているが、〃やっぱり、物造りが基本でしょう〃と答えることにしている。ハードとソフトの融合も不可欠である。周知のように、世の中あらゆる側面で情報化が著しく進展し、社会、産業、ビジネスの形態が大きく変わり、このこと自体が必要とする新しい産業を生み出し、新たな人の需要があることには間違いないが、この情報、ソフトだけではその遅れを克服して、世界に対し日本が優位に立ち、一億以上の人々が今のようなレベルの生活を維持することは極めて難しい。むしろ得意な点を大きく伸ばすべきである。即ち、基本的にはハード、ハードとソフトの融合でリードするのが得策のように思える。

これの点から考えても、日本の青少年の科学技術離れは著しく危機的状態にある。これの根本的な原因は戦後日本の教育の失敗にあることは間違いないが、これを根本的に解決するには新たに数十年はかかる。緊急の対応として、若い人達に科学技術への興味、高い目標を持ってもらうということが一番であるが、これまた難しい問題である。少なくとも科学技術を面白いものと思ってもらうこと、魅力を持って、引きつけることが不可欠である
さらに、巻頭言としては常識はずれの長い文章が延々と続いている。

こんなことを書いたり、云ったりしているからだろう、いろんな方からいろんな議論を吹きかけられる。

たとえば、

「大学は独立法人化するだろうという話しですが、どう思われますか」

私の答はいつも同じ。

「余り感心しませんね。活性化、競争原理の導入、自立化するという建前で、また、予算削減、定員削減、私学とのバランスなどいろいろあって独立法人化でしょう。しかし、独立法人化しても、教官の身分は国家公務員としての扱いでしょう。これでは実は上がりませんよ。むしろ日本の将来を考えたら、学生に対しては国立大学として、どんな条件の人でも学べるチャンスを与えるべきです。教官については国家公務員の枠からはずす。そのかわり給料は人によって、条件によっていろいろなランクを付ける。全くゼロの人をたくさん作ってもよい。そんな人は国家公務員という厳密な管理からはずして大きな自由度を与える。但し、研究、教育は当然やる。逆に、教育に専念する人もあって良い。この人達には給料を支給し公務員に準ずる扱いをする。こうすることで民間の人もどんどん大学の教育、研究に参画できるし、逆に大学の人も社会に自由に出れ、民間企業などと一緒の仕事もしやすくなる。制約をはずしても、大多数の人は社会的に問題になるような、自分だけのためのことをやらないと思いますよ。大事なのは生き甲斐。

世の中に一生懸命寄与しようとしているんだということを自分で実感でき、気持ちの上で充実できることだと思います」

「日本の少子化はどうしますか」

「いろいろあるだろうけれど、このあいだ私の友達が云っていました。〝子供の人数がある程度以上の人は定年を延長したらどうですか。そしたら子供をたくさん作るかも知れませんよ〟と。それには、〝定年を延長して欲しくないという人もあるかも知れない〟、という反論もあるかも知れないけど、これだけ長寿命の社会になったのだから、そもそも定年延長は当然と思います。日本は少子化が進み、数十年後には日本の存在そのものが危機になるということから、すぐに外国人をどんどん入れるべきだという話しがあります。話しは単純ではないと思いますが、私なんかは日本列島に住んでる人が日本人だから、既住の人が日本国籍を取る時はどんどんバリヤを低くすべきであるし、外国の人でも日本で活躍でき、調和できると考えられる人は、もちろん審査はすべきですが、もっと前向きに対応して日本国籍をとらせるのがよいと思っています。いろんな常識の違う者が集まって新しい展開が始まりやすいということです。私の好きな脱常識、超常識が生きてくるということです。日本の良いところは、これまで歴史上いろんな人が次々移り住んできて、いろいろあっただろうが、やがて一体化してきたということであるような気がします。昔から三代で江戸っ子と云っている、と聞いたことがあるような気がしますが、三代くらいの時間が経てば誰でもこだわりを忘れておかしくないと思います。何しろ、私なんかすこぶる記憶力が弱いからすぐに忘れます。生まれは出雲の国ですが、もう関西びいき、いや出雲びいきの関西人です。子供なんかは完全に関西人なんです」

「今の若い人のやること、考えることはさっぱり分かりませんね。日本の将来大変ですね。先生たくさんの学生さんを見られてると思いますが、どうですか」

「年代の違いは確かにカラオケへ行けばよく分かり、痛感します。今の若い人の歌ってる歌が全く違います。我々はついていけません。リズムがメロディーが違い、発想が、行動が、様式が全く異なります。まるで外国の人に接しているみたいだ、と感ずる時があります。でも、こんな世代間のギャップは何も現代の若者と我々の間だけのことではありません。我々だって、若い頃、明治、大正生まれの人の小唄、都々逸（どどいつ）、端唄（はうた）など全く体が受け付けなかったではありませんか。逆に、我々も理解し難い、仕様もない連中と見られていたに違いないと思います。それでも、結局、その年代の人達と調和できてきたわけです。今の私の研究室の学生さんを見ても全く波長が合わない筈ですが、結構巧くいけています。心配要らないのかも知れませんが、学生さんがずいぶん無理してこちらに合わせてくれていてのお陰かも知れません。世代の違い、時間の差による考え方、感じ方の違いが、まるで、外国人と日本人との間の、空間的に距離が離れていることによる違いと同じように現れているように見えて、ここでも相対論か、と思いたくなったりもします。しかし、この世代間のずれは何とかなると思っています。学生さんを見ていたらそんな気がしてくるんです」

ところで、最初のバスである。日本の殆どの湖、沼、川に入ったバスをどうするか。全部退治するのは不可能だろう。少なくとも釣ったら、遊びの対象としながら、動物保護などとおかしなことを云って、もう一度放したりしないで、全部食べることとする。食べないようなら釣るな、とする。スポーツと称する釣りは駄目、食料のための釣りはオーケーOKとする立場である。バス釣りは私の好きでないルアー（疑似餌）釣りであり、恐らく猛烈に元気の良いのから釣れる筈。また、ある程度バスの数が増えれば小魚、小動物が減って食糧不足になってくるので無茶苦茶には増えない。その上、共食いもある。さらに、こんなルールの釣りで減る。やがて残るのは比較的おとなしい、余り大食いでないバスである。もしかすると、さしものバスもおとなしいのが増えて、小食、小型になって、やがて雑食性となって、その上もしかすると草食性も持つようになるかも知れない。日本化である。

「最近、世界中の海が、特に大国の主張もあってどんどん沿岸の強国のコントロール下に取り込まれて、日本は魚を捕るにとれない状況になってきていることだし、こんなバスも食べたらいいですよ。魚はとても体にいい、魚の脂は肉の脂よりいい、それに頭も良くなる、と云うではないですか。お医者さんもそう云ってますよ」

そう云うと云われそうである。

「そうですか、先生は魚をよく食べて、肉は余り食べないのですね。それで体も丈夫だし呆れるほど元気なんですね」

「いえ、肉もよく食べます」

「あれ、主張と違いますね」

「ん、おいしいものはおいしいんや。何でも食べる方がいい。それに焼き肉やさんに親しい人が何人もいるんですよ。人間、友達が一番大事なんですよ」

何でも云うは易くして行うは難しである。

それでも、難しく考えて悩み込むより、どうせやらなら楽しくやるに限る。それが私の信条と、二千年に入っても変わらず前向きにやろうと、何でもかんでも断るすべを知らず引き受けて、何をあくせくと呆れられながらも、傍目には楽しそうにしている今日この頃である。

注＊1　吉野勝美：雑音・雑念・雑言禄（信山社、1993）200
（吉野勝美：アウローラ　19（2000）187　に記載）

五十九　十丁目筋

世の中不思議なものである。ＪＲ環状線、天満から阪急天神橋筋六丁目に乗り換える時に、誰かの紹介で立ち寄った長柄の喫茶店薩摩でいろんな人に出会ったが、阪大の低温センタ職員だった脇坂さんの奥さんがここ経営者の西別府和美さんと友達であったのは驚きであった。その他、近くの三共製薬に関連されていた奈良の高橋弘昌さん、村上さんご夫婦、箕面の村上さんご夫婦、下野さんご夫婦、松島さん、宇野さんご夫婦、生田さん、成松さん、濱田さん、松井さん、山田さんを始めたくさんの人と顔見知りになった。多くの方がご近所のようであるから、天満から天六、長柄あたりのいろんなことを、昔話を聞くことができる。

ある日、大分以前に脇坂さんから昼食時に聞いて、はっきり憶えていないことを話題に出して聞いてみた。十丁目筋、十八間橋、阪急ビルの昔の呼び方などについて尋ねたのである。

どうやら、十丁目筋は私の記憶でよかったようである。十八間橋は私より少し年長の下野さんから〝お爺さんから十六文橋と聞いていた〟、ということを教えて貰った。どちらが正しいか、また誰か別の人からも聞いて確かめておくことにしよう。

私が大学一、二年生の頃だから、昭和三十年代の中頃まで、阪急千里山線の終点は北が千里山駅、南が天神橋六丁目、通称、天六駅であった。もっとも阪急千里山線と呼んだのか別の呼び名だったのかは記憶に定かでないが、もともと阪急と云わず新京阪と云ってたと云われるくらいだから、私の思っていることが間違っているかも知れない。ともかく、阪急千里山線が地下に潜り、地下鉄堺筋線と繋がるようになると、天六駅も地下になり、地上の阪急ビルの駅は何かに変わってしまった。大分たった時にはそれが共栄ストアと呼ばれていたのだが、最初の頃はこれがハチキンと呼ばれていたと、脇坂さんから聞いたことがあったので、それを下野さんに聞いてみたのである。さすが、下野さんからは明確な答えが返ってきた。

「そう、あれはハチキンと云ってました。駅のあとが八十円均一の店になったんです。それで八均と云ってました。その後で共栄ストアに変わったんですが、私たちはその後もずっと八均と云ってました。今は共栄ストアは小さなスーパーマーケットに変わってますが、それでも今も私ら共栄と云ってます」

十丁目筋は皆さんご存じである。天満橋から、長柄橋のあたりまで、数キロに及ぶとてつもなく長い一直線の商店街である。南の端が天神橋筋一丁目であることは知っている。しかし、北の端については、天神橋筋八丁目（天八）は知っているが、天神橋筋十丁目は知らない。もしかすると天八から長柄橋のある淀川までの間が二丁分あるのかも知れないし、あるいは天一から天満橋の間が二丁分あるのかも知れない。これも誰かに聞いておきたいものである。昔、一丁と云ったとき普通どれくらいの長さになるのかはっきりは分からないが、十丁目筋と云うからには、ともかく、極めて長いと云うことである。今でも日本一長い商店街と聞いている。昔はどうだったか質問を出した。

「十丁目筋は昔から賑やかでしたんでしょうね」

梅田で生まれ、育ったという下野さんがすぐに話し出した。

「それは当時は凄い商店街でしたよ。何かいいものを買うことになると梅田から中崎町を通って天神橋筋まで来て買い物しました」

今の大阪の一つの中心地、梅田と天神橋の立場が、四、五十年の間に逆転したようである。

一度、十丁目筋の昔を想像してみたいものである。

今、町の様子が急変すると嘆き、心配もするが、実はこれまでも結構急速に大きく変化し続けているのである。変化を受け入れる心も当然必要である。変化した所で生まれ育った人にはそこが故郷となる。だから、どんな所で、どんな環境で生まれるかは非常に重要である。変な所で子供が産まれないことを祈る、日本の将来のために。

ところで、この天神橋筋一丁目あたりに天満の天神さん、大阪天満宮がある。と云うよりも、この天神橋筋の名の由来そのものがこの天神さんにあるのである。

不思議な縁もあるもので、実はこの大阪天満宮の宮司は寺井家がつとめられているが、寺井種茂宮司の後を継がれた寺井種伯宮司の奥様のことである。

それにしても天神さんと云えば、今も思い出すとおかしくもなり、また恥ずかしくもなることがある。

大阪で天満宮が非常に有名でまた親しまれていることは、大阪天満宮の夏祭り、天神祭が日本三大祭りの一つということからも分かるが、話は昭和四十六年私が結婚する少し前に遡る。

大阪で結婚式を挙げることになり式場を探すことになったが、なにしろ私は大国主神（おおくにぬしのみこと）の出雲の出である。大阪で名の知れたホテルなどの結婚式場に次から次へと電話して、祀られている神様を尋ねたのである。

「そちらはどちらの神様がお祀りしてありますか」

「うちは天満の天神さんです」

学問の神様菅原道真で私の仕事にピッタリの筈であるが、

「そうですか。済みません」

次から次と電話するが多くが天神さんである。

「そちらはどちらの神社ですか」

「座間神社です」

と当時私の知らなかった神社名がたまには出てくるが多くは天満宮である。大阪をよく知るようになってみると座間神社も由緒高い神社である。

ともかく、最後に電話したホテルで

「出雲大社です」

と云う返事を貰い、即、そこ、新阪急ホテルに決めたのである。

なにしろ、当時、出雲大社は大阪天満宮とは別だ、と思っていたのである。神社はどこでも同じという人には、いや違うと反論していたのである。

ところが、この天満宮の寺井種伯宮司とお会いしてから、お世話になることがいろいろあったので、時折天満宮を訪れるようになったが、ある時、云われた。

「先生、家内を紹介します」

来られたのはさすがに上品で美人である。

「私も出雲です。楽しく読ませていただきました」

どうやら，以前に渡していた私の出雲の話が出てくる本を読まれていたようなのである。

「そうですか，私は玉造のある玉湯ですが，出雲のどちらですか」

「大社です」

出雲大社の所である。大社に多少は知り合いもいる。

「大社のどちらですか」

「出雲大社です」

「エッ，千家さんですか」

「そうです」

何と，出雲大社を祀る出雲国造の千家さんそのものだったのである。大変な名家なのである。

何と出雲大社さんと天神さんは縁が繋がっていたのである。大社さんと天神さんは全く別だと言い張っていた三十年程前のことが今更のように恥ずかしくなってしまった。

六十　旧　都

日本に来た外国人が観光地として訪れる中心は京都である。もちろん，京都は素晴らしい所で人気が高いが，少し時間的余裕がある人は奈良も訪れる。これがまた印象深く，こちらの方を好む人も多い。

とにかく，日本に来た外国人教授，研究者の多くが小生の所を訪れた後，これらの地を見学する。その結果，京都は日本の古い首都で千二百年くらいの古い歴史を持ち，ヨーロッパの現代国家から見たらもの凄く古いことを知って帰ってこられる。その後で決まって質問を受ける。

「何で、日本では京都や奈良など首都が海から少し離れた所にあるのか。当時、大阪はどんなだったの、歴史的には。君の故郷はどこなの」

それに対する返答もいつも決まっている。

大阪は首都の周りの単なる衛星都市、田舎ではなく、東京の前の首都が京都、その前が奈良、その前が実は大阪であったことを説明する。しかし、それよりも前については余り詳しく論じられることがないことを説明した後、さらに、そのずっと前が私の故郷、出雲であると、少し強引な自説を話す。古い出雲神話を引き合いに出したりして、出雲が二、三千年前にはもう開けていたという話をするのである。地形から、位置から見て出雲はずいぶん良い所である。山、里、湖、海、恐らく二、三千年前の人間にとってすこぶる好ましい土地だった筈である。現代では、山陰ということで、雨と曇りの日が多く余り良い季候の所とは目されていないようであるが、大昔はむしろこの方がよい季候だった可能性が高い。

この私の話を大部分の外人さんは冗談と受け流すが、中には興味を示す人もいる。

「そりゃ、水辺に近い所が良いに決まっているものね」

さらに昔の大阪の中心はどちらかと問われると、市内及び南部と答える。今住んでいる岸和田は南部である。

そんな話の後、根拠のない強引な自論を披露する。

そもそも、歴史を考えるとき、皆んな現在の地形を見て判断するからおかしい。理解しにくい筈であり、誤解する、と。

大体、二、三千年前には、陸路の移動と海路での移動では意外にも海路の移動が容易であった筈で、むしろジャングルのような自然林、道なき道を進むのは大変であった筈である。現在のような舗装された道、車の通れるような大きな道がたくさんある筈がない。それと、海岸線が今と全く違っている筈である。海面水位の変化、干拓などで大きく海岸線は変化している。そんなことを考えると、陸路での移動は今より遙かに困難であった筈である。それに比べたら、船を造る技術さえあれが海路の方が少しは楽だった筈である。

大阪だって、大阪城から四天王寺のあるあたりの上町台地が高台になっていて、その他は海、だから四天王寺のあたりが中心の首都機能を持っていた時代があって当然である。

都が奈良から京都へ移っても自然である。山の中を通っての移動より生駒山とその南へ続く山々の麓まであっただろう湖、入海と淀川などを考えればそれは水上交通で繫がっていた可能性があること、水路で行けた筈であることが分かる。

話は大きく飛ぶが、同じように考えてみると、砂漠は人間の移動を妨げると考えがちだが、深いジャングルのような森林を越えての都市間の移動より、砂漠を通っての移動も、意外にも容易かつ安全だった可能性がある。

ここで、誰かに云われそうである。〝海には海賊がいるではないか〟と。でも、〝海賊も怖いが、山賊も怖い〟

六十一 亀 2

いつもより早めに家に帰って来た、と云っても夜の九時頃であるが、平成十二年七月のある日、タクシーを降りると途端に犬の激しい鳴き声が聞こえてきた。間違いなくチビの声である。降りた所から一直線に約百メートルほどの我が家にはポチとチビの二匹の犬がいるが、いつもはポチの方が鳴いていることが多く、チビが鳴いているのは珍しいことである。何となく何が起こっているのか見当が付いたので、興味深々急ぎ足で帰ってくると、予想通り金属性の扉の隙間からチビが首を出して必死に何かに鳴きついている。私には全く気が付かないかのように、関心を示さず、無視しているのである。犬の目線の先を見ると矢っ張りそう、亀なのである。正直なところ、とても嬉しい気持ちと一緒に何故か哀れむような気になってしまった。

門のベルを鳴らすと、出てきたのは三女の智恵である。私の鞄には大抵使い捨てのインスタントカメラが入っている。それを取り出し、鞄を放り出して、亀の写真を撮り、次に私が亀を手で取り上げて、犬の鼻先に持ってきて、智恵に一緒に写真を撮って貰う。こんな情景は今年が最後かも知れないと思ったからである。

ずっと以前にもどっかに記したことがあるが、毎年七月頃のある夜決まって、亀が、時には二、三匹の亀が我が家の庭先の塀の所まで来て、犬が大騒ぎをするのである。私の解釈は、亀が産卵のために、池から出て、家の周りを通って、近くの産卵に適した土地に行くのであって、これはずっと大昔から亀の習性となっている、というのである。

ところが、十年くらい前から、土地の区画整理の計画が持ち上がって、家の周囲の田圃を埋め、道路や、住宅、公園を作るという話が進んでいたのである。最初は私の家も関連することになっていたが、私自身はその計画自体が問題であると見ていたので、個人的に納得できないと表明したものだから、私の家の東と南、北の隣接地までは計画が進み、家の西側とそれに続く土地は計画から外されたのである。私自身は反対運動を組織するようなタイプの人間ではないので、そのまま放置していた結果、一年ほど前から工事が始まり、周りの田圃は全て掘り起こされ、極めて非効率な作業、工事がゆっくり、ゆっくりと進んでいたのである。

工事の前までは、周りの田圃には甲海老や、時には鮒か何かの子、ザリガニ、タニシなどいろいろいたが、それらが全て死滅し、やはり住み着いていた雲雀や雉（キジ）も姿を消したので、豊かな生態系が潰されるのを非常に残念に思って見ていたのである。特に、毎年、義理を欠かさないかのように、七月の夜やって来る亀が気の毒でしょうがなっかたのである。亀のルートも遮断され、完全に無くなって、しかも産卵の草地も無くなってしまったからである。特に七月になって外国出張する前、もしかして今年も亀が来ようとして道を失って、途方に暮れるのではないかと思えて、亀が可哀想でならなかったのである。

その亀が、けなげにもこの日やってきたのである。嬉しい思いと共に、涙が出そうになった。

写真を撮ってから、西に隣接するただ一つ残った田圃の所に亀を持って行って放してやった。ここであれば水があるし、この水を引いて、又流すために小さいけど水路が続いているから、亀はどっかに安全に移動するだろうと思えたからである。

恐らく、亀が我が家に現れるのは今年が最後だろう。我が家の東、南、北全てが埋め立て、整地、舗装されるだろう来年にはもう完全に遮断されどんなに努力しても亀にとっては往来不可能になっているのは明らかである。

人間が他の生物ともっとうまく共存できるように計画をたてるのが、他の生物にとってだけでなく、人間にとっても結局一番大事なような気がしてならない。

六十二　鮎（あゆ）

ＪＲ天満駅から歩いて一寸の長柄の〝蔦塚〟近くにある喫茶薩摩を覗くと、カウンターに座ったお客さんがパッと振り返り、ニッコリして声をかける。

「あっ、先生、お久しぶり」

「松井さん、お久し振りです。変わらずお元気のようで」

この松井さん、年齢は私より少し上のようであるが、何となく顔が私の父に似ている雰囲気なのである。いかつい顔だが、どことなく優しさが漂っている。見方によっては可愛い顔なのである、体格は私の父よりずっと大きく、私よりも大きいが。

何かのきっかけで魚釣りの話になった。

「先生、鮎の天ぷらうまいですな」

「そうですか、私は鮎はそんなに好きでもないんですよ」

「先生は鮎は天ぷらですか」

ガウンターの中から西別府さんが訪ねられた。

「いいえ、大抵、焼きますね。でもそんなに好きでもないんですよ。何度か鮎が名物と云う有名な所のものを料理屋さんで焼いていただいたんですが、そう美味しいとは思いませんでしたね」

「先生、そりゃ、天ぷらの方が美味しいですよ。先生の鮎どのくらいの大きさでっか」

「そう十五センチか二十センチくらいですかね」

と両手の人差し指で大きさを示すと、松井さんが即座に云った。

「それ、大き過ぎます。もっと小さいのがうまいですよ」

「そうですか」

「明日の朝、淀川の長柄の橋の少し上の堰になっているあたり、毛馬のあたりに釣りに行こうと思ってるんですよ。先生ついてきますか。そんな背広じゃ駄目だけど」

「面白そうだな」

「よく釣れますよ。結構たくさん釣れる時もあるんですよ」

「へえ、桜の咲く頃釣るんですか」

「そう、もう釣れると思うな。明日の朝行こう。楽しみだな」

魚とりが好きなところも親父と似ているようである。

「淀川で友釣りですか」

「いや、そんなんじゃなくて、餌をつけて釣るんですよ。面白いですよ。ピッ、ピッと引っ張った時は何とも云えませんよ」

「えっ、鮎を餌で釣るんですか、どんな餌ですか」

大抵、鮎は友釣りと決まっているように思っていたのである。

「あの白いチリメンジャコ、あれにパン粉を混ぜて丸めて小さな餌にしてつけるんですよ」

「あの毛針みたいな小さな針ですか」

「そう、あんな小さいのを一本の糸に何個もつけるんですよ」

「へえ、知らなかったな、そんな餌で釣れるなんて」

ここでもしかしたらハヤかモロコかも知れないと少し疑いを持つ。

「あんな淀川で育ったのが食べれるんですか」

と西別府さん。

「大丈夫、海から上がってきたばかりだから、充分食べれます。美味しいよ」

「松井さん、鮎は良い匂いしますね。レモンのような」

「そう、良い匂いします、スイカのような匂いです」

「そうそう、云い間違えました。レモンじゃなくてメロンのような匂い。メロンとスイカ同じ仲間ですから。僕は鮎は食べるのより、匂いが好きでしたよ」

間違いなし、松井さんはモロコやハヤでなくちゃんと鮎を釣っている。

「先生は釣るんじゃなくて、捕ったんですか」

「そうです。小さなタモ、エビタモで捕りましたよ、十センチくらいの径の。普通の人はよう捕らんでしょう。僕は妙なことが上手だったんです。もちろん、秋の落ち鮎じゃなくて、春から夏にかけての元気のいいやつです。鮎は釣らんかったけど」

「そうですか。名人ですな」

「鮎は石なんかについた苔を食べると聞いていたので、まさか餌で釣れるとは思いませんでしたよ、松井さん」

ここで分かった、松井さんが釣っているのは小さい鮎で春先に海から川に遡上するやつなのである。恐らく、鮎は大きくなると苔を食べるかも知れにないが、小さい間は雑食性で動物性のものも食べるのかも知れない。すると、釣れて当たり前である。確かに、松井さんの話している所は海から上がってきて最初に淀川の堰に当たる所であるから、段差のためたくさん魚がたまっている所だろう。そこでは雑食性であって、餌で釣れるのに違いない。鮎の幼魚が成長するのに苔だけではタンパク質が足らない。だから動物質もとる必要がある。逆に云うと、なぜ成魚は苔だけか。もしかすると、体から生臭さを消すのも目的にあるのかも知れない。生臭い臭いがしないと卵も捕食を逃れられるかも知れないから。それでは、なぜ、苔だけではなく雑食性の稚鮎もいい匂いなのだろう。

「釣れたら持って来るから天ぷらできるかな」

「大丈夫やります」

「先生、一緒に行こう」

私も是非行ってみたい。顔や体つきが似ているだけでなく、心持ちまで、好きなものまで父と似ているようである。ともかく、意外なことを教えてもらったのである。

後日談

その数日後、このことがあったから薩摩に顔を出してみた時のことである。

「先生、松井さんが先生に食べてもらってくれと云って、鮎を持って来られて冷蔵庫に入っていますが、どうされますか。食べたら結構、美味しかったですよ」

松井さんの気持ちが嬉しい。淀川の鮎でも食べようと思った。

「頂きます」

手際よく天ぷらにあげて貰った鮎を食べた。

「美味しいですね。何の臭みもないし。これは美味しい、今まで食べた鮎で一番美味しい。松井さんにとても美味しかったと伝えておいて下さい」

ここでの結論。

鮎は淀川の稚鮎に限る。それも天ぷらに限る。

六十三　花見（筵（むしろ））

自宅から北千里にある大学迄は南海バス、またはタクシー、JR阪和線、環状線、地下鉄、阪急電鉄、バス、時にはタクシーの乗り継ぎがあって、同じ大阪の中ながら二時間以上もかかる。これだけの時間がかかるから、朝、夕のラッシュアワーに重なってしまうと、たまったものではない。しかも、大阪の南から北へ大阪市を通り抜けて通うのだから、通勤、通学で一番混む時間帯はなんとしても避けたい。そんなわけで毎日家を出るのが六時過ぎ。ということは朝食は軽めに六時前。これでやっとJR阪和線で座れる。天王寺に着くのは七時過ぎである。それでも座れない日もあって、そんなときはとても疲れた気分になってしまう。座れるとうたた寝することもあるが、大きな重い鞄、アタッシュケースを膝に乗せて机代わりに一仕事ということが多い。不思議なもので、早朝は意外に声高にしゃべる人も、携帯電話で話す人も少なく、たとえそれらがあっても雑音、バックミュージックのようになって、結構集中して仕事ができるのである。

このまま、真っ直ぐに行くと、毎日、学校に到着するのは八時過ぎになってしまう。もちろん、既に来ている人もいるが、教授が毎日早朝一番では、、若い人は無意識であっても気になってストレスがたまって、たまったものでなかろう。そうでなくとも、若い人も毎日が遅いので、睡眠時間が短くなるし、家庭サービスが疎かになってしまう。もう少し早く帰宅したら、と云ってるが、昨今の大学の状況では仕事量が膨大になって時間内にこなせない可能性があって、どうしても遅くなってしまう。申し訳なく思うくらいである。

そんなわけで、若い人達が到着する頃に会わせて学校に着くように、それとラッシュアワーと重なるのを少し避けるため、JR天満駅を下車してから、短時間、天満市場に立ち寄ってみたり、軽いうどんの軽食をとったり、喫茶店に立ち寄ってモーニングの紅茶を飲みながら仕事をしたり、あるいは共同研究をやっている企業の人に会ったりして、時間調整をする日もある。そんな立ち寄る喫茶店の一つ、天満駅から私の足ではそう遠くない長柄の薩摩に立ち寄った時の話である。

この年になってよく分かってきたが、どこの食堂、喫茶店でも飲み屋さんでも大体常連さんがいるものである。この店も、オーナー西別府さんという方の友人のご夫婦、ご婦人、元気のいい男性、紳士が早朝からコーヒーに立ち寄っておられることが多い。何しろ、コーヒーもうまいが、料理がなかなか上手のようでモーニングの味も量もいいのである。もちろん、小生にとっても二度目の朝食となることになる日もあるので、そんな時はパンを極薄に切って焼いてもらう。まるで煎餅のようなパンである。記憶力の弱い私でも次第にお客さんの顔と名前を覚えてくる。少し前にも述た高橋さん、村上さん、その親戚の箕面の村上さん、下野さん、松島さん、宇野さん、松井さん、成松さん、生田さん、濱田さん、脇坂さん、山田さんなどなど結構おられるのである。しばしば名前のでてくる太平タクシーの村田さんと云う方は会ったことはない。近くの三共（株）に勤められていた高橋さんは退職後、自宅の庭や畑で作られた野菜や果物を作られている。これらをリュックや袋に入れ、遙か奈良から山のような量持ち込まれ、皆さんにお配りになり、私も時々頂くことがあるが、とても素人とは思えないほどの良いできばえものである。

そんなわけで、野菜や花の話が出ることも多いが、そんな時は私も少しは口を挟むことがある。ところが、いろんな話題がが出ている中で、しばしばお孫さんのことに話が集中していることもある。そんな時は孫のいない私は黙って聞いている。皆さん、嬉しそうに話をされる。その他、さすが人生経験豊かな方々、いろんな面白い話し、びっくりするような話が聞かれる。そんな時、私も少しだけ発言することもある。〝そうですか〟、〝凄いですね〟、〝それからどうなったんですか〟、〝ヘェー、面白いことがあるものですね〟、〝ハァー、酷いですね〟、〝そうですか、それじゃ、安心ですね〟

ともかく、笑いが絶えないのである。ここにいる方々が実年齢よりも十歳も二十歳も若く見える理由が分かったような気がする。

　桜の真っ盛りの時期になると，どうということはないが，花見を一回はしておきたいような気がするのは私だけではあるまい。大学の私の研究室の学生さん主催でやるのは，大抵，万国博覧会場跡地の公園，万博公園か高槻の摂津峡，時にはキャンパス内であるが，休みの関係もあって，大抵，実行するのは毎年，桜の散り終わり頃であり，満開にうまくあたる年は少ない。

　京橋，天満から，長柄，毛馬にかけての旧淀川両岸の桜も見事である。淀川の砂に関係する仕事の事務をやられている村上さんが口火を切る。

「先生，お花見されましたか」

「いいえ，今年はまだです。村上さんはされましたか」

「はい，私は事務所が川岸に近いですから，毎日が花見です」

「今，淀川綺麗でしょうね。皆さん花見で一杯でしょうね」

「そうです。一杯人がでてます。綺麗ですよ。先生もどうですか」

　そこで誰かが口を挟む。

「どこでもビニール敷いて宴会やってますでしょう。あのビニール，桜の木にもの凄く悪いんだそうですね」

「そうですか。何でですか」

「通気が悪くなるからじゃないでしょうか。木がとっても傷むそうです。新聞紙やゴザなら問題ないようですけど，ゴザなんかこの頃使いませんもんね」

　そういえばこの頃あまりゴザ（茣蓙）を見かけない。手に入りにくいのだろうか。ゴザとも云うけれど，私の田舎ではむしろ（筵）とも呼んでいた。

「そうですか。なんかゴザの上で花見したのが懐かしいですね」

昔、私の田舎でも婦人会の人達が、川、玉湯川の土手の桜の木の下で筵を敷いて、桜餅なんかを食べて花見をしていたことを思い出す。

「ゴザは何となく貧乏たらしい感じがしていたけど、この頃、逆にゴザの方が優雅に見えますね、ビニールより」

「そうですね。特に青いビニルなんかはイメージ余り良くないですね」

「そう、公園や河川敷にホームレスの人がたくさん青いビニールのテントを張って暮らしているんで、余り良いとは云えなくないいましたですね、貧しい感じがしますから」

「ゴザとビニールの評価が逆転したみたいですね」

　そう、世の中、突然評価が逆転することがいろいろある。それまで、素晴らしいことに思えていたことが、逆に全くとんでもなく悪いイメージになったり、豊かなイメージのものが、突然、貧しいイメージになったり、ともかく突然変わるものが結構ある。

　大学もそうかも知れない。夢、夢、偉そうにしてはならない。いつ何時、極悪の評価がされて肩身が狭くなるとも限らないのだから。

六十四　だんだん

　もの凄く疲れて大学から帰るのは、大抵、夜も大分遅くなってからであり、時々、下車予定の下松駅を乗り過ぎ次の東岸和田駅で降りることがある。そこからはバスもないし、夜、歩くのには家まで少し遠いので、いつもタクシーである。疲労が極度で、もう目も開けておられないくらいの時もある。何のことはない寝込んで乗り越しである。

　この東岸和田駅のすぐ近くに、少し気になる寿司屋さんがあった。店の名が気になるのである。〝だんだん〟という店の名が気になって、一度、覗いたことがある。寿司の味はすっかり忘れたが、話はおぼろげに憶えている。

「ここの店の名前〝だんだん〟は有り難うという意味で使っておられるんですか」

「そうです」

「ご主人か奥さん、あるいはお知り合いの方、出雲の方ですか。出雲では〝だんだん〟と云うんです、私も出雲ですけど」

「私たち、出雲ではありません。出雲の他にもう一ヶ所〝だんだん〟と云うところがあるそうです」

「どこですか」

「熊本の人吉のあたりだそうです」

「そうですか。知りませんでしたね。そこでも有り難うという意味ですか」

「そうらしいです」

それ以来、熊本の人に会うと、またタクシーの運転手さんが熊本出身であると必ず尋ねることにいている。

「熊本では有り難うということを〝だんだん〟と云うんですか、人吉のあたりらしいですけど」

と尋ねると殆ど
「知りません」

とか
「人吉は大分奥地なので分かりません」

という返事が返ってくる。まだ一度も人吉で〝だんだん〟と云うことを確認していない。

　考えてみると人吉は大分奥地らしいし、出雲も中央から大分遠い。人吉あたりには平家の流れの人が移り住んでいるかも知れない。出雲にも結構、壇ノ浦の合戦以来、逃れた平家の関係者がいる可能性がある。同じ村の友人だった戸谷さんという人から〝自分の先祖は平家らしい〟と聞いたこともある。もしかして、〝だんだん〟は平家の流れの言葉かも知れないと思ったりもする。ということは、かっての京都あるいは平家の勢力のいた土地の言葉かも知れないと想像を逞しくし、妄想を逞しくて楽しんでいるが、それ以上の進展はない。

すっかり、こんなことに興味を持っていたのをしばらく忘れていた平成十二年のこと、愛媛大学から講演を依頼された。友人の有井清益教授、それに私のかっての学生さんで四国で活躍している井門喜信君が世話だから依頼を断るわけにはいかなかった。

いつもの通り、月並みな話を一時間半余りやってつとめを果たし、その夜の食事の場所に向かい松山市内をタクシーで走っている時である。窓の外に小さな看板がサッと流れていったが、どうも〝だんだん〟と書いてあったようなのである。〝あれっ〟と思ったが通り過ぎてしまい、はっきりは分からないが、どうも小さな飲み屋さんの看板だったようなのである。

「井門君、ここのあたりは、〝だんだん〟という言葉使うの」

井門君は、地元、愛媛県出身なのである。

「はい、昔は使っていたようですが、今はもう使いませんね」

「〝だんだん〟、どういう意味。有り難うという意味じゃないの」

「確かそうです。昔のお婆さんなんかが使ったように思います。今は誰も使いませんけどね」

大抵、お婆さんは昔の人である。そんな会話があったのも、またすっかりどっかに忘れてしまっていた。〝松山界隈で、そう云ったのかな〟とは思ったが、深く詮索はしなかった。それでも機会のある毎に、愛媛出身の人に会うたびに、タクシーの運転手さんに会うたびに尋ねる。

というよりも、そのため、まずどこの出身かを尋ねる。

「運転手さん、大阪弁じゃなく、標準語使われていますね。ご出身大阪じゃないんですか」

「大阪です。できるだけ標準語を使おうと思って、心がけていますけど、標準語に聞こえますか。まだ自信はないですけど」

という答えがある時もあるが、大抵は次の会話である。

「ええ、大阪じゃありません」

「どちらですの。私は山陰の出雲ですけど」

ごくたまに同じ出雲出身の運転手さんもいるが、大抵は他の地域である。それでも九州、四国出身の方が多いようである。

「四国です」

「四国のどちらですか」

「ｘｘｘｘです」

まるで身元調査をやっているようだが、大抵なごやかに話が弾む。

「四国のｘｘｘｘでは、〃だんだん〃という言葉使いますの」

「聞いたことないですね」

ＪＲ環状線天満駅の近くの喫茶薩摩にはなぜか四国、愛媛出身の人が多い。お客の村上さんも同じ愛媛で生名島の出身。ということは恐らくかって瀬戸内海を縦横に活躍していた村上水軍の系統の人に決まっている。四国、愛媛出身の人が多いのもどうりである。もともと経営者の西別府さんが愛媛である。

「ご出身はどちらですか」

「愛媛の津島町です」

そう云われても四国出身でない小生に分かるはずがない。

「愛媛のどの辺になりますの」

「宇和島の少し向こうで、海の綺麗な所で、良い所ですよ」

「西別府というのはそこの名前ですか」

「いえ、もとは田中です」

「そちらでは〝だんだん〟て使いますか」

「それなんですの」

「有り難うという意味です、出雲で」

「そんなん、使いません。村上さん、使いませんね、愛媛で」

「そう、知りません」

　こんな会話があった翌日である。大阪市内で乗ったタクシーの運転手さんに近距離であったが早速話しかける。

「運転手さん、この頃余り寒くないですね」

「そうですね。昔は冬にはもっと雪が降ったし」

「運転手さん、どちらの出身ですの」

「私は四国ですわ。四国では雪は少ないですが、若い頃働いていた所では結構降って積もったんですよ。生まれた所は瀬戸内海に面してますから余り雪は降らなかったんですが、降らなかったけど寒かったですよ」

「四国のどちらですの」

「御荘です。八幡浜と宇和島の近くです」

「そうですか、じゃ、津島町知っとられますか」

「近くですから、よく知ってます。海の綺麗な所ですね。一時、真珠の養殖なんかもしてましたね、今は知りませんけど」

「そうですか。まさか、その辺で〝だんだん〟と云う所有りませんでしょうね」

「あー、〝だんだん〟って云います、有り難うという意味で。〝だんだんな〟なんて何か貰った時など、一寸、添えてお返しするんですね」

「そうですか、云うんですか。どの辺で云うんですか」

「そう、宇和島のあたりはみな云う筈ですよ。今の若い人は余り云わなくなっているか知れないけど」

それから一、二ヶ月後の薩摩での会話。

「この間、宇和島の御荘という所の運転手さんが、あちらの方では〝だんだん〟て云うと云ってましたよ。津島町のあたりも云う筈だとも云ってましたよ」

「そうですか。云いませんでしたけどね。それじゃ、一度、姉に聞いてみます」

どうもお姉さんと凄く仲がいいようである。

それから一、二ヶ月後。

「姉、登代子姉さんに電話したら、〝だんだん〟云うと云ってました。〝あなた知らないの、あなたが子供の頃、皆んな云ってたのに〟と云ってました。そう云われると聞いたことがあるような気もしますけど、やっぱり覚えがないですね」

これは間違いない。宇和島、少なくとも南宇和島あたりでは〝だんだん〟と云った筈である。

大発見である。出雲、人吉（?）の他、愛媛宇和島あたりでも云ったことになる。〝だんだん〟は結構、一般的な日本語だった可能性がある。宇和島あたりも平家の子孫がいるのだろうか。壇ノ浦、檀ノ浦いずれにしてもそう遠くはないし、一寸、中央から遠いから可能性があるかも知れない。それと、念のため江戸時代の大名が誰だったかもチェックしておく必要がありそうである。出雲、松江藩は松平、もしかして宇和島、人吉あたりも松平と関連のある親藩であったとすると、もしかすると徳川の流れのものがいる所では共通に使われていた可能性もあるかも知れない、と云う極端な推論もできる。しかし、それはなかろう。もし、そうであれば、東京や、名古屋や、和歌山はもちろん全国至る所でも云われる筈である。しかし、そうではない。

まだまだ〝だんだん〟の無責任な研究が続けて楽しめそうである。

追記

平成十四年、大阪市内で乗ったタクシーの運転手さんとの会話の中で出た話である。

「運転手さん。ところで、ご出身どちらですか」

「熊本です」

「熊本のどちらですか」

「球磨郡、山江村です」

山江村と聞いても私に分かるわけがない。

「どのあたりですか。人吉から遠いですか」

「人吉のすぐ近くです。近いどころか、道を隔てて人吉です。私の家の田圃は人吉にあるんですよ。人吉のインターが出来る時にうちの田圃も少しとられました」

「そうですか。大分以前に、人吉あたりでは〝だんだん〟て云うと聞いたことがありますが、その後誰に聞いても分からないと云うんです。どうなんですか」

「〝だんだん〟、云いますよ。有り難うという意味で。今の若い人は〝だんだん〟云わなくなっているかも知れませんけど、ある年齢以上の人は今でも使っている筈ですよ」

ついに明らかになった。やっぱり、人吉も〝だんだん〟である。

だんだん、〝だんだん〟仲間が増えて、嬉しい限りである。〝だんだん〟保存会も全国的になりそうである。

六十五　文明の利器　3　同時通訳

平成十三年三月、丁度、モスクワのクラパク(Khrapak)教授が大学を去る日、突然、チェコのネスプレク(Nespurek)教授がやってきた。夕方も無理、夜は松浦教授の退官パーティ。クラパクさんは、翌早朝、関西空港から帰国するため、近くにある私の家に泊まることになっているが、一緒に夕食も食べられないのである。

そんなわけで昼ご飯しか時間がなく、学内の銀杏会館で食事の最中のことである。ヨーロッパ連合いわゆるEUの公用語の話になった。

「EUの公用語がフランス語になったって本当ですか」

「そう」

「えっ、信じられませんね。フランス語の分かる人が多いんですか」

「スペインのポルトガル、それにイタリアの言葉もラテン系で似ているから結構多いかも知れません」

「あなたは」

「私は駄目、ドイツ語ならできるけど。東ヨーロッパはドイツ語の方がいいかも知れない」

「ずいぶん、いろんな言葉があるのは不便ですね。英語かあるいはどっか小さな国の言葉を公用語にしたらどうかな」

「こんなことが、実際あったんですよ、五、六年前の国際会議で。良い会議場だったので、同時通訳されて皆んなイヤホーンを持って聞いていたんです。発表する人や質問する人は、それぞれ自国のいろんな言葉をしゃべって、それが全ての参加者に、それぞれ各自の国の言葉に翻訳されて耳に届くんですよ。凄いシステムなんです。人も金もかけて。ところが、突然停電したんです」

突然、パッと会場の電気が消えた。停電である。もちろん、マイクロフォンもヘッドフォンも全て働かなくなって会議中断である。通訳もどうしようもない。恐らく、混乱に陥ったに違いないと思って聞いた。

「それからどうなりました。大変でしたでしょう」

一瞬とまどった司会者、さすがである。ほんの数分間中断して、会場世話係の説明を少し聞いた後、大きな肉声で云ったそうである。

「設備がすべて止まりましたので、すぐに回復の見込みはありません。緊急ですので、それではしばらく英語を使いたいと思いますが、同意して貰えますでしょうか」

もちろん、全員が同意して、すぐに英語で会議が再開されたそうである。

会議参加者、全員極めて流暢な英語を話したので、通訳を使っていた時より、遙かにスムーズに会が進んで、もっと活発な討論が行われたそうである。

めでたし、めでたし。

「ルールはルール、次回も通訳を介しますが、あらかじめ打ち合わせて置いて、始まったらすぐに電源を切って停電させることにしましょう」

と話されたということである。本当かどうかは知らないが。

六十六　暴論　光

講演を終えて東京駅に急いだが乗れたのは午後一時三十分過ぎの新大阪行き〝ひかり〟である。五時までにどうしても大学に帰らなければならないのである。

いつもなら論文原稿のチェックか論文執筆をするので車中が直ちに仕事場に変わるのだが、この一ヶ月ほど余りに多忙で殆ど毎日睡眠時間が四時間半と無理が続いていたので、乗ってしばらくすると原稿を膝の鞄の上に載せたまま眠り込んでしまったようである。もっとも、こうして時々出張の度に車中で眠れるから何とか体が持ちこたえられていると云えるのかも知れない。平成十四年の四月、新学期に入ったところだから定年まで丁度三年というところであるが、これから定年ぎりぎりまで、こんな状況が続くのかも知れない。

目が覚めたのは名古屋到着直前である。上げた目に車内の褐色のニュースのテロップが入る。いつも思うのであるが、もう少し優しい色合いの表示はできないんだろうか。人間工学的にあるいは最近はやりの感性工学的に褐色というのは必ずしも良い色ではなかろう。記憶のある間ずっと新幹線の電光掲示ニュースはこの色である。恐らく開発された当時はこの色が最良の選択であったろうが、その後関連技術には随分進歩があり、液晶、LED、有機EL、プラズマディスプレィを始め様々な技術があって、もっと良い色も可能である筈である。もっとも、コストのことを考えると最良の選択はできないかも知れない。しかし、一寸した工夫でもう少しよい色に変えれる気がする、コストを余り上げずに。

こんなことを思ったのも、この日の講演が有機EL開発最前線であったからであろう。

飛び込んできたニュースは、

〝英国で最古の銀河発見、地球の創造百三十億年に遡る〟

というものである。

なるほどと思いながら、さてこれまで宇宙の創造は何年前だとされてきたのかな、百億年くらい前だったのかななどと思い出そうとするが思い出せない。思い出せなくて当たり前である。我々の実感できる範囲を超えた長さであるから。

それに、個人的には、どうもこの宇宙創造、宇宙の始まりの年という議論が、自分の感覚と一致しない。どうも馴染めない。どうも無理しているような気がするのである。

百三十億年は無限に近いのではないかと思えそうであるが、始まりがあると云うことは有限であって無限ではないから、無限と全く異なる考え方である。学問として成立していることなのだろうけれど、全く専門外の私にとってはどうもしっくりいかないのである。そりゃ、ビッグバンの話、英国のホーキング博士の話などが時々マスコミで熱く語られ、宇宙の始まりの話が伝えられる。しかし、もし本当にその始まりが百億年一寸前とすると、私には余りに短いような気がしてならない。

どうも人間はすべてのものに始まりがあると考えたいらしい。宇宙は拡がりつつあり、宇宙の果ては百三十億光年先、即ち、宇宙の果てまでの距離は光が百三十億年かかって到達する距離だと云うのであるが、これも人間は無限の広がりは考えたくないということから人間に満足させるため、自己説明して安心して納得するために、空間的にも無限でなく有限としているのではないかと考えられなくもない。拡がりつつあるということは逆に云うと百三十億年前一点から宇宙が始ったということである。

無限の時間、無限の空間があること自体、人間を非常に不安な心にし、特に頭のいい人を不安にするのかも知れない。面白いのは仏教で云う、この世ができて約五十億年と、この宇宙観測から云われている時間スケールがほぼ一致しているところである。人間、このくらいの長さであると、ほぼ無限と同じと理屈上も、心理上も納得できるのだろうか。

私自身は、あっさり無限としてしまっても良いのではないかと思うことがある。どうせ人間の頭の中に、考える頭の中に畳み込んで自然を理解し尽くそうということ自体がおかしい。人間と人間の能力を過信している。あるいは、人間が不安なので、無限を外すという条件下でしか頭を働かせられないのだろう。

いっそのこと、宇宙は無限、過去も無限、未来も無限としてしまっても良い。その上であらためて現在の観測しうる、知りうるすべてのことを説明する理論を考えても面白そうである。

宇宙には端があり、宇宙はビッグバンで始まって以来、その端が遠ざかりつつある、即ち、宇宙は拡がりつつあり、遠方ほど高速で拡がっている、遠ざかっている、とすることで、遠方から来る光ほど赤い方に光がずれている、赤方シフトしている、即ち、光のエネルギーが少し下がっているという観測事実を説明しているのだろう。その話を専門外である私たちが聞いたり、読んだりするとなるほどと納得する。これで有限の宇宙、有限の時間、空間、時空間で辻褄があることになるのだろう。しかし、本当の意味で私なんかはイメージがしっかり摑めているとはとうてい思えない。

本来全くの専門外の者が無責任に云う事は不適当と思われるが、あえて専門外の人間が楽しむために、勝手な仮説を立てて考えてみても面白いものである。

要するに、光は長い距離、長い時間伝わってくる間に少しづつエネルギーを失ってくる、云い変えれば、疲れてくるという考えである。これは自己疲労ということになる。もっとも、我々の通常観測している時間、距離程度ではそれは観測にかからないくらい小さい効果であるとするのである。即ち、月や太陽や近くの星から伝わってくる程度では無視できるとするのである。何と相互作用しなくても疲れてくる。もしかしてやがて未知の相互作用が見いだされるかも知れない。場としての相互作用もかも知れない。ともかく極めて僅かずつだが、伝わっていくに連れて光がエネルギーを失ってくるとしてしまうのである。すると、遠方から地球に届く光ほど、ほんの少しエネルギーが低くて、赤方偏移が当たり前と云うことになる。

考えてみると今乗っているこの新幹線も〝ひかり〟だった。この〝ひかり〟も長く走っていると、自己疲労してエネルギーを失ってくるようである。

春眠暁を憶えず、はまさにこの時期。眠気眼（ねむけまなこ）でのとんでもない無茶苦茶な話しとして専門家からは無責任なことを云うなと強いおしかりを受けるだろうが、眠気眼の夢の中の話として許して貰おう。全く証拠もなければ保証もない、あっさり矛盾がでるだろう無責任な話で実際責任もとれないが、楽しむには面白い。

六十七　子どもの発想　髪

　三女智恵が就職して二年目のゴールデンウイークの三日目、五月三日は珍しいことに自宅である。就職して一年目は大学へ派遣され、どうやら休日も祝日も無しで実験に明け暮れていたようで、二年目になるとやっと時間がとれるようになったようである。

　この日は長女瑞穂と主人の能澤克弥君が来たので、家内も一緒の五人でテーブルを囲んで昼食中のことである。いつもの通り、瑞穂が一人加わるだけで、途端に賑やかになって笑い声があふれる。家内の一言で始まった。

「この連休、ずいぶん片付けがはかどったけど、瑞穂のものが本当に多い。面白いものもいっぱいあって、卒業論文も出てきたし」

「あれ、素晴らしい卒論だと思うよ。たくさんの人が資料を提出してくれているし、印刷して出版しておいたら素晴らしいものになると思うな」

「私もそう思うな、瑞穂の卒論」

「私、本当あほだから、分からん。お父さん、そんなことどうして分かるの。私、分からんこと本当に多かった」

「お姉ちゃん（瑞穂のこと）ばかりじゃない。私もだったん。姉ちゃん（次女の香苗のこと）は頭が良かったけど、私はちっとも分からなかった」

と智恵。

「この子は、小学校一年の知能検査があった時、本当に、何して良いか分からず、ぼっとして見ていたから、知能指数ゼロだったみたい」

「私、何していいかなんにも分からなかったもん」

「知能指数ゼロで京大に入ったんだから、凄いな」

と能澤君。

「私は結構負けず嫌いのところもあったから、何やっているか分からなんだけど、皆んな何かやっているから、負けたらいけんと思って、わけも分からず一杯書いておいたんよ」

「香苗は頭が良すぎたから。私、それで何でも分かったような顔したこともあったけど、ちっとも分からなかった」

「私が何にも教えなかったから、それがいけなかったかな」

と妻。

「それでユニークな凄い子共になったんじゃないですか。ユニークで普通の人の発想できないような発想するんですよ」

「そんな事じゃなくて、子供は皆んなわけも分からなくて変なこと考えているのかも知れんよ」

「そう、智恵、髪の毛の話し、お父さんにも教えてやったら」

「そんな」

「いいじゃない」

「そう、お父さん頭いいと思ってたの、小っちゃな頃。だって、皆んな髪の毛はえているんでしょう。あの髪の毛、頭の中から出てくるもんと思ってたから、お父さん髪の毛が出てこないのは、頭の中に髪の毛が入っていなくて、そのぶん脳味噌が一杯入っていてそれで頭がいいと思ってたん、本当に」

大笑い、びっくり、驚き。すばらしい発想にあらためて智恵を見直すことになった。

六十八　芙蓉（ふよう）

毎年、夏は暑い暑いと音を上げるくらい閉口しているが、どうも年をおうに従って日本の気候が異常になっているような気がしてならない。昔と比べて天候がちょと変わってきているような気がするのである。この平成十四年の夏も格別の暑さである。もっとも、今年国際会議で訪れたオーストリアのグラーツもドイツのダルムシュタットもチェコのプラハも、とんでもなく暑い夏だった。

暑さと通勤ラッシュを避けて朝家を出るのが毎朝六時過ぎであるが、もう汗をかくほどの暑さである。恐らく二十八度から三十度近くもあるのだろう。こんな平成十四年の天神祭りの直後の土曜日の朝、JR阪和線下松駅近くの民家の庭先に綺麗な芙蓉（ふよう）の花を見つけた。〝あれ、もう芙蓉が咲く季節か〟と少し薄目のピンク色、と云うより桃色と云ったがよいような美しい芙蓉の花にしばし気を取られた。昔から上品な美人がこの花にたとえられるだけあって、とてもすてきな花である。

下松から、鳳駅までの間の沿線にもあちこち芙蓉の花があるが、気を付けてみるといずれも美しい桃色の花を付けている。どうやら蕾から花が開いて余り日も経っていないようである。もっとも、芙蓉の花は一旦咲いても、夜閉じてまた朝開くようであるが。

この時ハッと気が付いた。〝あれ、いつもと違う、どの花もピンクだ〟。芙蓉の花の色はピンクと白の二種類である。しかも、驚くことに、一本の木に、枝によって白とピンクの花が付くのである。白の木とピンクの木があるのでなく、一本の木に両方の花がつくのである。他の花では信じられないことで、最初このことに気が付いた時は、全くびっくりしてしまったことを憶えている。

子供の頃から芙蓉の花は知ってはいたが、出雲の我が家の庭には生えていなかったので余り印象がなかった。ところが昭和から平成に変わる頃のある年、特別講義に九州大学へ呼ばれて、博多の箱崎のキャンパスに行った時、大学の最寄りの鄙びた駅のホームの外れにこの芙蓉の花が咲いていたのである。余り大きな木ではなく私の背丈くらいで、花が付いてるその横の枝にはもう実が付いていて、それも大分乾燥していたのである。久し振りにあらためて見る芙蓉の花は美しい。何も迷うことなく、その実から種を取り四つ五つポケットに入れたのである。

数日後、岸和田の我が家に帰って、庭に種を蒔こうとしたがスペースがほとんどないので、隣との堺の塀の所に蒔くと云うより、放り出しておいたのである。それが翌年芽を出して、数年後には結構大きくなり見事な花を咲かせ出したのである。この木に咲くのも白とピンクの二種類の花だったのである。最初、この木だけ異常かなと思ったが、それから注意してみるとほとんど全ての芙蓉が両方の色の花を付けているのを知ったのである。この日、ピンクの花を確認した阪和線の沿線の芙蓉も実は例年白とピンクの花を付けていたのである。そんなわけで、ピンクだけの花を見てびっくりしたのである。これが異常なのである。

なぜ、今年にかぎり異常なのだろう。格別の暑さのせいだろうか。それとも、雨量とか、冬から春への気候の変化の速さ、あるいは雨などによって影響を受けるかも知れない土壌の酸性度など、何か他の特別の要因でもあるのだろうか。

いつの日か、必ず、この原因を調べてみたい。逆に云うと、なぜ一本の木で枝によって花の色が変わることがあるのかということもその理由が理解されることになるのかも知れない。もしかして、この芙蓉の花のピンク色の花の色素は少し特異で、条件によって簡単に白に変わるのかも知れない。とすると、それを利用すれば何かに役立つのかも知れない。

ここに至ってまた自問自答である。そもそも白の色素があるのか。そんなわけはない。白ということは全ての色を吸収しないということである。すると、透明であれば無色ということになる。透明でなく白いということは光が散乱しているから、全ての色の光が散乱しているからなのだろう。ということは、色素の分子構造が変化したのか、あるいは光の散乱の原因になっている光の波長くらいの領域のミクロな構造が変化したのかも知れない。

そもそもピンクの色も、桃色と云ったようにとても淡い色である。もともとピンク色の色素があるかないかで花の色が異なると考えるのが普通であるが、構造が変化して散乱するようになるとピンクの色も散乱に負けて、見かけ上見えなくなってしまうかも知れないと考えてみても面白い。逆に全部の目に見える光を散乱している状態が白で、微細な構造変化が散乱の波長依存性を変化させてピンクの色の光を特に散乱して結果としてピンクに見える可能性もある。ともかく、面白い課題であるので、一度調べてみたい。と云っても自分に直接実験して調べる時間的余裕がない。誰か、研究室の若い学生さんか、我家の三女智恵に頼んでみようかと、いつもと同じように勝手なことを考えている私である。

こんなメモをして直後に乗ったタクシーの窓から見る阪急北千里駅郊外の公園にはムクゲ（木槿）がたくさん植えられている。なんと、気が付いてみるとムクゲも白とピンクの花である。花の形は異なるが色合いは芙蓉と似ている。タクシーから遠い距離で見る限り、大多数の木で、ピンク、白と分かれて咲いているが、どうも中には一本の木から混在して咲いているのもあるようである。花の色の原理が芙蓉と似通っているのかも知れない。芙蓉と違って、ムクゲは朝顔の花にも似て咲いた真ん中の所、雌しべの根元の所は真っ赤である。ワインレッドをもう少し紅くした感じである。白い花の真ん中にもそんな色のものがある。何か花の色の謎解きのヒントが摑めたような気がする。

六十九　ババさん

ババさんは馬場さんでもなければ婆さんでもない。ババさんであり、英語で書けばBawaさんである。

インドのニューデリーにある国立物理学研究所の主任研究員であり、日本―インドの国際交流の一環としてお世話をしている九州工大の金藤教授から依頼を受けて大阪大学の私の研究室に受け入れて一日一緒したのである。何しろ金藤教授はもともと私の所の学生さんだったから、何が何でも協力しなければならないのである。平成十四年秋の半ばである。

　ババさんの専門は液晶であり、私の専門の一部と重なり、研究の話に花が咲いて有意義であったのは云うまでもないが、非常に真面目な紳士であるけれど、中で結構面白い話を披露してくれたのである。そんな中の一つを紹介しておくことにしよう。

　私の家が非常に遠く、毎日片道二時間以上もかけて通勤していることを知って、びっくりしたババさんの話である。

「二時間以上も大変ですね」

「大分慣れましたけど、やっぱり大変です」

「それじゃあ、朝、暗いうちに家を出て、帰られるのは深夜ですね」

「そうです。こんな生活が恐らく定年まで続くでしょう」

「大変でしょうけど、乗り物の中で結構仕事がはかどるのじゃないですか」

「そうです。だから家では何にもしません。学校の仕事は殆ど電車の中で済ませます。だから、家族は、〝何にも勉強しない人だな、捜し物しているだけだな〟って思っていると思います」

「本当に大変と思いますが、体を大事にしてください」

「有り難う」

「インドにも、そんなとても忙しい人がいます。そんな人にこんな話があります。ある時知り合いがそんな猛烈な人に尋ねたそうです。〝子供さん、大分大きくなりましたか〟そうしたら答えたそうです。〝もうこのくらいになりました〟両手を横に広げて一メートル余りの長さを作って」

「ワッ、ハッハッハッ」

　大笑いをしたババさんと私である。

追記

それを横から聞いていた学生さんの一人が、ババさんが帰った後、恐る恐る私に尋ねた。

「先生、あの時、ババさんが両手を広げて長さを測るような仕草をした時、何であんなに笑われたですか」

「あれわね、こんなわけなんだよ。普通どのくらい大きくなったかを云う時は、地面から一メートル余りの高さの所に手の平を広げて水平に出して背の高さを示すでしょう。丁度、手の平を子供の頭の上に添えているような感じで。ところが、暗いうちに出て、暗いうちに帰る人にとって、いつも子供を見る時は、子供が眠っている時なんだよ。だから、子供は横になっているから、つい背の高さを云うときも、横に長さを測るということなんだ」

七十　研究者のタイプ

平成に入った頃からいろんな所でいろんな種類の講演を依頼されることが次第に増えてきた。そんな講演の始めに、世の中にはいろんなタイプの研究者がいるが、その中で私はどんな研究者かということをあらかじめ断っておいてから、本題に入ることがしばしばある。

まず、私が大学院の学生時代に先輩でもあった助手の先生から聞いた面白い話から始める。

ある大学で〝研究者には様々なタイプの人がいるが、あなたはそのうちのどれですか〞という質問が全教官にあったそうである。結果はどうか知らないが、その分け方が面白かったので今でも憶えているのである。

(1)創意工夫型、(2)銅鉄主義型、(3)本邦初演型、(4)演習問題型　などである。

(1)ならよいであろうが、私が大学院で研究を始めた昭和四十年代の初め頃には我が国にはまだ、(2)、(3)、(4)のタイプがかなり多かったような気がしないでもなかったのである。この話をまたある大先生に話したところ、〝吉野君、そうか、随分落ちたものだな、昔は銅鉄主義とは云わずに、金銅主義と云ったもんだよ〞。私に云わせればどっちもどっちである。要するに、外国で銅を使ってやったという報告が出たから、日本で鉄を使ってやる、というやり方である。外国が金だったから日本で銅というのと本質的に変わりはないのである。もっとも当時こんな調査がやられること自体、自分たちが独創性、オリジナリティに乏しい研究開発をしているという、自信のなさというか、反省があったということでもあると思える。

なお、字の通りで自明であるが、一応(3)、(4)のことも述べておくと、(3)は外国でやられた研究を見て、同じことを日本で初めてやったという研究、(4)は原理、原則、基本方程式は既に分かってよく知られており、これをいろんなケースに当てはめて答えを出すと云う研究で、ケースをいろいろ変えるといくらでもいろんな問題が作れて、いくらでも答えが出てくる、丁度、試験問題を解くような研究である。

日本が経済的に世界の中で大きな地位を占めるようになって以来、特に二十一世紀に入った今、(2)、(3)、(4)のタイプだけでは許されなくなってきて、世界を先導するオリジナルな科学技術上の発見、発明、貢献が強く求められるようになってきているのは周知の通りである。

これからここで話すのは、それとは少し違った視点から現在の研究者を眺めての私の分類である。私は、研究者にはいろんなタイプ、いろんな立場の人がおり、これは作物の栽培と比較してみると面白いと思っている。

まず、畑を耕す人、種を蒔く人、育てる人、実らせる人、刈り取る人、収穫する人、食べられる形に処理加工する人、売買する人、がっぽり儲ける人、その他、やれやれとけしかける人、何にもやらずにうまく恩恵に与る人など、まあいろんな人がいるものである。

私は一体このうちどのタイプに属するのか。自分では種を蒔くタイプであるような気がしている。育てる力も、実らせる力もあまりあるようにも思わない。もっとも、私が種を蒔いても、芽が出ないものもあるだろうし、芽が出てもろくな芽でないということもあろうが、ともかく、種をやたらとばら蒔くタイプのように思っているし、他人からも、私はどのタイプに見えますと問うと、そう云われる。

今、この原稿を書いていて当たり前のことに気が付いた。種を蒔くと云っても、良い種でなければならないし、そもそも種そのものがなければならない。ということは、種を見いだす、発掘する能力も種を蒔くということに含めて置かねばならない。種を見いだすには努力も必要だろうが、どうも直感力というようなもの、よく観察する力、一瞬に察知して見逃さない力というようなものが必要に思えてくる。目の前にある、或いは目の前を通り過ぎていく種を、種と気づいて一瞬にパッと摑むことが必要である。形、臭い、音から一瞬に種と気が付く必要があるのである。

こんなことが訓練で身に付くであろうか。持って生まれた能力もあるかも知れないが、生まれ育ってくる環境で自然に身に付いてくる可能性もあるような気がする。

研究というと、当然、大学の卒業研究から、或いは大学院に入ってから始めたと思ってきたが、どうもそうだろうかという気もしてきた。そもそも、私は一体いつから研究を始めたのだろう。先入観を捨てて考えてみると、なんだか研究ということに近いことを、ずいぶん以前からやってきているような気がしてきた。恐らく私だけではなく殆どの人に云えることだろう。

私のことを振り返って考えてみると、どうも小学校の低学年から、もう、云い方によったら研究と云っても良いようなことをやっていたような気もする。

小学生の頃の学校の授業で何か面白いことを覚えているかと問われれば、余りない、と答えざるを得ない。そもそも、授業そのものがほとんど記憶にない。楽しくて、今でも生き生きと鮮明に憶えているのは、家のすぐ横の川や、百メートルほど離れた宍道湖での魚とり、魚釣りである。自分が興奮している様子が手に取るように浮かんでくるのである。そんな自分が見えるのである。

まず、最初に魚とり、魚釣りに連れて行ってくれたのは父であり、兄であったと思う。今と違って、とった、釣った魚は全て食料である。私の生まれたのが太平洋戦争の始まった時、記憶に残り始めたのが敗戦の色が濃くなった頃、終戦の頃であり、育ったのが戦後であるから、食べるのが当たり前である。

記憶にある最初の釣れた魚はせいご（鱸（すずき）の子）である。兄に連れられて宍道湖に行って、昼になって手篭に一杯釣って持って帰った時、ラジオの前で終戦の放送を神妙に父母が聞いていたのを憶えているのである。その時、兄は私に竿を持たせてくれ、また手篭を持たせてくれた。

次ぎが父に付いて行った、春先に雨の降った後の川である。産卵のため遡上し、産卵後宍道湖に帰る鮒（フナ）をとるのであるが、これが凄く大きいし、信じられないくらいもの凄い数とれるのである。宍道湖のフナは全く臭くないし、結構脂がのっていてうまい。その他に鯉、ウナギ、ナマズなどもとれるがこれも大きく、うまい。

その次が宍道湖での蝦（エビ）とりであり、やはり最初は兄に付いて行ったが、すぐに私が主導権をとって、私の独壇場になる。宍道湖にいろんなエビがいるが、とるのは主に手長エビである。もちろんシバエビもとれる。白髪エビと称するよそでは見かけない生きているときは透明に近いエビなどいろんなエビがとれた。

エビをとるのに、まずどこにいるかを判断する直感が大事である。エビがいない所ではとれるわけがない。

小さなエビタモで一匹、一匹づつ伏せてとるわけだから、湖底のエビが見えないといけない。エビタモは径十～十五センチくらいの細い針金の輪に白い糸で編んだ網の目が数ミリ角の網を取り付けたもので、網の深さは十五センチくらいである。湖面が透明でないといけないのは当たり前である。

これが朝五時頃起きて、少し薄暗い庭に出た瞬間に分かる。風の向き、強さを肌で感じて湖面の波の様子が分かるのである。家から湖岸まで真っ直ぐ百メートル弱の距離に過ぎないが、早く湖に行きたいという気持ちから、急ぎ足で歩いても、これが随分長く感じられる。この時、実距離と心理的距離が違うことを知った。

まず、エビがどこにいるかを知る、エビがどんな所を好むかを知る、エビがどういう動きをするかを知ることが大事である。エビは石の下、岩の隙間、杭の陰、藻の中などにおり、そんな所からそろそろと這い出すが、一寸びっくりさせて脅すと尻尾の方にピンッと跳ねるように跳ぶ、跳ぶように跳ねると云った方が正しいかも知れない。ピンッと二十センチくらい跳んで、一瞬間をおいてまたピンッと跳ぶ。もう一度くらいピンッと跳んだ後はジリジリ後すざりするように移動する。

どの瞬間に網、エビタモを被せるかであるが、ピンッと跳ぶ直前である。しかも尻尾の方から被せる。被せなくとも尻尾の方に網を持っていくと勝手にピンッと跳ねて入る。入ったその瞬間網をさっと上げるのである。こうすれば網が湖底に擦れることなく、破れないので長持ちもする。網を被せるというより、網をサッと後ろ、尻尾の方から水中で頭の方に湖底に平行に速い速度で一瞬になでるような感じで動かす。サッと掃引するという方が良いかも知れない。まだ下手なあいだはエビには逃げられるし、伏せても、それをとり上げるまでにタモで水底の砂をぐりぐり擦るので糸は切れるし、そのうち針金は折れる。とれたエビをエビタモから取り出す時も手を入れてつかむのでなく、篭の上でタモを逆さにしてポンと衝撃を与えるとポロッと落ちる。

エビは石の下から勝手に出てくる時もあるが、入り口の所にいて動かない時もある。そんな場合には上手に追い出す。或いは、見あたらなくても糠団子を作っておりそうな所の二十センチくらい先に蒔く。すると暫くすると穴の中から臭いでおびき出されて出てくる。糠を蒔いても効果がなくて出てこない時もある。どのくらいの時間待って出てこなければエビがいないのかの判断も大事である。いないのに余計な時間待っても無駄であり、逆に余り早く諦めると他へ移ってから後で出てきていることがある。また、思っていた所と全く別の所から、時には随分遠くから臭いに誘われて出てくることがある。糠や穴の周りだけでなく、かなり広く一～二メートル四方くらいは視野を広げて見ることも大事である。要はいない所ではいくらとろうとしてもだめであり、見極めが大事である。だから人のとった後でとろうとしてもなかなかとれないことは当たり前である。朝、人より一歩先に出る。誰もいない所が良い。ある朝ある所でたくさんとれたとしても、その後二、三日はとれるが、一週間もとれ続けるわけではない。近くにエビがいなくなったのである。当たり前である。そんな所でも一ヶ月位するとどっかからまたエビが寄ってきている。

エビがとれなくなっても少し沖合を見てみるとやっぱりエビがいるのである。エビタモの柄を少し長くすれば届く。竹を継ぎ足すのである。これで二倍ぐらいの長さまでになると、かなり沖合のエビもとれるようになってくる。ともかく、面白いもので、エビとりの経験を積んでくると、湖岸に立っただけでエビがいるのかどうかの勘が働くようになってくるから不思議である。また、その勘が良く当たるのである。うまくない人はそもそも勘が働かないので、エビがいない所で一所懸命やっていることが多い。

エビタモの値段は十円か二十円であるがやっぱり貴重である。しかし、エビをとる要領がよくなるとほとんど破れなくなるが、時には竹の柄から抜け落ちてタモが手の届かない所に落ちてしまうことがある。こんな事を経験すると、タモに糸を結んで反対の端を竹に結びつけておくという知恵が付いてくる。こうしておくと抜け落ちたタモを糸で引っ張ってとれる。要するに道具に工夫をするようになるのである。

エビをとり続けるのが七時過ぎまでで、大体二時間くらいなので、そのままでは篭の中でエビが死ぬ。どうしたら長らく生かせるかいろいろやっているうちに、葦や蘆或いは笹や草を切って濡らしてエビの上に掛けておけばよいことが分かってくる。これでかなりの時間生きるので、生きたまま持って帰れる。従って、これを魚屋さんに売りに行った時には高く売れることになる。

余りエビがとれ過ぎると重さで篭の下の方のエビは死ぬので、余りとりすぎてはいけない。価値が落ちるのである。だから、大体一貫目（三・七五キロ）くらいでやめておいた方がいいことが分かってくる。これでも漁師さんが舟で出てとってくる量と同じくらいであり、しかも、小生の場合一匹一匹づつ選んでとるのだから粒ぞろいである。従って、漁師さんにも驚かれ、呆れられることになり、有名になってしまう。だから、とり始めて大体二時間くらいでやめるのがよい。二時間くらいがよいと云うのには別の理由もある。

七時を過ぎる頃から湖面が少しづつ波立ってくるのである。うねりのような波でなく、波長の短いさざ波である。波長の長いうねりのような波の場合は湖底が透けて見えるが、さざ波の場合、光の反射の乱れもあるし湖底がよく見えなくなる。これは風によるもので、陸の方から湖の沖合の方に弱い風が吹き始めるのである。実は、五時より前にも少し波がある。湖の方から陸の方に風が吹いているのである。これは肌に触れる風によっても、また波打ち際の砂の模様からも明らかである。夜中には結構吹いていたのではないかと思える時もある。ともかく、この五時から七時頃の間が風がなく湖面が凪（な）いでいてエビがとりやすいのである。私にとっては肌にあたる早朝の風は爽やかさ、冷たさなど雰囲気を感ずるものだけでなく、湖の状態とその日のとれ具合を直感で判断する手がかりでもある。

それと、五時前、また逆に八時近くになると、エビの動きが少し悪くて、糠を蒔いてもそれを求めて積極的に動き出さないようであり、おびき出しにくくなってくる。どうも五時から七時くらいの間が朝食の時間帯のようでエビの糠に対する応答がよくなるようである。実は、魚を釣るのもこの時間帯がよい。それと、夕方五時から七時頃もよく釣れる。恐らく魚の夕食の時間帯だろうと思っていた。魚はのべつまくなく餌を探し求めているように見えるが、主には朝晩の二食であると自分では思っていた。ウナギなどは少し暗くなってからの食事のようである。

ところで、五時過ぎではまだ少し薄暗く、湖岸の浅い湖底（三十センチ～一メートルくらい）でもかなり見にくく、エビと木屑、藻の切れ端、細長い小石などとが殆ど見分けが付かない。それが不思議である。ある程度エビとりに習熟してくると、見分けがつかない筈なのに、サッとエビタモで伏せると、ほぼ九十％以上の確率でエビである。何の特徴で見分けているのか自分でも分からないが、理屈抜きに直感でエビと他のものの区別が付いているのである。

ともかく、何度も云ったことだが、湖に毎日出ていると動物的な勘がだんだん働くようになってくるし、周囲の自然の流れがだんだん分かるようになってくる。朝のお日様の出方、雲の一寸した様子で、その日の天候が何となく分かってくるし、普通の雲と雷雲の区別、どこの山の端に雷雲が出た時に、それが自分の方にやってくるのかそれともどっか別の方向に行ってしまうのか、どのくらいの速さで近づいてくるのかなどいろんなことが自然に分かってくる。たとえば、風が自分の方から雷雲の方向に強く吹き出すと、急速に雷雲が自分の方に近づいて来ることもよく知っていた。

私は子供の頃、他の子に比べて特に雷を怖がったので、雷雲のこと、雷のことについてはよく見て知っていたのかも知れない。もっとも、子供の頃、私が怖がるということは私の想像力が豊だからだと、自己弁護していた。

ともかく、こうして宍道湖にはまっている間に、観察が大事、本能的な直感が大事、人のまねをしてはだめ、創意工夫が大事、タイミングが大事、チャンスを逃さないことが大事ということを自然に身につけていたような気がする。それと、エビをとって帰った後、重さを量って、それから一部は裏の淡水魚の魚屋さんに売りに行き、一部は親戚、近所の家に配って歩く。これによって、結構、土木作業をする人の日当ぐらいが稼げるし、親戚のおばさんや、近所の人達にも喜んで貰える、笑顔が返ってくる。これがまた嬉しいものである。研究で云えば成果が発表され、評価され、役に立って喜ばれ、自分も嬉しくなってくることと一緒である。

こんなことがあるから、次はどこへ取りに行こう、どんな具合にやろう、タモや、柄の長さを改良しよう、糠をどうしよう、思いもしないあんなことがあったな、エビにあんな習性があるのか、あんな所にあんなものがあるのか、あれは失敗だったな、次はこうしよう、などといつもわくわく、驚き、反省して次のことを考え、前の晩は次の日の朝のことを思って、わくわく、どきどき、少し興奮状態で寝るのである。これがまた魅力なのである。

考えてみると、子供の頃、今と比べると、決して社会も個人も豊でなく、むしろ貧しかったのであるが、少し不足していることがむしろよくて、楽しく豊かな子供時代が送れたのかも知れない。研究ももしかして少し研究費が不足しているぐらいが、生き生きと工夫しながら良い研究ができるのかも知れない。もっとも、ある基準以下に貧しいのではいけないが。最近になって、科学技術の重要性が叫ばれ、経済状態が厳しい中にあってもどんどん研究費は出るようになってきている。これ自体は大変良いことである。ところが余り感心しない側面も出てき始めているようである。予算の取り合いをやっているようなところがある。人によっては研究費バブルと云っている人もいる。そのうち必ず反発があるというのである。

本来、能力を持っている人が、金を使うのに、使いこなすのに勢力をそがれている。まるで土木工事のまる投げのように、金を取ってきてそれを人にばらまき、人にやらせて、それを自分の成果のようにしている人もある。その人の本当の持ち味が活かされず死んでしまっているケースもある。更には、お金を取ってきたら、それで仕事の成果とされ、それで学術研究の結果どんな成果が出たかで評価されていないケースもある。お金も無しに大きな成果を上げたらそれが一番、お金を貰って成果を上げたらそれでよいが当たり前、お金も無いし成果も無いではよくない、お金をたくさん貰って何の成果も無いのが最低である。組織を作ったり、研究所を作ったりしても、それが成果ではなく、それから何をやってどんな成果が出たかが本当の大事なところで、それで評価をしなければならない。

私が小さなエビタモでエビをとっている横に、凄い網と漁具、服装の人が来てエビとりを始めるが殆どとれない、私が物干し竿のような竹竿で大きな魚を次々と釣り上げている横に、素晴らしいガラス繊維か、カーボン繊維か知らないが本格的な釣り竿、リールの付いた竿を持ってきて派手に釣りを始めるが、全く釣れていないということがよくあった。凄いいでたち、装備の人は、やって、人目には目立つが余りとれず、釣れない、ということがしばしばあったことを憶えている。全くの無駄使いで精力、努力がどっか他に行っていたのである。研究の場合、いでたちを整え、装備を購入して、それで評価されてしまうということがしばしば見かけられるのである。だんだん肩身が狭くなり、そっと現場から消える人がよくあったことを憶えている。

こんないろんなことを少し批判的なことも込めて書きながら、実は私自身それで反省もしているのである。こうして気が付いていろんなことをあらためて思い直してみると、どうも私の場合、研究も単にエビとり、魚釣りの感覚でやっていた可能性がなきにしもあらずという気もしてくる。それでもオリジナリティのためにはそれもよいと、すぐに自分に云い聞かせることになる。

もうひとつ最近気が付いたことだが、ロマンチストであることが非常に大事であるように思う。私自身そうロマンチストでもないので、ロマンチストの友人がたくさんいることをとても幸せに思っている。

それで、平成十三年の今私自身が何をやっているかであるが、相変わらず昔から手がけてきたいろんなことを手当たり次第やりながらではあるが、少し美しい自然に関係するものに絡んだ研究も楽しみながら始めたところである。

具体的には、その一つは二十一世紀の基盤技術ともなると考えられるフォトニック結晶の研究である。フォトニック結晶は光の波長程度の三次元周期構造を有するものであるが、これにより光が自由自在にコントロール可能となり、オプトエレクトロニクスに画期的な進展をもたらすと考えられる。

ところで、このように光の波長程度の周期構造を持つものは我々の身の回りにも色々あり、美しい色を呈している。代表的なものがオパールであり、三次元周期構造を有するシリカである。我々はシリカ微粒子の沈殿による自己集積法で人工オパールを作成し、チューナブルフォトニック結晶の研究を行っているが、このような研究を始めると身の回りの美しいものにいろいろ目がいき、気になり、また気が付いてくるのである。

ある食事の席で鮑（アワビ）、と栄螺（サザエ）の美しさに興味を持ち、貰って帰り、次に日を経ずしてある事務所に飾ってあった蝶の羽根の美しさに感心し借りて帰って光学的な測定と電子顕微鏡観察を行って周期構造を確認した。こんなことをやり始めるといろんなものに気が付くだけでなく、いろんなものが手元に入ってくるのである。お通夜の晩に玉虫が手に入る。これも周期構造である。そんなある日立ち寄った喫茶店の花瓶に入れてあった孔雀の羽根に興味がわき貰って帰って調べて見るとやはり周期構造である。

こうなってくると自然にあるいろんな構造のものに興味が拡がり、沖縄竹富島の〝星の砂〟も貰って帰って調べる。これは有孔虫によるものである。珪藻も見てみませんかと提供を受けてその周期構造にも感心して調べてみる。ともかく、興味が一杯、わくわくの研究を楽しんでいるが、丁度、子供の頃のエビとり、魚とりとなんだか似ているような気がしてきた。逆にいうと、少し前にも述べたが私にはエビとり、魚釣りの感覚で研究を楽しんできたふしがある。

全ての出発点はこの何にでも興味を持つ、わくわくした気持ちになるということがどうやら私の原点であるような気がしてきている今日この頃である。若い人にも是非こんな気持ちを持てるような、そんな気持ちが育つような環境、雰囲気を作ってやりたいものと思っている。特に、子供の頃、自然に接し、戯れ、自然の厳しさも知る体験を是非ともさせてやりたいものである。

本来、人間は自然の中の小さな存在であって、というよりも自然の一部であって、自然と調和すべき存在であるはずである。その人の殆ど全てが方向づけられる可能性がある子供の時代、自然から切り離されることは決してよくない。日本が、世界がどっちの方向へ行くか分かったものでない。決して仮想現実の中におぼれてしまってはいけない。おぼれれば人間の本性を失ってしまうことになるような気がしてならないのである。時々、映像だけの魚が泳ぐ額縁のような水槽が玄関に飾られたオフィスを見ることがあるが、それを見ると、どうもその持ち主の心が貧しく感じられてならない。

こんなことを云い出したり、書き出したりし始めるときりがないのでこのあたりでやめることにするが、こんな私らしくも無い批判的な言葉も、何度も云っているが本当は自分に対する反省の弁である。

いずれにしても、子供の頃、何でも良いから自ら小さな発見をし、新鮮さを感じ、驚き、感慨を体験し、それで誉められ、励まされ、人に喜んで貰える、という経験を持たせてやりたいものである。

私自身しばしば、あなたの研究する上でのモットーは何ですか、と問われることがあり、脱常識、超常識です、と答えることにしている。実は、最初、非常識です、と答えたところ、ある偉い人から、吉野君非常識では困る、と云われたので、脱常識です、超常識ですと云うことにしているが、要は非常識と同じである。

それと、私たちには複眼であること、現在のことと共に将来を見据えることが大事であると云おうとして、最後に次の話を添えることにしている。

私の育った宍道湖のほとりの小学校で頼まれて講演をした後、小学校時代の恩師との会話の中で教わった話である。

「吉野君、あんた櫓を漕いだことあーかね（あるかね）」

「エー、あーますが。一寸コツがあって、結構難しいですね」

「難しいけんね。宍道湖で最初に舟を借りて漕いだ時に、一ヶ所をグルグル回るだけでちっとも進まんわね。一所懸命漕ぐけどだめだわね。そげしたら、向こうから舟で帰ってきた漁師さんに云われたけんね。〝そりゃえけんわ。そぎゃん漕ぎ方だったら、グルグルまわーだけだわね。おまえさん、櫓を見て漕いじょうがね、櫓を見ずに向こうの山見て漕ぐだわね〟そげ云われて、向こうの山見て漕いだら、スーと真っ直ぐ進むわね。えらいもんだね。ほんね教えられたけんね」

（吉野勝美：創造性開発・発信協会10（2002）1〜8　に記載）

追記

〝大抵のことは慣性の法則を拡大解釈したら理解できる〟という自論を持っているからには、なぜ貝殻や玉虫などが美しいかということも最後にこの持論で説明しておく必要がありそうである。貝殻などは強度を強くするための層状構造が結果として美しく見えるということもあるかも知れないが、貝が少し口をあけた時、それを食べようとした捕食者にキラキラ光って恐怖を与えるための可能性もある。玉虫の場合は恐らく美しい色で異性を引き寄せるためと、鳥などの捕食者をそのキラキラした反射でこわがらせるためだろう。これで寿命がのび、子孫が繁栄するのであろう。生物学者の友人ができたら、ぜひ確かめてみるつもりである。

略歴

吉野《よしの》　勝美《かつみ》　工学博士

昭和十六年十二月十日　島根県生まれ
玉湯小学校、玉湯中学校、松江高等学校を経て、
昭和三十五年四月大阪大学工学部電気工学科入学、昭和三十九年同卒業
昭和四十一年大阪大学大学院修士課程修了、昭和四十四年同博士課程修終了
昭和四十四年大阪大学工学部助手、昭和四十七年同講師、昭和五十三年同助教授、
昭和六十三年大阪大学工学部電子工学科教授、現在に至る。
平成十年大阪大学大学院工学研究科電子工学専攻教授に配置換
昭和四十九年～五十年ベルリン、ハーン・マイトナー原子核研究所客員研究員
平成八年～十二年東北大学大学院工学研究科電子工学専攻教授併任
昭和五十九年応用物理学会賞、平成二年大阪科学賞、平成十年電気学会業績賞
平成十四年日本液晶学会論文賞、平成十五年電子情報通信学会フェロー、
電気学会元副会長、日本液晶学会元会長

主な著書

「電子・光機能性高分子」（講談社）、「分子とエレクトロニクス」（産業図書）、「導電性高分子の基礎と応用」（アイピーシー）、「高速液晶技術」（シーエムシー）、「自然・人間・放言備忘録」（信山社）、「雑学・雑談・独り言」（信山社）、「雑音・雑念・雑言録」（信山社）、「液晶とディスプレイ応用の基礎」（コロナ社）、「吉人天相」（コロナ社）、「分子機能材料と素子開発」（エヌティーエス）、「過去・未来五十年」（コロナ社）、「導電性高分子のはなし」（日刊工業新聞社）、「有機ELのはなし」（日刊工業新聞社）、「番外講義」（コロナ社）、「番外国際交流」（コロナ社）、「電気電子材料工学」（電気学会）、「高分子エレクトロニクス」（コロナ社）、「液体エレクトロニクス」（コロナ社）、「温故知新五十年」（コロナ社）

番外こぼれ話 ―余談・閑談―

発行日	平成15年8月25日　初版　第1刷発行
著者	吉野勝美
発行者	牛来辰巳
発行所	株式会社コロナ社
	〒112　東京都文京区千石4-46-10
	振替　00140-8-14844
	電話　(03)3941-3131㈹
印刷・製本	やまかつ株式会社

© Katsumi Yoshino, 2003. Printed in Japan
ISBN 4-339-08285-6 C1095 ¥952E